KATHERINE GARBERA

Une bouleversante idylle

Traduction française de
CLAIRE NEYMON

PASSIONS

HARLEQUIN

Collection : PASSIONS

Titre original :
SECRETS OF A WEDDING CRASHER

HARPERCOLLINS FRANCE
83-85, boulevard Vincent-Auriol, 75646 PARIS CEDEX 13
Service Lectrices — Tél. : 01 45 82 47 47 - www.harlequin.fr
ISBN 978-2-2804-8064-2 — ISSN 1950-2761

Composé et édité par HarperCollins France.
Imprimé en février 2023 par CPI Black Print (Barcelone)
en utilisant 100% d'électricité renouvelable.
Dépôt légal : mars 2023.

FSC
www.fsc.org
MIXTE
Papier issu de
sources responsables
FSC® C159065

Pour limiter l'empreinte environnementale de ses livres, HarperCollins France s'engage à n'utiliser que du papier fabriqué à partir de bois provenant de forêts gérées durablement et de manière responsable.

- 1 -

— Repérée !

Surprise, Melody leva les yeux vers l'homme qui venait de poser la main sur son bras.

— Repérée ? Et pour quelle raison ? Pouvez-vous me dire ce que j'ai fait ?

— Vous n'êtes pas invitée au mariage Osborn-Williams, que je sache. Vous travaillez pour un tabloïd ?

— Non.

— Pour un autre type de journal, alors ?

— Non. Pas davantage.

Melody fixa son interlocuteur. Grand, brun, séduisant. Elle s'était immiscée dans cette réception en espérant le rencontrer, justement. Dare Bisset. Fils aîné d'August Bisset et cousin de la mariée, mais surtout sénateur, et à la tête d'une commission qui travaillait à la promulgation d'une loi ayant pour but de rendre les prescriptions médicales accessibles à tous.

Voilà pourquoi elle se trouvait là, intruse dans cette soirée huppée, sur l'île de Nantucket. Elle venait juste d'être recrutée en tant que directrice adjointe de recherche par Johnny Rosemond, avocat très en vue qui officiait au service du lobby pharmaceutique et œuvrait, à l'heure actuelle, pour bloquer le projet de loi que le sénateur Bisset s'apprêtait à présenter devant la commission dont il serait président. Melody avait pensé pertinent de le rencontrer afin de se faire une idée de l'homme.

Elle était en vacances avec ses parents et son frère jumeau dans leur maison de Martha's Vineyard, et elle avait pris comme un heureux signe du destin que ce mariage extrêmement médiatique soit célébré si près de chez elle. Mais le sénateur l'avait tout de suite repérée.

— Et maintenant, que se passe-t-il ? demanda-t-elle.

— Tout dépend de la raison pour laquelle vous vous trouvez ici. Vous soutenez n'avoir rien à voir avec la presse ?

— Dieu merci, non.

Dare Bisset rit.

— Un bon point pour vous. Vous êtes peut-être fan d'Osborne ?

Melody haussa un sourcil, amusée.

— Vous me donnez vraiment cinquante ans ?

Sa mère était une fanatique absolue de Toby Osborne. C'était elle, d'ailleurs, qui l'avait mise au courant pour le mariage.

— Cinquante ans ? Certainement pas.

— Donc ?

— Donc ?

La soupçonnait-il ? Savait-il déjà qui il aurait face à lui lors de la commission prévue mardi, à Washington ? Melody était venue recueillir des informations. Elle n'avait pas l'intention de dévoiler son jeu. À moins qu'il ne la démasque lui-même.

— Cessez dc jouer au chat et à la souris avec moi, trancha-t-il. Qu'est-ce qui vous amène ici ? Adler et Nick ont eu leur lot de surprises pour le week-end.

Ils ont néanmoins réussi à se marier, et je ne laisserai personne leur gâcher la fête.

Melody était au courant, bien sûr. L'affaire avait fait le tour des réseaux sociaux. De manière tout à fait fortuite, cette union avait révélé le fait que Nick Williams était le fils illégitime d'August Bisset. Situation particulièrement ironique, Nick ayant été élevé par son adversaire en affaires le plus acharné. Et comme si ce n'était pas suffisant, il s'était avéré que Logan, le frère de Dare, était en fait le jumeau secret de Nick, faisant de ces deux ennemis des frères de sang. De quoi donner la migraine à tout le monde !

Melody imaginait le choc que cela avait dû être pour Adler Osborn, petite chérie de la bonne société et star du mariage de l'année.

— Je me suis invitée dans le seul but de m'amuser un peu, expliqua-t-elle. Je réside à l'hôtel, et mon petit ami m'a fait faux bond. J'étais seule dans ma chambre. J'ai entendu de la musique et je me suis dit que ce serait stupide de ne pas profiter de mon week-end à Nantucket.

Dare Bisset la fixa droit dans les yeux. Il était clair qu'il avait des doutes et cherchait à savoir si elle mentait. Mais Melody n'en était pas à son coup d'essai. Excellente débatteuse, il y avait longtemps qu'elle savait manier le discours et bluffer son monde. Elle n'avait peut-être que vingt-six ans, mais elle possédait des longueurs d'avance.

— Je ne suis pas certain que vous disiez la vérité.

— Que faut-il de plus pour vous convaincre ? demanda-t-elle, décidée à laisser tomber une fois qu'elle aurait épuisé tous ses arguments.

— Je vous offre un verre en attendant l'arrivée des mariés ?

— Je doute que ce soit une invitation désintéressée.

— Elle ne l'est pas. J'hésite encore à vous croire, admit Dare, lui décochant un sourire dont le charme fit courir un frisson le long de son dos.

— Vous préférez garder un œil sur moi, c'est cela ?

— Exactement. « Gardez vos amis près de vous et vos ennemis encore plus près » ; c'est un adage auquel je crois.

— Vous avez beaucoup d'ennemis ?

— Plus que je ne le souhaiterais, répondit-il, la précédant en direction du bar. Cela vous tente de goûter au cocktail des mariés ?

— De quoi s'agit-il ?

— D'un mélange assez explosif à base de tequila.

Melody savait que la tequila lui faisait très vite tourner la tête, et ce n'était vraiment pas le moment. Aussi déclina-t-elle l'offre.

— Je préférerais boire du champagne, dit-elle.

— Excellente idée !

Dare s'adressa au barman.

— Deux coupes de champagne, je vous prie.

— Je suppose que vous n'avez pas de place attitrée, reprit-il lorsqu'ils s'éloignèrent, une fois servis.

— Non, en effet. J'allais attendre que les invités prennent place pour voir s'il restait une chaise libre quelque part.

— Je vous invite à la table familiale. De cette façon, je pourrai vous surveiller. Il y a une place. J'étais censé venir accompagné, mais ma cavalière m'a fait faux bond à la dernière minute.

— Nous sommes un peu dans le même cas, alors, déclara Melody.

— Oui. Sauf que Cami n'est pas ma petite amie. Elle m'accompagne lorsque je suis entre deux…

Melody rit lorsqu'il s'interrompit brusquement. Elle savait que le sénateur de trente-huit ans était un play-boy notoire, qui aimait les femmes sexy et brillantes, et qu'une relation avec lui ne durait généralement pas plus de trois mois. Elle avait fait quelques recherches avec son équipe. Autant savoir à qui ils auraient affaire.

Ceci dit, il paraissait nettement plus dynamique que sur sa page Facebook. On le disait brun aux yeux d'un bleu étonnamment clair. Mais en réalité, ses iris étaient changeants, allant du bleu au gris selon la lumière. Changeants et magnifiques. Il avait un sourire franc, chaleureux, et dont le charme était loin de la laisser indifférente.

Pour tout dire, Dare Bisset était nettement plus troublant qu'elle ne l'avait imaginé, mais il était hors de question de se laisser séduire. Elle avait une réputation à tenir et souhaitait impressionner son tout nouveau patron.

Elle était jeune, en début de carrière, et Dare Bisset, aussi attirant soit-il, n'était qu'un homme. Un homme qu'il lui fallait cerner afin de pouvoir prendre l'avantage sur lui lorsqu'ils se retrouveraient tous les deux à Washington. Elle ne devait surtout pas l'oublier !

Il la regarda, leva sa coupe de champagne.

— Aux resquilleuses !

— Et aux vigiles ! lança-t-elle à son tour.

Il rit. Un rire chaud, profond, qui fit courir un frisson de désir au creux de ses reins.

— Vous vous appelez comment ? demanda Dare.

Cette intruse lui plaisait. Elle était impertinente et

drôle, et il doutait qu'elle soit venue dans le but de créer des problèmes. Mais il ne voulait prendre aucun risque. Depuis qu'ils étaient arrivés à Nantucket, il ne s'était pas passé un jour qui n'apporte une mauvaise surprise, et il tenait à ce que son cousin jouisse au moins d'une journée sans scandale.

— Melody, répondit-elle.

— Enchanté. Moi, c'est Dare.

— Dare comment ?

— Vous savez très bien qui je suis. Et vous ? Vous avez un nom, je suppose ?

— Vous ne me connaissez pas, j'imagine. Cela ajoute un peu de mystère.

— C'est vrai.

Dare aimait l'idée de jouer, d'apporter de la légèreté à la vie après tout ce qui venait de se passer.

— Néanmoins, cela renforce quelque peu ma méfiance à votre égard. Ma famille vient de traverser des épreuves. Alors, je vous le demande à nouveau, pourquoi vous trouvez-vous ici ?

— Je ne peux pas prouver que ce que je dis est vrai. Je vous le répète, j'ai simplement pensé que ce serait agréable de boire un verre, de danser et d'oublier un moment les soucis de l'existence.

Dare avait envie de baisser sa garde et de prendre du plaisir, ce soir. Il avait envie de croire Melody. Son prénom lui allait bien. Elle était charmante, vive, et très attirante. Et, de toute façon, elle serait à ses côtés et il la surveillerait.

— Admettons, fit-il.

— Je constate que votre réputation de négociateur coriace n'est en rien usurpée.

— La presse ne m'épargne pas en ce qui concerne mon travail.

Au départ, ce n'était pas lui qui était censé présider la commission relative à cette fameuse loi pharmaceutique. Lorsque celui qui devait la diriger s'était retrouvé mêlé à une affaire de détournement de fonds, il avait dû prendre sa place. Mais c'était la dernière chose dont il souhaitait parler ce soir.

— Que faites-vous dans la vie ? l'interrogea-t-il.

— Je travaille pour un think tank, à Washington, répondit Melody. Il s'agit de mon premier emploi depuis la fin de mes études de droit.

— Votre premier emploi ? Dans un think tank ? Je suis impressionné. Moi, j'ai débuté par un stage chez Bisset Industries.

— Votre père est-il aussi dur dans le travail qu'on le prétend ?

— Oui, justement, qu'en penses-tu, Dare ?

Celui-ci jeta un coup d'œil par-dessus son épaule. Ses parents venaient de les rejoindre. Son père et lui se ressemblaient comme deux gouttes d'eau. August Bisset était la version senior de son fils, beaucoup de charme, mais les cheveux poivre et sel. Sa mère, mince, blonde et très élégante, était la tante d'Adler, mais elle avait pratiquement tenu le rôle de mère pour cette dernière, sa sœur étant décédée alors qu'Adler était encore bébé.

— Oui, il est très dur, répondit Dare, posant un baiser sur la joue de sa mère. Mais ce genre de réputation ne le dérange absolument pas.

— Je suis ravie de faire votre connaissance, dit Melody en leur tendant la main.

Les parents de Dare la serrèrent tour à tour. Ce fut sa mère qui parla la première,

— Vous êtes une amie de Nick ou d'Adler ?

Dare jeta un coup d'œil vers Melody, qui semblait hésiter.

— Elle est avec moi, maman, déclara-t-il, posant une main à sa taille. Elle est de Washington.

— Oh ! désolée, vraiment, ce détail m'avait échappé. Je suis très heureuse de vous rencontrer. Comment avez-vous trouvé la cérémonie ? enchaîna-t-elle aussitôt, parfaite dans ce rôle d'experte en relations publiques qu'elle affectionnait.

Pour tous les invités de la fête, les parents de Dare paraissaient aussi heureux et affables que d'habitude. Les mensonges et les secrets vieux de trente ans qui avaient refait surface ce week-end ne semblaient pas les avoir éloignés. Dare admirait le calme dont sa mère faisait preuve.

— Je vois que mon frère vient d'arriver, dit August. Je dois lui parler de quelques changements à opérer au sein du conseil d'administration. Veuillez m'excuser. Melody, j'ai été très heureux de vous rencontrer. J'ai hâte de faire plus ample connaissance.

Il effleura d'un baiser la joue de Juliette, son épouse, et s'éloigna. Quelques instants plus tard, Juliette fut elle-même appelée pour résoudre un problème concernant le buffet. Dare se tourna vers Melody, qui observait la foule des invités se pressant à présent vers le lieu de la réception.

Elle avait de longs cheveux blonds qui semblaient balayés par le soleil et s'accordaient merveilleusement à son teint légèrement hâlé. Son visage était fin, ses traits réguliers, sa bouche extrêmement sensuelle, et il s'efforça d'en détourner les yeux. Il était très prudent en matière de relations personnelles, mais il ne pouvait s'empêcher d'être influencé par ce qui était arrivé ces derniers jours. Ses frères revendiquaient leurs propres choix, échappant aux rôles très stricts qu'on leur avait toujours assignés. De plus, Melody lui plaisait, et il avait envie de savoir quel effet cela ferait d'embrasser cette bouche effrontée et magnifique.

— Je trouve vos parents très forts pour ce qui est de sauver les apparences, lança-t-elle soudain.

— Que voulez-vous dire par là ?

— J'ai entendu parler de ce qui se passe dans votre famille. Si mes parents se trouvaient à la place des vôtres, ma mère aurait réagi avec force, et je vous assure qu'il n'aurait plus été question de complicité ni de baiser sur la joue.

Dare ne put s'empêcher de rire.

— Je vois d'où vous vient votre tempérament.

— Vous avez raison. Je lui ressemble beaucoup. Je hais les compromis.

— Vous n'en faites jamais ?

— Si. C'est parfois nécessaire pour obtenir des résultats, vous êtes bien placé pour le savoir. Ma mère, par exemple, ne tolère pas que mon frère et moi cherchions chacun systématiquement à être meilleur que l'autre. Nous devons jouer fin en la matière.

— Vous êtes souvent en compétition ?

Dare connaissait le problème. C'était une situation qui lui rappelait beaucoup la sienne par rapport à ses frères.

— Tout le temps, répondit Melody. Si ma famille

avait une devise, ce serait : « Le second est le premier perdant. »

— C'est dur.

— Mais réaliste. Dans toute relation, mieux vaut préciser tout de suite les enjeux, dit toujours mon père. Personnellement, j'aime gagner et je n'en ai pas honte.

Apparemment, le père de Melody ressemblait beaucoup au sien, songea Dare. Ce qui expliquait qu'il se soit orienté vers la politique plutôt que de travailler dans l'entreprise familiale. La politique avait été la voie la plus facile pour lui. Ainsi, il n'aurait jamais à se conformer aux règles édictées par August, ni à vivre dans son ombre. Il n'aurait jamais pu s'y résoudre.

— Je suis assez d'accord, répliqua-t-il.

Le DJ invita tout le monde à regagner les tables. Dare ne fut pas surpris de trouver un petit carton au nom de Melody posé à la place à côté de la sienne. Sa mère veillait au moindre détail. Et légitimait par là même la présence de la jeune femme. Ce qui n'aurait pas dû avoir d'importance, il le savait, mais qui en avait tout de même pour lui.

— Dites-moi, où avez-vous rencontré mon frère ?

— Quel Bisset êtes-vous ?

L'interlocuteur de Melody rit et secoua la tête.

— Je suis Zac, capitaine d'une équipe participant à l'America's Cup et petit ami d'Iris Collins, première demoiselle d'honneur.

C'était un homme séduisant, visiblement habitué à vivre au grand air, songea la jeune femme. Mais il n'était pas aussi beau que Dare.

— Pour répondre à votre question, j'ai rencontré

votre frère dans cet hôtel, dit-elle tout en adressant à Dare un petit sourire en coin. À la seconde où il m'a vue, il m'a trouvée irrésistible.

— Voilà qui me paraît un peu suspect, rétorqua Zac, visiblement parti pour asticoter son frère.

La situation ne manquait pas de piquant. Se retrouver ainsi, à côté de Dare Bisset, à la table familiale... Il y avait longtemps que Melody ne s'était pas autant divertie. Elle travaillait dur pour se hisser au sommet, dans un secteur où la compétition faisait rage, et elle avait appris à ne jamais baisser sa garde. Mais, la soirée avançant, elle ne voyait rien à craindre.

— Je n'ai pas eu besoin de la soudoyer, si c'est ce que tu cherches à savoir, dit Dare. Ce bon vieux Zac, ici présent, a été payé pour...

— Je me suis déjà expliqué sur ce point, coupa Zac. Je ne crois pas qu'Iris aimerait voir ce sujet remis sur le tapis.

Une fois encore, l'affaire avait fait le régal des tabloïds, et Melody était au courant. Iris Collins était une influenceuse de renom qui animait sa propre émission de télévision. Apparemment, son petit ami l'avait laissée tomber quelques jours avant le mariage d'Adler. Elle avait engagé Zac pour l'accompagner, et ils étaient tombés follement amoureux.

Dare leva une main en signe d'apaisement.

— Ne t'emballe pas, il n'y a aucune mauvaise intention de ma part. Je tenais seulement à préciser qu'il n'y a rien de louche entre Melody et moi.

— Dites-m'en un peu plus sur ce que vous faites, Zac, demanda Melody, s'empressant de changer de sujet.

Elle avait le sentiment que les deux frères n'étaient pas prêts à laisser tomber.

— Comme je vous le disais, je suis engagé dans l'America's Cup, et je profite de ma présence ici, en Nouvelle-Angleterre, pour récolter des fonds pour mon équipe.

— C'est très intéressant, répliqua Melody.

— Ce qui signifie profondément ennuyeux, non ?

— Ce qui signifie que je n'y connais pas grand-chose, admit-elle. Mon seul lien avec le sport nautique est d'être sortie avec un garçon qui faisait partie de l'équipe d'aviron, à l'université.

— C'est vrai ? s'exclama Zac. Dans quelle université étiez-vous ? Moi aussi, je faisais partie de l'équipe d'aviron.

— Georgetown.

— Ils ont une très bonne équipe.

Zac semblait sur le point de poursuivre sur le sujet lorsqu'une superbe jeune femme blonde s'approcha. Elle posa une main dans le dos de celui-ci et se pencha pour lui parler à l'oreille.

— Iris ? demanda-t-elle à Dare.

— Oui. D'ailleurs, elle est trop bien pour lui, ajouta-t-il lorsque cette dernière se fut éloignée.

Zac lui jeta un regard noir et se leva.

— Je vais danser avec Iris.

Melody constata que la plupart des convives se levaient également, y compris Juliette qui pivota vers son fils.

— Vous deux aussi, allez-y, déclara-t-elle. Et après la première danse, Adler a prévu une danse toute spéciale pour la famille.

Melody se sentit soudain mal à l'aise. Elle avait le

sentiment que Dare ne pourrait jamais lui pardonner de l'avoir trompé à ce point. L'espace d'un instant, elle songea même à lui demander de l'excuser et à quitter les lieux au plus vite.

— J'avais prévu de faire une performance un peu dans le style John Travolta dans *La Fièvre du samedi soir*, dit-il soudain. Mais maintenant que vous êtes là… j'imagine que je ne vais plus danser seul.

Melody se sentit soudain incapable de partir. Il y avait quelque chose dans le ton de sa voix qui le rendait tellement humain. En un instant, il n'était plus uniquement l'homme censé lui servir à promouvoir sa carrière.

Juliette s'avança vers la piste de danse tandis que Toby Osborne, sa guitare acoustique en bandoulière, s'installait, accompagné de son batteur et de son bassiste. Melody comprit qu'il allait chanter en live et songea à sa mère. Elle aurait adoré être là pour l'entendre.

— Vous pensez que je peux faire une petite vidéo, pour l'envoyer à ma mère, sans paraître déplacée ? demanda-t-elle à Dare.

— Vous pouvez, bien sûr. Venez, rapprochons-nous. Je pense qu'il va interpréter une chanson écrite tout spécialement pour Adler.

Et en effet, Tony Osborne chanta une ballade si émouvante que les convives en eurent les larmes aux yeux. À la fin, un tonnerre d'applaudissements retentit tandis qu'il rejoignait sa fille pour l'embrasser.

C'était un moment si intense, si prenant, que Melody se sentit encore plus coupable de s'être invitée sous un prétexte fallacieux. Elle commençait à avoir des remords et n'était plus vraiment certaine de vouloir obtenir des informations sur Dare de cette façon.

— Le moment est venu maintenant de danser en famille, annonça le DJ.

Aussitôt résonnèrent les premières notes de *We are family* par Sister Sledge.

— Vous voulez prendre le temps d'envoyer votre vidéo ? lança Dare.

— Non, pas question. Je veux voir comment vous dansez, répondit Melody, prenant Dare par la main et l'entraînant sur la piste, où ils retrouvèrent Zac et Iris.

Zac lui sourit et ils se mirent tous à danser, bientôt rejoints pas les autres frères et les membres de la famille Williams. C'était intéressant de les voir tous se mêler, donnant l'impression de n'être qu'un grand clan uni et heureux, alors qu'une rivalité féroce opposait les Williams et les Bisset. Mais en y regardant de plus près, on les sentait un peu tendus, se mesurant les uns aux autres. Et Dare appartenait à une famille qui n'avait pas l'intention de laisser ses rivaux prendre le dessus, ne serait-ce que dans un exercice aussi trivial que celui-ci.

La soirée avançant, et tandis qu'elle dansait avec lui, Melody se rendit compte que, de tous, c'était lui le leader. Et qu'elle était follement attirée par lui. Et alors qu'elle reprenait une nouvelle coupe de champagne, les raisons pour lesquelles il semblait impératif de ne pas céder au charme du beau sénateur s'envolèrent. Très vite, il devint logique que la meilleure façon de terminer la soirée soit de se retrouver dans ses bras.

- 2 -

— Que diriez-vous de sortir prendre l'air ? demanda Dare lorsque les mariés se furent éclipsés.

La soirée avait été particulièrement réussie et Melody s'était avérée de très agréable compagnie, mais il se sentait nerveux, comme s'il lui fallait une cigarette, lui qui avait cessé de fumer il y avait des années. Peu importait que Melody l'ait distrait et qu'à ses côtés il se soit senti plus léger qu'il ne l'avait été depuis longtemps, il avait dix ans de plus qu'elle. La raison voulait qu'il en reste là.

Le petit répit qu'il s'octroyait en lui proposant d'aller faire un tour était en réalité une façon polie de lui dire au revoir, il le savait. Mais lorsqu'elle leva vers lui son regard profond, troublant, il sentit un éclair de désir assaillir ses reins. Ils avaient dansé, leurs corps s'étaient effleurés, touchés. Elle avait parfois été vague dans les réponses aux questions qu'il lui avait posées, et cela l'avait alerté. Mais à d'autres moments elle s'était montrée naturelle et vraiment sincère, comme lorsqu'elle avait tourné cette vidéo pour sa mère. Quelle personne étonnante !

— Oui, sortons. Un peu d'air me fera du bien, répondit-elle.

Il posa une main à sa taille, la guida vers la terrasse qui ouvrait sur le parc de l'hôtel. Ils aperçurent un banc, s'y assirent.

— Alors, la resquilleuse a-t-elle trouvé la soirée à la hauteur de ses attentes ? demanda-t-il avec un petit sourire ironique.

Cette femme l'attirait et cela pouvait être dangereux. Mais il n'était pas crédule. Il avait appris des erreurs de son père, et ces derniers jours avaient démontré que les conséquences des choix que l'on faisait pouvaient quelquefois s'avérer désastreuses. En outre, dans sa position de sénateur, il se devait d'être prudent. Mais c'eût été mentir que de ne pas reconnaître qu'il désirait follement Melody.

Un peu plus tôt, sur la piste de danse, elle avait sorti un élastique de son sac et relevé ses cheveux en queue-de-cheval. Quelques petites mèches s'en étaient échappées et encadraient son visage, adoucissant ses traits. Elle paraissait si jeune, ainsi. Mais l'âge n'avait jamais été un gage d'innocence. Si Melody avait semblé être quelqu'un de candide, il n'aurait pas prêté attention à elle et ne l'aurait certainement pas abordée. Mais elle lui avait paru suspecte. Il lui avait trouvé un air très déterminé, comme si elle avait une idée en tête. En outre, elle lui avait confié, plus tard, appartenir à une équipe de recherche. Ce qui pouvait vouloir dire beaucoup de choses.

Sans doute était-il devenu cynique, trop habitué à l'univers politique de Washington. De plus, ce week-end, sa famille s'était retrouvée sur la sellette, et la présence d'une personne non invitée avait tout de suite éveillé ses soupçons.

— J'ai totalement oublié ma déconvenue et ce petit ami qui m'a laissée tomber, déclara Melody avec un sourire.

— Comment peut-on agir ainsi ? s'exclama Dare, profitant de l'occasion pour vérifier s'il n'y avait pas d'incohérences dans son récit. Il faut vraiment être stupide !

— Il ne l'est pas. Il a dû penser qu'il était un peu prématuré de passer un week-end tous les deux. Je crois qu'il a eu raison.

— Vous trouvez que, partir en week-end ensemble, c'est si sérieux ? Cela signifierait s'engager ?

Pour Dare, ce n'était pas le cas. De fait, il avait beau être très différent de son père, il avait hérité d'un tempérament qui ne le prédisposait pas vraiment à vivre des relations au long cours. Son mariage, il y avait une dizaine d'années de cela, en était la preuve. Celui-ci avait à peine duré six mois. Et Dare n'avait aucune envie de tester jusqu'à quel point il ressemblait à August. Et surtout, aucune envie de se retrouver un jour à traiter une femme comme son père avait traité sa mère.

— Non, ce n'est pas s'engager, répliqua Melody. Cela peut se révéler un moment très agréable, ajouta-t-elle, son regard se perdant au loin.

Dare eut l'impression qu'elle ne disait pas tout. Ce garçon qui l'avait laissée tomber comptait peut-être beaucoup plus pour elle qu'elle ne voulait l'avouer. L'amour était trompeur, quelquefois. Lui n'accordait aucune confiance à la chose. Comment expliquer, par exemple, que l'on puisse tomber follement amoureux d'une personne qui n'éprouvait finalement que des sentiments assez tièdes pour vous ? Il n'aurait su le dire. Il n'avait jamais vraiment pris le temps d'y réfléchir.

— Je suis d'accord avec vous, acquiesça-t-il. Parfois, on a envie de vivre quelque chose de très léger.

— Exactement. Parlez-moi de la jeune femme qui était censée être là, ce soir.

— Cami ? Elle m'accompagne aux événements familiaux quand j'ai besoin d'une cavalière, c'est tout. Je suis un bourreau de travail. Mon père l'a toujours été, lui aussi, et j'ai grandi auprès d'une mère qui s'efforçait de gérer la famille en son absence. J'ai compris à quel point c'était difficile pour elle. Si je tenais vraiment à une femme, je ne voudrais certainement pas lui faire vivre ce genre de situation.

— C'est tout à votre honneur de penser de cette façon. La plupart des hommes n'ont qu'une aspiration, coucher avec une femme.

— Cela compte aussi.

La conversation s'orientait vers un terrain miné. Ils se connaissaient à peine. Dare avait senti qu'il se passait quelque chose entre eux. Tandis qu'ils dansaient, elle l'avait regardé à plusieurs reprises comme si elle avait envie de davantage. Peut-être d'une aventure d'un soir ? À son âge, il se devait d'être raisonnable pour deux. Mais le week-end avait été si pénible qu'il avait besoin de décompresser, de mettre de côté les scandales. Et il commençait à penser que cette jeune femme avait vraiment tout pour lui faire oublier ses préoccupations.

— Alors… ? interrogea-t-elle.

Il ne sut que répondre lorsqu'elle s'avança vers lui, posa une main sur son torse. Son regard s'était troublé, et elle respira soudain plus vite lorsqu'elle effleura ses lèvres du bout des doigts.

— Il y a quelque chose en vous…

— C'est peut-être parce que je connais votre secret.

Elle écarquilla les yeux, se mordit la lèvre. En cet

instant, elle était la tentation incarnée, et il fallut à Dare toute sa volonté pour résister à l'envie de pencher son visage vers le sien et de l'embrasser. Le désir enflammait son corps et les raisons pour lesquelles il devait résister à son charme commençaient sérieusement à s'estomper.

— Vous vous méfiez encore de moi ? demanda-t-elle.

— Non. Je redoute seulement de suivre mon instinct en ce qui vous concerne.

Et son instinct lui disait de cesser de parler et de s'emparer de sa bouche. Son corps tout entier lui intimait de céder au désir qui le taraudait, quelles qu'en soient les conséquences. Et il y en aurait certainement. La situation de Melody ne semblait pas simple. Elle aimait peut-être encore le garçon qui l'avait laissée tomber. Il fallait qu'il se montre raisonnable.

Mais, pourquoi toujours se montrer raisonnable ? Dare n'en avait aucune envie, ce soir. Il songeait à son père, à son frère Logan, lesquels ne s'embarrassaient pas de principes lorsqu'ils désiraient quelque chose ou quelqu'un. Pourquoi ne ferait-il pas comme eux ?

Il se rapprocha, glissa un bras sur le dossier du banc. Lorsque sa main effleura l'épaule de Melody, elle frissonna, tourna la tête vers lui. Leurs regards se croisèrent. Il ignorait ce qu'elle pensait, ce qu'elle éprouvait, mais son corps parlait pour elle. Ses joues avaient rosi, son regard s'était embrumé, et il vit ses lèvres entrouvertes trembler légèrement. Elle se pencha plus près de lui, et il respira les effluves légers de son parfum. Des notes florales subtiles et ensoleillées.

La jeune femme posa une main sur sa cuisse, et le corps de Dare réagit aussitôt.

— J'ai envie de vous, dit-il. J'ignore comment vous

envisagez la suite de la soirée, mais je ne veux en aucune manière vous obliger à quoi que ce soit.

— Parce que vous êtes sénateur et que vous ne souhaitez pas courir le risque d'un possible scandale ?

— Non. Parce que je suis un homme qui respecte les femmes.

Jamais Dare n'avait considéré qu'une femme lui doive quoi que ce soit.

— Vous me plaisez, Dare. Plus que ne le voudrait la raison.

— Et c'est plutôt positif ?

— Je ne sais pas. Je n'ai pas encore décidé.

Il retint son souffle, soutint son regard, puis laissa sa main glisser le long de l'épaule de Melody, jusqu'à sa nuque. Il se pencha alors vers elle, effleura ses lèvres. Et lorsqu'elle ferma les yeux, il l'embrassa. Un baiser envoûtant, profond, intense.

Il aimait le goût de sa bouche, et les sensations déferlaient en lui. Des sensations qu'il n'avait plus éprouvées depuis longtemps. Il la sentit frissonner soudain et elle glissa un bras autour de son cou, l'attira contre elle.

Quelques instants plus tard, lorsqu'il libéra ses lèvres, elle lui sourit.

— Il se passe vraiment quelque chose entre nous, vous ne croyez pas ?

Dare embrassait en homme qui sait ce qu'il veut mais n'est pas pressé de l'obtenir. Melody ne se sentait pas le moins du monde bousculée, bien au contraire. Il la tenait tout contre lui, mais la caresse de ses mains fermes et douces était subtile, si différente de l'empressement que la plupart des hommes qu'elle avait connus mettaient à s'approprier le corps d'une femme. Il y avait chez lui un raffinement qui l'excitait au plus haut point.

Un remords, toutefois, agitait sa conscience à l'idée de faire l'amour avec Dare Bisset et de rentrer ensuite chez elle noter toutes les informations qu'elle aurait glanées le concernant dans un dossier destiné à son patron. Des informations qui permettraient à ce dernier de savoir comment aborder au mieux le sénateur et obtenir les résultats espérés.

Ce n'était vraiment pas une bonne idée, mais bon… C'était lui, après tout, qui l'avait remarquée dès son arrivée. Lui qui avait tenu à la garder à ses côtés pour la surveiller.

Si seulement elle n'était pas sortie prendre le frais sur ce banc !

Il continuait de la regarder et elle hésita une seconde encore, se demandant si elle prenait la bonne décision. Mais elle savait qu'à Washington, mardi, ce serait l'employé qui aurait la meilleure connaissance de Dare Bisset qui permettrait de conduire son équipe à la victoire. Et Melody était prête à faire ses preuves. Il le fallait. Personne ne lui ravirait la première place.

Et Dare Bisset lui-même avait dit qu'un peu de légèreté faisait du bien dans la vie, qu'on pouvait s'amuser sans que cela porte à conséquence. Ils avaient passé une bonne soirée, dansé serrés l'un contre l'autre. Elle avait eu très vite envie de lui et elle savait cette attirance réciproque. Puis il y avait eu ce baiser…

Allait-elle réellement faire l'amour avec cet homme ? Sur le plan éthique, c'était plus que contestable. Ceci dit, elle ne lui avait posé aucune question concernant le projet de loi auquel il travaillait. Elle n'avait rien fait de plus que flirter avec lui, l'observer au sein de sa famille, et maintenant… l'embrasser.

— Nous ne sommes obligés à rien, lança-t-il. Ces mariages sont un peu comme des parenthèses hors du temps.

— C'est vrai. Je ne m'attendais vraiment pas à vous rencontrer.

— Moi non plus. Mais je ne peux pas vous emmener chez moi, de toute façon. Je réside dans ma famille.

— J'ai une chambre à l'hôtel, lui rappela Melody. Cela vous convient-il ?

Dare sourit.

— Tout à fait. Je vais passer par la boutique, si vous le permettez.

— C'est inutile.

— Inutile ? Je ne veux prendre aucun risque.

— Il n'y a aucun problème en ce qui me concerne, mais protégeons-nous, dit Melody en souriant.

Sans doute cherchait-il à faire retomber un peu la pression, à reprendre ses esprits. Elle en avait besoin, elle aussi. Car, en cet instant, il n'était plus question d'équipe de recherche ni de sénateur. Ils étaient simplement un homme et une femme. Et elle désirait Dare Bisset.

Celui-ci était un individu sensible, extrêmement correct et bien éduqué. Le genre d'homme avec lequel elle aurait eu plaisir à sortir. Sa conscience la titillait, toutefois, lui rappelant la raison pour laquelle elle s'était immiscée dans cette réception. Mais sans cette initiative, elle ne l'aurait jamais rencontré. Alors…

Il posa une main dans son dos, la guida vers l'intérieur, la salle de réception. En temps normal, ce geste d'une galanterie surannée l'aurait agacée. Mais sa façon de le faire lui donnait l'impression qu'il la protégeait de tous et de tout, et elle se sentait… Stop ! Elle avait envie de lui, physiquement, voilà tout. Il n'était pas question d'éprouver quoi que ce soit d'autre.

Il salua sa famille au passage puis ils s'éclipsèrent. Le grand hall d'entrée semblait étrangement calme après l'effervescence de la soirée.

— Chambre 22, précisa Melody.

— Je vous rejoins.

Elle gagna l'ascenseur et sourit en découvrant le message de remerciement de sa mère. Elle avait adoré la vidéo. Melody était restée très vague quant aux raisons de sa présence au mariage, évoquant simplement une question de travail.

Elle savait que ses parents désapprouveraient ses méthodes, mais en cet instant ils étaient bien loin de ses préoccupations. Elle ne songeait qu'à Dare. Dare et ses cheveux noirs, son visage aux traits virils, son corps ferme pressé contre le sien tandis qu'ils dansaient.

Une fois dans la chambre, elle ôta ses chaussures, passa dans la salle de bains pour libérer ses cheveux et se rafraîchir. Après quoi, elle s'assura que rien n'était visible dans les lieux qui puisse la trahir. Elle en était là lorsqu'elle entendit frapper.

Elle gagna la porte et l'ouvrit.

— Vous avez trouvé ce que vous vouliez ?

— Oui, répondit-il.

Il semblait hésiter sur le seuil, comme s'il doutait qu'elle ait encore envie de le faire entrer.

— Suis-je toujours le bienvenu ? demanda-t-il.

Melody sourit.

— Bien sûr.

Il n'imaginait pas à quel point.

Elle avait bien tenté de se persuader qu'il valait mieux renoncer définitivement. En vain. Et si elle avait eu encore la moindre hésitation, dès qu'elle lui avait ouvert et avait posé les yeux sur lui, son cœur s'était mis à battre follement.

— Vous auriez pu changer d'avis, dit-il.

— Je…

Sa petite voix intérieure lui souffla soudain qu'il était peut-être encore temps. Mais avant qu'elle ait eu le loisir d'en décider, il entrait, refermait la porte derrière lui et l'attirait dans ses bras. Déjà il prenait sa bouche en un baiser qui lui coupa le souffle. Un baiser profond, passionné, auquel elle répondit avec fougue.

Elle referma les bras autour de son cou, se hissa sur la pointe des pieds, sa langue se pressant contre la sienne, sa bouche offerte.

Melody était si incroyablement désirable que, enivré, Dare la plaqua soudain contre la porte, son corps collé au sien.

La chambre était nette, parfaitement en ordre. Elle correspondait tout à fait à la femme qu'il avait rencontrée, sobre, élégante, très professionnelle d'allure. Mais en cet instant, il en allait tout autrement. Les doigts enfouis dans ses cheveux, elle pressait son corps contre le sien, cambrée, éperdue.

Il dégrafa la fermeture de sa robe, glissa une main dans son dos. Sa peau était fraîche et douce. Il la caressa, descendit jusqu'au creux de ses reins. Puis, empoignant soudain ses fesses, il la plaqua plus fort contre lui.

Elle interrompit leur baiser, posa son front contre

le sien et ouvrit les yeux. Et tandis que leurs regards s'unissaient, Dare eût soudain l'étrange sensation que chacun d'eux pouvait lire dans l'âme de l'autre.

Il chassa très vite cette pensée. Il n'était pas question de cela, ici, mais d'une aventure d'une nuit. Une relation purement physique et tombant à point nommé pour chasser la tension accumulée depuis qu'il était arrivé à Nantucket. Ce n'était rien de plus. Et de toute façon, ils n'avaient rien en commun.

Melody s'écarta, saisit sa main et l'entraîna dans la chambre, vers le lit.

Elle avait lâché ses cheveux et, lorsqu'elle se retourna, ils volèrent, souples et soyeux, autour de ses épaules. D'un geste leste, elle fit glisser sa robe, laquelle tomba au sol dans un froissement léger.

Dare la regarda, le souffle coupé. Elle était belle, vêtue seulement d'un soutien-gorge de dentelle couleur champagne et d'une culotte assortie. Elle avait de jolis seins ronds, la taille fine, et des jambes longues et galbées. Et elle le fixait, tout à fait à l'aise.

— Il me semble que l'un d'entre nous a pris un peu d'avance, non ?

— Je m'accordais le temps de jouir de la vue.

— J'aimerais pouvoir en faire autant. Vous avez besoin d'aide ?

— Pourquoi pas ?

Melody s'approcha, saisit sa cravate et l'attira à elle. Dare se laissa faire, bien conscient qu'il était déjà totalement sous le charme.

Totalement. D'ailleurs, c'était tout ce qu'il souhaitait. Faire ce qu'elle voulait, ce qu'elle attendait de lui. Et il sentait son désir, son excitation, croître au fur et à mesure qu'elle prenait la situation en main.

La jeune femme se pencha, effleura ses lèvres, les mordilla tandis qu'elle dégrafait un à un les boutons de sa chemise. Il savoura la caresse envoûtante de ses doigts sur sa peau. Puis elle écarta les pans du vêtement et se recula un peu.

— Il vous reste encore beaucoup trop de vêtements, susurra-t-elle. Déshabillez-vous…

Les mots agirent telle une décharge électrique et il sentit son corps s'enflammer. Il retira les boutons de manchette de ses poignets, finit d'ôter sa chemise.

— C'est mieux ? demanda-t-il.

— Il y a du progrès.

Melody s'avança, posa une main sur son torse, en caressa la toison douce, les muscles fermes et chauds. Puis, lentement, elle descendit vers son ventre.

Elle détacha la ceinture de son pantalon, fit glisser la fermeture et introduisit sa main dans la braguette. Il était en pleine érection et elle le caressa, provocante, à travers le tissu léger de son boxer. Il réagit aussitôt. Son souffle s'accéléra, soudain plus rauque, et brusquement, il saisit sa main, l'immobilisa. Il ne pouvait pas la laisser continuer. Il se sentait trop proche de chavirer.

Cette femme le rendait fou. Un bras glissé à sa taille, il la plaqua contre lui et dégrafa son soutien-gorge. Aussitôt, elle pressa avec volupté ses seins contre son torse, cherchant sa bouche.

Il recula jusqu'au lit avec elle, le visage enfoui dans son cou, mordillant doucement son oreille. Puis il la renversa sur les draps, s'écartant un instant, le temps de saisir un préservatif et de l'enfiler.

Melody cambra les reins, ôta sa culotte. Étendue sur le matelas, elle le fixait à présent, nue, offerte. Ses cheveux dorés, épars sur l'oreiller, encadraient son visage. Elle était magnifique. Tout en elle l'invitait, et il la rejoignit aussitôt.

Il referma les mains sur ses seins, les caressa, et elle écarta doucement les jambes pour lui.

Il se glissa alors au-dessus d'elle, ancra son regard dans le sien. Melody saisit son sexe et, soulevant le bassin à sa rencontre, elle l'introduisit en elle. Un frisson les parcourut tous deux. Ils avaient tellement envie l'un de l'autre que c'en était presque douloureux. Elle le voulait, et il la voulait aussi.

Il se pencha, prit sa bouche et plongea en elle d'un seul coup de reins. La sensation fut telle qu'ils s'immobilisèrent un instant. Puis, elle se cambra et noua les jambes autour de sa taille, comme si elle voulait le sentir plus profondément encore. Il se mit à bouger. Lentement tout d'abord, la faisant attendre. Puis le rythme s'emballa. Leurs deux corps soudés se donnaient maintenant l'un à l'autre avec toute la frénésie du désir qui n'avait cessé de monter en eux durant toute la soirée. Déjà il la sentait se tendre, le souffle de plus en plus court.

Il glissa une main entre eux, caressa son sexe, pressa doucement son clitoris. Elle haletait, éperdue. Et lorsqu'elle se crispa soudain, criant son nom, il sentit se répercuter en lui les longs spasmes de son plaisir.

Il l'attrapa alors par les hanches et, ivre de désir, il la prit encore et encore, puissant, possessif. Il sentait son sexe doux, enivrant, presser le sien à chaque mouvement et, bientôt, il rendit les armes, abandonna tout contrôle et jouit, longtemps, violemment.

Quand, épuisé, vaincu, il se renversa sur le côté, il l'attira dans ses bras et la serra contre lui, comme s'il voulait la garder pour toujours. Comme si elle n'était plus seulement l'aventure d'une nuit.

Lorsqu'il se rendit compte de ce qu'il faisait, il desserra son étreinte, baissa les yeux vers elle. Elle le regarda et lui sourit.

— C'était vraiment bien, non ?

- 3 -

Melody se réveilla en sursaut, le dos calé contre le corps chaud, musclé d'un homme. Il lui fallut quelques secondes pour reprendre pied, se rappeler où elle se trouvait et avec qui. Le radio-réveil, sur la table de chevet, indiquait 2 h 13. Il faisait sombre et seul un rai de lumière argenté filtrait entre les rideaux tirés.

Dare Bisset.

Le sénateur Dare Bisset.

Elle s'était invitée à la réception dans le but d'obtenir des informations sur lui. Et elle demeurait déterminée à mener à bien cette mission, même si la situation s'était quelque peu compliquée. Une pointe de remords l'assaillit soudain à l'idée de fouiller dans ses affaires, mais elle allait devoir le faire. Jusque-là, elle n'avait pas appris grand-chose hormis qu'il était une personne loyale, toujours là lorsqu'il s'agissait de soutenir ceux qui appartenaient au cercle de ses proches. C'était également un individu combatif, doté d'un solide esprit de compétition, et qui se montrerait certainement coriace.

Mais cela suffirait-il à aider son patron à prendre l'avantage sur lui ? Elle en doutait. Alors, quel que soit le plaisir qu'elle prenait avec cet homme, elle allait devoir profiter de la situation et obtenir un peu plus d'atouts à mettre dans sa manche.

Il ronflait doucement, signe qu'il dormait profondément.

Melody se leva sans bruit. Il roula sur le côté, ses ronflements cessèrent, et elle se figea une seconde, attendant de voir ce qui allait se passer. Mais déjà sa respiration se faisait profonde et régulière.

Elle se pencha pour ramasser les vêtements éparpillés au sol afin de les poser dans un fauteuil, lorsque le portefeuille et le téléphone de Dare glissèrent des poches.

Était-ce un signe ? Elle ne pouvait cependant pas se mettre à fouiller. C'était vraiment embarrassant, même avec les meilleures raisons du monde. En ramassant le portable, elle vit que l'écran indiquait trois messages. Sa curiosité fut aussitôt éveillée, mais elle se refusa à les regarder et posa le téléphone retourné. Ceci dit, ils étaient là, bien visibles, et elle pouvait tout de même jeter un coup d'œil rapide.

Le premier texto venait de sa mère. Elle lui souhaitait bonne nuit. Rien que de très innocent. Il n'y avait aucun mal à l'avoir vu. Melody se sentait néanmoins indiscrète. Pourtant, elle cliqua sur le second. Il venait de Hank Cooper. Ce dernier faisait partie d'une commission sénatoriale, similaire à celle que présidait Dare, et qui travaillait également à l'élaboration d'une loi concernant le système de santé. Son message était tronqué et elle ne put en lire que le début.

Turnball a des doutes. Veut une réunion…

Turnball ?

Bill Turnball ? Il ne pouvait s'agir que de lui. Il faisait partie des lobbyistes parmi les plus puissants de l'industrie pharmaceutique et était totalement opposé à toute réforme. En fait, c'était l'une des premières personnes que son équipe avait contactées. Jouait-il un double jeu ? Tentait-il de rallier à sa cause le sénat et les commissions tout en menant son patron en bateau ? Il fallait qu'elle en ait le cœur net.

Il y avait un troisième message, mais Melody craignait de de se faire surprendre si elle prenait le temps de le consulter. Elle y jeta néanmoins un œil. Il signalait l'arrivée de photos sur les réseaux sociaux.

Elle devint blême. S'ils avaient été photographiés ensemble, elle était perdue. Et pas seulement auprès de Dare Bisset. Son patron n'apprécierait certainement pas ce genre de publicité. Il lui avait recommandé la plus grande discrétion si elle tentait d'approcher le sénateur et son équipe.

Voilà qui n'était pas bon du tout.

Elle remit très vite le téléphone en place, attrapa le sien et passa dans la salle de bains. Elle ouvrit aussitôt Instagram et fit défiler les photos de Dare. Heureusement, elle n'était reconnaissable sur aucune. On la voyait une fois de dos, une autre de profil, mais son visage était caché par Dare lui-même tandis qu'ils dansaient.

Ouf !

Elle n'avait pas pensé un instant aux réseaux sociaux. Il y avait eu cette étincelle, cette brusque attirance lorsque Dare était venu vers elle, et elle avait oublié tout le reste. Combien de fois son impulsivité lui avait-elle déjà joué des tours ? Elle ne les comptait plus. Il était temps qu'elle cesse de réagir instinctivement et qu'elle fasse preuve de jugeote.

Melody poussa un soupir et saisit quelques notes concernant ce qu'elle avait vu sur le téléphone ainsi que ses impressions concernant Dare. Puis elle retourna se coucher.

Elle se glissa doucement dans le lit. Il tendit aussitôt un bras, l'attira contre lui.

— Ça va ?

— Oui. J'avais soif. Je suis allée boire un peu d'eau.

Il marmonna quelque chose et la serra plus fort. Elle ferma les yeux, s'efforça de se rendormir. Ce fut en vain.

Elle travaillait sans compter, soucieuse d'avoir toujours une longueur d'avance sur les autres, et jamais elle n'avait eu peur de prendre des risques. Mais cette situation frisait l'illégalité. Certes, elle voulait gagner, mais pas en trichant. Or, n'était-ce pas ce qu'elle était en train de faire ?

Elle se disait néanmoins qu'il s'agissait simplement de recherches. Dans les batailles les plus célèbres, les grands généraux s'informaient toujours sur leurs ennemis avant de lancer les hostilités, et c'était exactement ce à quoi elle s'employait.

Alors pourquoi ressentait-elle cette boule au creux de l'estomac ?

Melody tenta de fermer les yeux, de se représenter ce qu'elle prévoyait d'accomplir dans l'avenir. Cela l'aidait toujours à se calmer et à trouver le sommeil. Mais cette fois, dès qu'elle s'assoupissait, elle était assaillie par les rêves les plus fous.

Lorsqu'elle s'endormit finalement, elle n'était pas plus avancée. Avait-elle eu raison d'approcher Dare Bisset ? Allait-elle utiliser les informations qu'elle détenait ?

Elle se réveilla quelques heures plus tard, titillée par une délicieuse odeur de café. Dare était assis sur le bord du lit.

— Bonjour, Melody.

Il s'était levé tôt, comme à son habitude. Quelle que soit l'heure à laquelle il se couchait, Dare se réveillait systématiquement à 5 heures et en pleine forme.

Pendant un moment, il était resté à observer Melody, endormie à ses côtés, l'esprit traversé par des pensées qui lui venaient parfois. Des pensées de stabilité, de relation durable. Comment serait sa vie s'il la partageait avec une femme, s'il rentrait chaque soir pour la retrouver ? En tout cas, cette femme n'était pas Melody. Elle le lui avait fait clairement comprendre la nuit précédente.

Quant à lui, il n'envisageait pas de s'attacher à quelqu'un. Il aimait les femmes, il les respectait et s'était toujours montré parfaitement honnête envers elles dans les relations qu'il avait eues. Il redoutait, en s'engageant, de ne pouvoir demeurer fidèle.

Son père n'y était pas parvenu avec sa mère, et sa famille en avait souffert. Mais Dare ne possédait pas son arrogance, son détachement. Il n'était pas prêt à faire souffrir ceux qui l'aimaient au profit de son seul plaisir.

Ce matin, il s'était douché, puis habillé avec les vêtements achetés à la boutique, la veille, lorsqu'il était allé chercher des préservatifs. Melody avait dormi durant tout ce temps, y compris lorsqu'il avait fait monter le petit déjeuner pour deux. Il avait du travail, mais il n'avait jamais été le genre d'homme à s'éclipser, le matin, pendant qu'une femme était assoupie. Il trouvait cela incorrect. Il savait que son frère Logan ne s'en privait pas. Cela évitait les conversations gênantes au réveil, prétendait-il.

— Bonjour, répliqua Melody. C'est pour moi, ce café ?

— Oui. Vous le prenez noir ?

— Noir, c'est parfait, dit-elle.

Dare sourit.

— J'ai mis du sucre.

Melody but une gorgée et ferma les yeux de plaisir.

— Mmm. Je n'ai plus mis de sucre dans mon café depuis l'université. J'avais oublié à quel point c'était bon.

— Je suis d'accord. Moi, j'adore commencer ma journée avec une pointe de douceur, déclara Dare. J'ai commandé un peu de tout, si vous avez faim.

— C'est le cas. Mais je vais me doucher d'abord.

Elle bondit hors du lit et il l'aperçut, nue, lorsqu'elle attrapa son café et l'emporta dans la salle de bains. Il fut tenté de lui faire l'amour, à nouveau, mais il ne voulait pas devenir plus accro à elle qu'il ne l'était déjà. Ils n'avaient aucun avenir ensemble, et plus vite il quitterait cette chambre d'hôtel et retournerait à sa vie normale, mieux ce serait pour lui.

Il installa le petit déjeuner sur la table et répondit à ses messages. Notamment à sa grand-mère, l'assurant qu'il passerait lui dire au revoir avant de repartir. Il y avait également deux messages de son assistante et un de sa sœur, Mari, lui demandant de rentrer avec lui à New York dans son jet privé.

Dare avait une matinée très chargée en perspective, et il avait voulu consacrer toute son attention à Melody avant d'être happé par son travail. Mais il était déjà trop tard. Il songeait à tout ce qu'il avait à faire et au moment où il allait devoir partir.

Elle sortit bientôt de la salle de bains et le rejoignit. Elle avait rassemblé ses cheveux en queue-de-cheval et s'était drapée dans un peignoir en éponge au logo de l'hôtel.

Elle s'assit, souleva la cloche qui recouvrait l'assiette devant elle.

— Des œufs au bacon ! D'habitude, je ne bois qu'un smoothie vert. C'est ma façon de manger la part journalière de légumes recommandée.

— Je ne savais pas ce que vous aimiez.

En la regardant dormir, il avait pris conscience qu'il ignorait quasiment tout d'elle. Et c'était très bien ainsi. Pourtant, au fond, il aurait aimé qu'il en soit autrement, mais c'était impossible. Il n'y avait pas de place pour elle dans son monde. Il n'avait pas menti en disant qu'il était un bourreau de travail, et il aimait son métier. Cela rendait les relations difficiles, c'était le moins que l'on puisse dire, il était bien placé pour le savoir. Et puis, elle était jeune. Il valait mieux qu'elle trouve quelqu'un de son âge.

— Le matin, je ne mange jamais autant. Et le smoothie c'est tout de même plus facile à avaler qu'une assiette de brocolis.

Elle faisait la conversation, parlant de tout et de rien, et il se rendit compte qu'elle était peut-être nerveuse.

— Ça va ? demanda-t-il.

— Oui. C'est juste que… en général, les hommes ne s'attardent pas le lendemain. Je ne sais pas trop comment me comporter.

— Je ne savais pas, moi non plus. Mais j'ai toujours trouvé incorrect de partir en douce. Vous voulez peut-être que je vous laisse, à présent ?

— Non. Ça me plaît que vous soyez là.

— Qu'avez-vous prévu, aujourd'hui ? Quand quittez-vous Nantucket ?

— Je vais probablement faire un peu de shopping et j'ai un billet pour le dernier ferry. Et vous ?

— Je pars dès que nous aurons fini ce petit déjeuner et après être passé saluer ma grand-mère. Une tonne de travail m'attend. Ces quelques jours devaient être du repos, mais ils ne l'ont pas été autant que je l'espérais.

— C'est parfois comme ça, le week-end.

— En général, je me détends, mais là, entouré de ma famille et de ses rivaux en affaires…

Melody rit.

— Oui, il y a de quoi rendre un séjour stressant.

La discussion piétinait. Preuve que les aventures d'une nuit ne sont guère censées durer au-delà.

Ils terminèrent le petit déjeuner.

— Si je me souviens bien, vous travaillez à Washington ? demanda Dare.

— Oui, en effet.

— Nous échangeons nos numéros de téléphone ?

— Vous croyez ? Rien ne vous y oblige. Comme vous l'avez fait remarquer hier, cette soirée était un moment hors du temps.

Il acquiesça lentement d'un signe de tête.

— Très bien. Dans ce cas… je vais vous dire au revoir et vous laisser reprendre le cours de votre vie.

Il se leva, récupéra ses effets personnels. Puis, après avoir adressé un dernier regard à Melody, il se détourna et sortit. Il savait qu'il ne la reverrait jamais. Mais il garderait longtemps le souvenir de cette nuit magique passée avec elle.

— Bien sûr que je suis jalouse ! Tu as pu approcher Toby Osborne ?

La mère de Melody était assise sur le bord du lit et regardait sa fille rassembler ses affaires pour regagner Washington, le lendemain matin.

— Non. Il était très occupé avec la mariée, et je suis certaine qu'il n'avait aucune envie de faire un selfie avec moi.

— En tout cas, ton nouveau poste t'offre de sacrées opportunités ! J'aimerais beaucoup que tu restes, mais tu reviendras peut-être en août ?

— Peut-être, répondit Melody, certaine de ne pas revenir.

Elle adorait la plage en été, mais il était hors de question qu'elle prenne des vacances et se laisse doubler par une collègue, voire par l'une des stagiaires de son équipe. Personne ne lui passerait devant.

— Tu sais, je vais être très occupée, dit-elle. Nous avons beaucoup à faire afin d'être prêts pour notre présentation devant le Congrès. Je doute de pouvoir venir, mais papa et toi pourrez me rendre visite à Washington.

— J'y compte bien ! Je vais aller jeter un coup d'œil au sèche-linge pour voir où en sont tes vêtements.

Dès que sa mère fut sortie, Melody cessa de jouer la comédie et arrêta de sourire, comme elle s'y efforçait depuis… depuis que Dare avait quitté sa chambre d'hôtel, en fin de matinée.

Qu'est-ce qui n'allait pas chez elle ? Le monde de la politique n'avait rien d'un long fleuve tranquille, elle le savait. C'était une affaire de stratégie et de tactique, et elle avait avancé ses pions. Il n'y avait pas de mal à cela. Elle avait toujours joué pour gagner. C'était dans son ADN.

Mais était-il possible qu'elle ait eu une autre motivation ?

Car c'était la première fois qu'elle avait une relation intime avec l'ennemi.

Seigneur ! Elle avait l'impression de se retrouver dans un mauvais feuilleton télé.

Brusquement, son téléphone émit un petit bip. Elle jeta un coup d'œil à l'écran. C'était un message d'Aubrey, une nouvelle collègue chargée, elle aussi, d'effectuer des recherches. Elles s'étaient tout de suite bien entendues, toutes les deux.

Salut ! Comment ça s'est passé à Nantucket ? Tu as trouvé quelque chose sur DB ? J'ai quelques infos, mais il est plutôt sérieux. Pas grand-chose de croustillant à son sujet.

Melody se montra très évasive dans sa réponse.

Salut. C'était super, mais trop de touristes. J'ai trouvé deux, trois petits trucs. Je suis déjà en train d'élaborer un profil.

Quoi ??? Vas-y, raconte.

Creuse de ton côté, ma chérie.

C'est de bonne guerre. Café demain à 9 heures ?

Compte sur moi.

Melody reposa son téléphone et termina ses bagages. Elle était heureuse à la perspective de prendre un café avec Aubrey. Cependant, elle n'oubliait pas que toutes deux étaient en compétition pour la première place au cabinet.

Elle avait besoin de parler de Dare avec quelqu'un, et ce quelqu'un ne pouvait pas être Aubrey. Il fallait qu'elle discute avec Ben, son frère. Celui-ci était parti pêcher avec leur père mais devait être de retour avant son départ.

Malheureusement, il en fut autrement. Ben avait rencontré des amis, et ils avaient décidé de partir faire de la voile. La jeune femme se retrouva donc seule avec ses pensées. Et ce fut loin de l'aider. Elle ne cessait de songer à Dare, aux sensations qu'elle avait éprouvées dans ses bras.

Il fallait absolument qu'elle le chasse de son esprit.

Le voyage l'y aida, entre ferry, aéroport et taxi. Jusqu'à son retour chez elle, à Crystal City, elle ne pensa pas une fois à Dare.

Melody entra, posa ses bagages et jeta un coup d'œil autour d'elle. Le logement était petit mais situé dans un environnement très agréable. Elle travaillait dur et économisait pour s'acheter un appartement à elle. Et plus elle serait performante, plus vite elle atteindrait son but.

Voilà qui la ramenait à des pensées plus raisonnables. Aujourd'hui, elle avait cédé à un peu de sentimentalisme. Le fait d'avoir rencontré Dare à un mariage y était pour beaucoup. Ce genre de circonstance avait le don de générer des sentiments à l'eau de rose qu'elle préférait ignorer.

Elle s'assit à son bureau, ouvrit son ordinateur et lança une recherche sur Turnball. Elle découvrit qu'il avait été récemment licencié par People's RX, le groupe pour lequel il travaillait, ce qui faisait de lui un électron libre.

Elle passa la soirée à peaufiner ses notes et, lorsque vint l'heure de se coucher, elle se félicita de n'avoir pas fureté sur les réseaux sociaux de Dare. Tandis qu'elle bûchait sur la présentation à effectuer devant la commission, c'était au sénateur qu'elle avait pensé, pas à l'homme. Ce qui n'était pas si surprenant, dans la mesure où son aventure avec lui appartenait déjà au passé. Il avait été l'amant parfait d'une nuit, et c'était très bien ainsi.

Mais tandis qu'elle se tournait et se retournait dans son lit, cherchant le sommeil, elle se rendit compte que la chaleur de son corps, l'étreinte de ses bras lui manquaient.

Quelle idiote elle faisait ! Non, il ne lui manquait pas, conclut-elle fermement. Pas du tout ! Elle eut recours à sa technique de respirations profondes et finit par s'endormir. Mais ce fut pour se réveiller en nage. Elle avait rêvé de lui. Il lui faisait l'amour dans son bureau de Washington. C'en était trop ! Elle se leva, se doucha et se remit au travail.

C'était la seule solution pour cesser de penser. Mais comment mettre ses émotions de côté alors qu'elle écrivait sur lui ? Il lui fallut se rendre à l'évidence, c'était mission impossible.

À 6 heures, elle avait terminé son rapport. Elle sortit courir, s'efforçant de prendre de la distance vis-à-vis des souvenirs de cette nuit dans ses bras. Ce fut en vain.

Lorsqu'elle retrouva Aubrey pour le café, cette dernière lui parut invraisemblablement bavarde. La supporter fut difficile. N'ayant quasiment pas dormi, Melody était à cran. Était-ce à cause du rapport et de l'envie que son travail lui octroie la première place dans l'équipe ? Se sentait-elle coupable ? Ou se trouvait-elle tout simplement en manque de Dare, parce qu'une nuit avec lui ne lui avait pas suffi ? Elle savait pourtant qu'il n'y en aurait pas d'autre.

— Je suis très tendue à la perspective de présenter nos idées à la réunion, ce matin, dit Aubrey.

— Pour quelle raison ? demanda Melody tandis

qu'elles se dirigeaient vers leur bureau. Tu es l'une des meilleures du groupe.

— Merci, mais tu es restée tellement vague dans ton message. Ça me donne à penser que tu as un scoop.

— J'ai de la matière, reconnut Melody. De quoi faire avancer les choses.

— J'en étais sûre. On m'avait dit qu'il fallait t'avoir à l'œil.

— Tu ferais bien, en effet. Mais on m'a dit la même chose de toi.

— Nous devrions faire une équipe de choc, alors !

Melody sourit, mais ne fit pas de commentaire. Elle n'avait aucune intention de partager les honneurs avec qui que ce soit.

- 4 -

Dare avait toujours un pincement au cœur lorsqu'il devait quitter sa grand-mère. Ils étaient très proches. Ses parents avaient mené une vie plutôt chaotique et, quand il était enfant, elle s'était très souvent occupée de lui.

Ce matin, il l'avait rejointe sur le banc où elle avait coutume de s'asseoir avec son grand-père, aujourd'hui disparu, et rien ne l'apaisait autant que de rester un moment à contempler l'océan à ses côtés.

— Je parie que tu n'aurais jamais cru être un jour soulagé de rentrer à Washington, dit-elle tandis qu'ils goûtaient la douceur de la brise sur leurs visages.

— En effet. Mais tout n'a pas été négatif, si ?

— De toute manière, je suis trop vieille, les scandales ne peuvent plus m'atteindre.

— Grand-mère, tu n'es pas aussi vieille que tu le prétends, rétorqua Dare, glissant un bras autour de ses épaules.

— Les ans sont là, tu sais. Mais ce matin, en voyant Adler et Nick l'air si heureux, je me suis sentie rajeunir, admit-elle. Et toi ? Je t'ai vu danser avec une jolie blonde, hier soir… et d'après Michael, tu n'étais pas là ce matin.

Michael, le majordome, ne s'occupait pas seulement de faire tourner la maison de sa grand-mère, il la tenait informée de tout ce qui s'y passait.

— Nous avons sympathisé, dit Dare. Elle est

charmante. Son petit ami lui avait fait faux bond et elle s'est invitée à la réception. Méfiant, j'ai quand même préféré la garder à l'œil.

— Et de fil en aiguille…

Dare lui adressa un tendre sourire avant de répliquer :

— Les confidences s'arrêtent là.

Sa grand-mère hocha la tête d'un air entendu.

— Je suis heureuse de te voir sourire. Je me fais du souci de te savoir à Washington.

— Pourquoi ?

— Tu es trop tendre pour ce monde de requins.

— Je me débrouille très bien.

— J'en suis convaincue, mais je sais également quel est le prix à payer. Voilà pourquoi je me réjouis de te voir heureux, ce matin.

— Merci, grand-mère. Je le suis, c'est vrai. Et toi, que vas-tu faire lorsque nous serons tous partis ?

— Respirer.

Dare eut un petit rire.

— Tu as besoin de tes moments de solitude, c'est ça ?

— Absolument. Je vous aime tous beaucoup, mais je vais apprécier de me retrouver seule avec Michael et en compagnie de mon cocktail préféré.

— Je te comprends. Moi aussi, j'ai hâte de rentrer chez moi.

— Tu vas me manquer. Je vais être de passage à Washington pour l'inauguration d'une galerie, un peu plus tard, cet été. Je te préviendrai pour que nous puissions dîner ensemble.

— Avec grand plaisir.

Dare posa un baiser sur sa joue et se leva. Il était l'heure de gagner l'aéroport pour quitter Nantucket.

— Tu vas revoir la jeune femme blonde, à Washington ?

— Non. Malheureusement.

— C'est triste, mais elle t'aura au moins redonné le sourire un temps. Au revoir, Dare.

— Au revoir, grand-mère. Je t'aime.

— Moi aussi, mon grand.

Durant le trajet vers l'aéroport, Dare ne put s'empêcher de songer à la question que lui avait posée sa grand-mère. Reverrait-il Melody ? Il savait que la réponse était non. Cela ne lui avait pas posé problème sur l'instant. Mais à présent, il pensait de plus en plus à elle. Peut-être aurait-il dû lui demander ses coordonnées. Juste comme ça, au cas où. Pourquoi une aventure devrait-elle se limiter à une nuit ? Il n'y avait pas de loi dans ce domaine.

Sa sœur Marielle et son fiancé, Inigo Velasquez, l'attendaient sur place, et il fut aussitôt distrait de ses pensées, fort heureusement.

— Nous allions partir sans toi, dit Mari. Inigo doit absolument être à l'heure pour sa prochaine course et je suis toujours nerveuse dans ces cas-là.

— Je sais, fit Dare, adressant un petit signe à Inigo avant de se pencher pour embrasser sa sœur. Je suis passé dire au revoir à grand-mère.

— Je comprends. J'espère qu'elle ne va pas se sentir trop seule après notre départ à tous.

— Je pense que ça ira, répliqua Dare.

— Je crois qu'elle va surtout apprécier le calme, ajouta Inigo.

Mari haussa les sourcils.

— Ce qui veut dire ?

— Que ta famille est assez problématique et que ce week-end n'a pas été facile.

— C'est juste. J'aurais dû convoquer une réunion pour discuter du cas de papa. Pour une fois que ce n'est pas moi la source des problèmes !

Dare rit. Sa sœur était la plus jeune de la famille, connue pour sa forte tête et son tempérament provocateur, ce qui lui valait régulièrement d'être rappelée à l'ordre. Elle avait de qui tenir ! Il imaginait déjà la réaction de leur père.

— Heureusement que tu ne l'as pas fait, dit Inigo. August aurait piqué une crise.

— Tu ne crois pas qu'il aurait mieux valu, plutôt que de lui voir afficher cet air humble et contrit tout le week-end ? Il ravalait tellement ses émotions qu'on le sentait prêt à exploser.

Dare se demandait ce qui allait se passer lorsque son père n'aurait plus à faire bonne figure face à la famille. Il songea à ce que lui avait dit Melody concernant ses parents. Jamais sa mère à elle n'aurait toléré pareilles infidélités sans réagir. Il faudrait qu'il leur téléphone, le week-end prochain, pour prendre des nouvelles.

Il lui arrivait parfois de regretter d'être l'aîné. Il s'inquiétait pour ses frères et sa sœur, et désormais, pour ses parents. Jamais encore ces derniers n'avaient vécu une crise aussi grave. Sa mère avait tant pardonné à son mari, mais en serait-elle capable cette fois encore ?

Et celui-ci, comment réagirait-il ? La révélation que Juliette avait faite concernant Logan avait stupéfié tout le monde. Avoir échangé, à la maternité, son enfant mort-né contre l'un des jumeaux de Cora Willams, la maîtresse de son père ! Cela dépassait l'entendement. Logan et Nick étaient frères jumeaux !

Dare savait qu'August avait toujours aimé sa mère, mais se remettraient-ils d'un tel mensonge, d'une blessure aussi profonde ?

Il songea que c'était finalement une bonne chose qu'il n'ait pas demandé les coordonnées de Melody. Il ne se faisait pas confiance et préférait ne pas se risquer à avoir une relation avec une femme qui lui plaisait autant.

Melody partageait un bureau avec Aubrey et Chris, les autres chargés de recherches de l'équipe. Un bureau exigu et situé à l'entresol de l'immeuble. Tous trois nourrissaient les mêmes aspirations. Gravir les échelons, et les étages, pour occuper un jour un de ces bureaux aux grandes baies vitrées offrant une vue imprenable sur la ville.

Aubrey et Chris apportaient la touche finale à leur présentation. Celle de Melody était bouclée depuis longtemps. En attendant l'heure de la réunion, elle lança discrètement une recherche Internet sur Dare Bisset. Le scoop du week-end s'étalait dans la presse : August Bisset était le père biologique de Nick Williams. Elle cliqua sur l'un des gros titres. L'article apparut, accompagné d'une photo de Dare, si élégant, si séduisant dans son costume. Elle songea à son corps, à ses baisers, au picotement enivrant de sa barbe naissante contre sa peau.

— Melody, tu es prête à monter pour la réunion ? demanda soudain Chris.

— Oui, oui.

— Je croyais que tu avais terminé tes recherches… ?

— C'est le cas. Simple vérification de dernière minute.

Elle ferma à la hâte Internet, son ordi portable, et se leva.

D'un geste, elle lissa sa jupe, vérifia que son chemisier était correctement rentré dans sa ceinture, puis elle enfila sa veste.

Dans l'arène politique, il était indispensable de soigner son look pour espérer réussir. Elle surprit Aubrey et Chris jetant un coup d'œil rapide dans le miroir pour vérifier leur tenue. En d'autres circonstances, ils auraient probablement été amis, mais ils avaient tous des ambitions et des personnalités de battants. La compétition les empêchait de se faire totalement confiance.

— Bien, allons les séduire ! dit Chris.

Melody dissimula un sourire tandis qu'ils quittaient le bureau. Qu'ils ne s'y trompent pas, c'était elle qui allait séduire son boss !

Johnny Rosemond avait commencé sa carrière, au début des années 2000, comme visiteur médical, puis il avait été engagé par l'un des lobbys pharmaceutiques les plus influents du pays et, aujourd'hui, il dirigeait son propre cabinet et n'hésitait pas à se servir de la très grande notoriété qu'il avait acquise pour obtenir ce qu'il voulait. Melody, ses autres collègues et même les stagiaires, tous étaient des pointures et ambitionnaient de suivre ses traces.

— Alors, où en est mon équipe ? lança-t-il en les accueillant dans son bureau. J'espère que vous avez du lourd. Bisset est un coriace. Compte tenu des liens que sa famille entretient depuis toujours avec les politiques et de sa réputation d'intégrité, il va falloir être bons.

Melody jeta un coup d'œil à Aubrey et Chris, prête à

prendre la parole, mais Aubrey la devança. Elle présenta le fruit de ses recherches et évoqua les pistes à suivre pour de futures investigations. Le tout était en somme assez basique, mais Melody y prêta une oreille attentive, toujours à l'affût d'un renseignement intéressant à ajouter à son dossier. Chris prit la suite et elle l'écouta, mais il n'annonça rien qu'ils ne sachent déjà.

— Vous avez quelque chose de différent ? demanda Johnny, se tournant vers elle.

— Oui, j'ai du nouveau.

Ses deux collègues n'avaient rien trouvé d'extraordinaire et, pour être tout à fait honnête, si elle-même ne s'était pas invitée à la réception de mariage, elle n'aurait pas eu grand-chose à proposer non plus.

— J'ai appris que Bill Turnball joue un double jeu et qu'il envisage une réunion avec Bisset. Je pense que, si nous réussissons à lui parler avant cette entrevue, nous parviendrons à faire pression et à gagner une longueur d'avance. Bisset est un homme de parole et il fera ce à quoi il s'est engagé. Je crois que Turnball est la carte à jouer.

— Comment avez-vous obtenu cette information ? demanda Johnny.

Melody réagit au quart de tour. Pas question d'avouer qu'elle l'avait appris en consultant le téléphone de Dare.

— Je connais quelqu'un qui travaille dans l'équipe du député Hank Cooper. Il l'a entendu dire. J'ai pensé que c'était une piste à suivre et j'ai mené mon enquête. Tout ce que j'ai découvert se trouve dans ma présentation. Je voulais organiser une rencontre, mais j'ai pensé préférable d'attendre votre feu vert.

Johnny s'empara du dossier de Melody et le feuilleta. Dès qu'il eut terminé, il se tourna vers son assistante.

— Shawna, prenez rendez-vous avec Bill Turnball et avec Hank Cooper. Vous avez bien travaillé, Melody. Je tiens à ce que vous soyez présente. Nous devons absolument trouver les éléments qui nous permettront de rallier Dare Bisset à notre cause. Aubrey et Chris, merci pour vos présentations. On se voit demain matin pour faire le point. Melody, vous restez, il faut que nous parlions.

Yes !!!!

Melody regarda ses collègues quitter le bureau sans beaucoup d'états d'âme. Elle avait pris des risques et elle décrochait le jackpot !

Elle passa tout le reste de la matinée dans la salle de conférences à œuvrer en compagnie de l'équipe rapprochée de Johnny, à préparer les rendez-vous à venir avec Hank Cooper et Bill Turnball.

Son patron l'invita également à déjeuner pour poursuivre la mise en place de leur plan. En résumé, ce fut une journée de rêve et tout allait pour le mieux, jusqu'à ce qu'il se tourne vers elle et lui déclare :

— Bravo pour le travail accompli, Melody. Vraiment. Je veux absolument que vous m'accompagniez lorsque nous rencontrerons le sénateur Bisset.

Melody crut que son cœur s'était arrêté de battre. Elle était chargée des recherches et n'aurait jamais imaginé participer à aucun rendez-vous. Surtout pas celui-là. Un rendez-vous qui risquait de lui coûter le poste pour lequel elle avait tant travaillé.

Dare avait repris son travail au Capitole. Il aimait ses bureaux et le personnel fidèle qui l'épaulait. Outre son rôle de président de commission, il présentait ou coprésentait de nombreux projets de loi, et parmi eux, celui sur la réforme du système de santé qui lui tenait particulièrement à cœur. Il savait se montrer diplomate et gagner à sa cause même ses opposants parfois farouches, notamment lorsqu'il s'agissait de démontrer que les partis politiques comme les contribuables auraient à payer le prix fort si le Congrès servait les intérêts des grands groupes et non ceux du peuple. Et de cela, les lobbyistes étaient en grande partie responsables.

Mais aujourd'hui, malgré tout son travail et les efforts qu'il faisait pour rester concentré, il ne pouvait s'empêcher de penser à Melody. Et à sa famille, également.

Durant son séjour à Nantucket, quelque chose avait changé dans sa façon de voir ses parents. Il les connaissait, connaissait leurs défauts, et les avait toujours acceptés jusqu'à présent. Mais la révélation de sa mère au sujet de Logan avait été un choc énorme. Elle avait menti toutes ces années, et la grande période heureuse vécue après son retour de la maternité avait été bâtie sur du mensonge.

Il comprenait néanmoins pourquoi sa mère avait agi ainsi. En ramenant cet enfant comme s'il était le sien, elle pensait s'attacher définitivement August. Mais cela n'avait duré qu'un temps.

August était retourné à ses affaires et à ses aventures. Dare se demandait parfois pourquoi ils étaient restés ensemble, pourquoi ils n'avaient pas mis un terme à ce mariage.

Il avait grandi dans ce contexte et en était profondément marqué. Il ne voulait surtout pas d'une vie semblable.

Pour lui, refuser tout engagement avait été la réponse qui lui avait paru la meilleure.

Alors, pourquoi Melody continuait-elle de l'obséder ? Une femme qu'il ne reverrait jamais. Une femme qui peuplait ses rêves et l'amenait à se questionner sur ce qu'il avait décidé de faire de sa vie.

— Johnny Rosemond et son équipe demandent à te rencontrer, cet après-midi, pour évoquer certains points avant que la commission ne siège. Je lui ai dit que ton emploi du temps était très chargé, mais que nous allions voir ce que nous pouvions faire, dit Cami Osteen.

Cami avait trente-deux ans et elle dirigeait l'équipe de Dare depuis huit ans. Elle avait une allure décidée, de beaux cheveux frisés qu'elle portait courts et n'était pas du genre à se laisser impressionner par les sénateurs, même les plus chevronnés.

— Je me demande ce qu'il manigance, répondit Dare. Il sait que nous ne pouvons aborder aucun point en privé sans en référer à la commission.

— Il le sait. Mais, apparemment, il dispose de certaines informations que nous pourrions trouver utiles.

— Hum… Bon, organise cette réunion.

— Tim Kramer souhaite également te voir.

— Je m'en doute.

Tim était le leader d'un groupe déterminé à se servir de la commission pour frapper un grand coup contre les entreprises pharmaceutiques et leur lobbying. Dare avait beau admirer son engagement, il ne lui était pas toujours possible de justifier ses méthodes d'action.

— Je serais tenté de les recevoir ensemble, ils adorent l'affrontement et ce serait certainement amusant. Mais je sais qu'ils risquent de le prendre mal. Programme Johnny aujourd'hui, et Tim demain.

— Nous devons également choisir quelques stagiaires pour l'automne. Je te pose les CV sur ton bureau. Ah, au fait, ça s'est passé comment, le mariage ? Désolée de t'avoir fait faux bond.

— Pas de problème, j'ai trouvé quelqu'un pour te remplacer.

— Ah oui ?

— Oui. Et je ne t'en dirai pas plus.

— C'est de bonne guerre. Moi aussi, j'ai rencontré quelqu'un, ce week-end.

— Qui ?

— Tu n'en sauras rien, lança Cami avec un clin d'œil avant de sortir de la pièce et de refermer la porte derrière elle.

Dare s'empara de la pile de curriculums. Il se demanda quel âge pouvait avoir Melody. Elle lui avait confié qu'elle venait juste de terminer ses études de droit, comme ceux qui faisaient acte de candidature dans ces CV. Elle devait avoir vingt-cinq ans, tout au plus. Ce qui était parfait puisqu'il avait déjà décidé qu'elle n'était pas pour lui. Il ne la reverrait plus. Mais la différence d'âge aurait été un problème s'ils avaient décidé d'aller plus loin.

Dare jeta un coup d'œil à sa montre. Midi. Il avait faim et quitta son bureau. Dans la rue, il crut soudain la reconnaître. C'était sa silhouette. Il pressa le pas, mais la jeune femme traversa brusquement la chaussée et il vit que ce n'était pas elle. Quel idiot il faisait ! La probabilité de la rencontrer dans son quartier était des plus minces.

Peut-être essaierait-il de trouver son numéro de téléphone.

Il haussa les épaules. À quoi bon ? Elle était si jeune. Il avait eu raison de partir. D'ailleurs, elle n'avait rien fait pour le retenir.

Durant l'après-midi, entre les rendez-vous et les coups de fil, il ne vit pas passer le temps et ne songea plus à elle. Bientôt, Cami l'informa que Johnny Rosemond et son équipe l'attendaient dans la salle de réunion.

Il s'y rendit, ouvrit la porte… et se figea sur le seuil en apercevant Melody. Leurs regards se croisèrent, et il vit ses joues rosir.

Les autres membres de l'équipe se retournèrent lorsqu'il entra et il leur sourit, imperturbable. Mais il bouillait intérieurement. Elle s'était servie de lui, et il découvrait à présent que ce n'était pas sans arrière-pensées qu'elle s'était invitée à la réception.

Il fallait avouer qu'il lui avait facilité la tâche. Il n'avait pas posé les bonnes questions. Une erreur qu'il ne commettrait plus.

- 5 -

— Permettez que je vous présente mon équipe, déclara Johnny, s'adressant à Dare, lorsqu'il pénétra dans la pièce. Paul Deville, Constance Kipling et Melody Conner.

Melody se prépara au pire. Dare allait révéler qu'il la connaissait et dans quelles circonstances ils s'étaient rencontrés. Elle se voyait déjà présentant sa démission. Mais il ne dit rien et, lorsqu'il lui serra la main, un délicieux frisson la parcourut tout entière. Le répit fut de courte durée. Quand leurs regards se croisèrent, elle découvrit une facette insoupçonnée de Dare Bisset. La colère. Une colère calme, froide, mais si intense qu'elle aurait presque préféré qu'il dévoile toute la vérité et qu'elle doive quitter la réunion.

Ce qu'il ne fit pas.

Bien au contraire. Il mena l'entrevue avec une grande affabilité et une totale maîtrise de soi. Melody comprenait d'où lui venait ce talent. Elle avait été témoin de l'attitude parfaitement contrôlée de sa mère lors de la réception. Il y avait l'homme public qui ne laissait rien paraître de ses sentiments et celui qui, en privé, autorisait ses émotions à s'exprimer.

Elle en était là de ses réflexions lorsqu'elle se rendit brusquement compte que Dare et Johnny la regardaient.

— Excusez-moi, pouvez-vous répéter ? demanda-t-elle, consciente d'avoir décroché.

Elle allait devoir se montrer nettement plus attentive.

— Johnny a mentionné que vous aviez eu un contact avec Bill Turnball et qu'il vous avait parlé de sa position de conseiller auprès de la commission, dit Dare.

— En fait, une de mes connaissances l'a mentionné, en passant. On ne m'a pas donné de détails, mais je me suis renseignée et j'en ai appris un peu plus, répondit Melody, très prudemment.

Elle ne voulait surtout pas révéler que ce renseignement provenait du député Cooper. Dare aurait aussitôt compris qu'elle avait lu ses messages.

Il hocha la tête et elle se demanda s'il n'était pas en train de faire le lien, justement. Peut-être était-elle allée un peu trop loin, cette fois-ci. Brusquement, elle se sentit prise de nausée.

Jusque-là, elle avait toujours pensé que l'envie de réussir justifiait tout et qu'elle ne devait rien s'interdire. Mais elle n'en était plus si sûre. Elle tenta de se rassurer. Au moins, à présent, elle connaissait ses limites. Mais se rassurer n'était pas chose facile alors que la conversation tournait autour d'elle. Incapable de se concentrer vraiment, elle réalisa tout à coup qu'elle se trouvait sur le point de perdre la position de force qu'elle avait acquise.

Elle ramena ses notes vers elle et décida de ne plus regarder Dare. Elle allait être membre de l'équipe qui traiterait avec sa commission et elle devait désormais prendre en compte un nouvel élément important le concernant. Cette colère froide qu'elle sentait l'animer malgré la distance qui les séparait.

Johnny était en train d'énoncer quelques faits patents dans le but de montrer à Dare que son conseiller jouait double jeu. Ce dernier semblait très heureux d'en être informé, mais Melody perçut que ce qui le préoccupait était la façon dont Johnny avait obtenu cette information.

La réunion fut bouclée en quarante-cinq minutes. L'assistante de Dare demanda leurs coordonnées et adresses mail afin de leur en envoyer le compte rendu. Melody n'avait pas de carte de visite, Johnny lui en tendit une, sur laquelle elle inscrivit les renseignements nécessaires tandis que le reste de l'équipe quittait la salle en discutant avec Dare.

Melody ne s'était jamais sentie aussi perdue, dépassée, que lorsqu'elle tendit la carte à l'assistante. Cette dernière lui adressa un sourire d'encouragement.

— C'est votre premier emploi ?

— Oui, en effet.

— Vous devez être très performante pour avoir été conviée à cette rencontre.

Melody regretta de s'être laissé troubler par Dare et de n'avoir pas retenu le nom de l'assistante. Ce n'était pas une attitude très professionnelle.

— Merci. J'étais un peu tendue en arrivant. Je suis désolée, je ne me souviens pas de votre nom.

— Cami Osteen. J'étais totalement paniquée lorsque j'ai pris mes fonctions ici, alors je comprends parfaitement.

Cami.

Celle qui aurait dû être la cavalière de Dare à la réception. Si elle l'avait accompagné, il était presque certain que Melody n'aurait pas fait sa connaissance. Cami était séduisante, vive et intelligente, et il n'était pas difficile de l'imaginer en couple avec lui. Mais cela ne semblait pas être le cas.

Melody soupira. Pourquoi s'en préoccupait-elle ? Elle avait couché avec Dare sur l'impulsion du moment, rien de plus. Peu importait qu'elle n'ait cessé de penser à lui depuis. Il était un très bon amant et ils avaient passé une nuit qu'elle n'oublierait pas, voilà tout.

Elle sortit de la salle de conférences. Dare était seul dans le couloir.

— Mademoiselle Conner. J'ai prévenu votre équipe que je vous attendais et que nous les rejoindrions ensemble.

— Merci. Mais c'est inutile. Je n'aurai aucun problème à les retrouver, j'en suis certaine.

Melody n'avait vraiment aucune envie de rester seule avec Dare. Mieux valait qu'il se calme avant toute conversation… et cela allait certainement prendre du temps !

— J'insiste, dit-il en posant une main sur son coude.

Il la guida vers la sortie de ses bureaux et elle sentit à la fermeté de ses doigts sur sa peau qu'il n'avait pas l'intention de la laisser s'en aller sans s'être expliqué avec elle.

Il la conduisit jusqu'à l'ascenseur et, lorsqu'ils furent entrés, il se servit de sa carte d'accès pour immobiliser la cabine.

— Maintenant, dites-moi ce que vous faisiez exactement au mariage de mon cousin, demanda-t-il.

Dare se pencha vers elle, bloquant toute retraite. Il était extrêmement vexé. Elle s'était servie de lui. Elle l'avait pris pour un imbécile et il commençait à douter de lui-même. Serait-il en train de perdre toute capacité de jugement ?

Certainement pas.

Jamais il n'avait laissé personne se jouer ainsi de lui et il n'était pas question que Melody s'en sorte à si bon compte. Mais il comprenait, à présent, pourquoi il s'était laissé duper aussi facilement.

Aujourd'hui, il avait face à lui la version très policée de Melody Conner. La jeune femme élégante, raffinée, en tout point délicieuse, qu'il avait rencontrée à la réception. Une allure trompeuse !

Son instinct l'avait pourtant alerté. Elle avait certainement une très bonne raison pour s'introduire ainsi dans une réception de mariage. Mais il avait été tellement absorbé par les scandales qui frappaient ses parents qu'il n'avait pas songé un instant qu'elle puisse se trouver là pour lui.

Elle portait une tenue très séduisante. Une jupe droite qui moulait la courbe harmonieuse de ses hanches et soulignait sa taille fine, et un chemisier léger, très féminin. Il s'attarda un instant sur son profil, son oreille dont il avait mordillé voluptueusement le lobe tandis qu'ils faisaient l'amour.

Il eut soudain envie de la plaquer contre lui, de prendre sauvagement sa bouche pour lui montrer qu'elle n'avait aucun pouvoir sur lui, que bien qu'ils aient couché ensemble et qu'elle l'ait utilisé pour parvenir à ses fins, il gardait le contrôle de la situation.

Mais il savait, au fond de lui, qu'il n'en était rien, qu'elle était forte et qu'il allait devoir se battre pour reprendre l'ascendant sur elle. En tant que Bisset, il savait comment s'y prendre. Mais il n'avait jamais été jusque-là avec personne. Melody serait-elle la femme qui l'obligerait à franchir les limites qu'il s'était fixées, les garde-fous qu'il avait mis en place pour ne pas devenir comme son père, un de ces mâles prêts à tout pour obtenir ce qu'ils voulaient ?

Melody glissa une mèche de cheveux derrière son oreille et le regarda, sourcils levés.

— J'ai vu une opportunité et je l'ai saisie. J'ai entendu dire que vous seriez à Nantucket, j'ai donc décidé de vous rencontrer et d'enquêter sur vous.

— Enquêter ? Je ne suis pas certain que me voir nu puisse vous aider en quoi que ce soit, Johnny Rosemond ou vous-même, concernant la commission qui nous occupe.

— Allez savoir…, répondit Melody, pointant un doigt sur son torse.

Dare sentit un frisson le parcourir, mais il refusa d'y prêter attention. Il était trop en colère.

— Permettez-moi d'en douter, rétorqua-t-il.

Comment osait-elle ? Elle ne manquait pas de toupet. Avoir ainsi profité de la situation ! Elle était décidément meilleure comédienne qu'il ne l'avait cru.

— Quoi qu'il en soit, ce qui s'est passé entre nous n'était qu'un petit intermède sexuel sans importance, lança-t-il pour la provoquer.

— Exactement. Et je ne vois pas pourquoi vous semblez si contrarié. Nul besoin d'en faire toute une histoire.

Il hocha la tête. Il aurait dû s'attendre à cette réponse. Mais la jeune femme qui avait envoyé la vidéo d'Osborne pour faire plaisir à sa mère lui avait paru si différente, si sincère et attentionnée, trop naturelle pour être à ce point calculatrice.

— Ravi de vous l'entendre dire, conclut-il. Alors, quelles informations veniez-vous glaner exactement, ce soir-là ?

Il était quasiment convaincu qu'elle avait obtenu le

renseignement concernant Turnball dans son téléphone. Sur le moment, il n'y avait pas prêté attention quand il avait retrouvé ses vêtements pliés dans la chambre d'hôtel, le matin. Mais à bien y réfléchir…

— Je cherchais seulement à me renseigner sur l'ennemi. Non pas que nous le soyons. Nous souhaitons tous les deux que cette loi profite au plus grand nombre de personnes et qu'elle change leur vie. Pour moi, mieux vous connaître était une façon d'aider mon équipe à atteindre cet objectif. Il s'agit de ma première véritable mission et je voulais l'accomplir avec un maximum d'atouts en main.

Savoir saisir une opportunité était une démarche que Dare respectait. Il avait souvent agi ainsi dans sa carrière, mais il ne s'était jamais retrouvé dans la position de celui dont on s'est joué. Il ne pouvait laisser la situation en l'état. Peut-être parce que cette femme l'obsédait, parce qu'il était incapable de cesser de penser à son corps, à leurs étreintes.

Ce qu'il éprouvait pour elle était purement sexuel et il n'avait jamais été très à l'aise avec le côté instinctif, animal, de sa nature.

— Donc, si je comprends bien, coucher avec moi n'avait rien à voir avec le fait que vous travaillez pour Johnny ?

— C'est évident. Je n'avais absolument pas prévu de coucher avec vous. Il y a eu cette brusque attirance entre nous, et j'ai eu envie de vous. Et vous de moi. Il aurait été stupide de ne rien faire.

— Et si je vous disais que j'ai toujours envie de vous ? lança-t-il, se rapprochant d'elle.

Melody l'arrêta d'un geste de la main.

— Si j'acceptais, penseriez-vous encore que je ne songe qu'à vous soutirer des renseignements ?

— Ce serait le cas ?

— Honnêtement, je ne peux pas vous répondre non. Si vous disiez quelque chose qui soit susceptible de me servir, je ne pourrais pas faire semblant de ne pas entendre. Je ne veux plus vous mentir.

— Au moins, vous admettez avoir menti.

— Bien sûr, je l'admets. Je n'avais pas l'intention de rester à cette soirée et je n'étais pas certaine de vous rencontrer. Et puis, de fil en aiguille, je me suis retrouvée à votre table.

— C'est juste. Et c'est moi qui l'ai voulu. Mais avant d'aller plus loin, il faut que vous saisissiez que l'information circule dans les deux sens.

— J'en ai conscience, évidemment. Où voulez-vous en venir ?

Oui. Où voulait-il en venir ?

Il avait envie d'elle, il n'avait pas menti sur ce point. Et il savait que, s'il ne faisait rien, l'obsession demeurerait, qu'il serait incapable de se concentrer chaque fois qu'elle mettrait un pied dans ses bureaux. Peut-être que faire l'amour avec elle, maintenant qu'il connaissait la vérité, suffirait à s'en guérir, à cesser de rêver, de se réveiller en nage, au milieu de la nuit, en la cherchant à ses côtés.

— Je souhaite poursuivre notre liaison, déclara-t-il. Si vous vous en sentez capable, bien entendu.

Melody le regarda attentivement. Depuis qu'il avait immobilisé l'ascenseur, elle n'avait plus pensé une seconde au sénateur Bisset. C'était l'homme qu'elle voyait. Le parfum boisé de son after-shave l'enivrait, faisait resurgir le souvenir de leur nuit ensemble et venait lui rappeler tout ce qu'elle avait vécu dans ses bras.

En cet instant, elle n'avait qu'une envie, relever le défi. Mais pour une fois, la raison lui enjoignait la prudence.

Elle ressentait de la culpabilité par rapport à ce qu'elle avait fait à Nantucket. Non pas d'avoir couché avec lui, mais d'avoir consulté ses messages et de s'être servie de l'information. Dare lui demandait de poursuivre leur liaison, mais il ne fallait pas qu'elle s'illusionne. Il avait la ferme intention de se venger, c'était certain.

Elle avait marqué un point et il allait vouloir égaliser le score. Elle se pensait de taille à rivaliser mais, pour la première fois, ce qu'elle éprouvait l'inquiétait. Elle avait failli se laisser déstabiliser… Failli ? De qui se moquait-elle ? Elle avait complètement perdu ses moyens, assise en face de lui, à la table de conférence.

Pouvait-elle empêcher que cela se reproduise ?

Peut-être que, s'ils couchaient ensemble, elle serait moins distraite qu'aujourd'hui. Cela paraissait vraisemblable, non ? Et puis, elle ne lui mentirait plus et ils sauraient tous les deux parfaitement où ils en étaient l'un par rapport à l'autre.

— Je me sens capable de poursuivre. Et vous ? ajouta-t-elle d'un ton ironique.

— Je crois, répondit-il en s'avançant.

Lorsqu'il s'était penché vers elle, après avoir bloqué la cabine, elle savait qu'il avait en tête de l'impressionner, mais il n'avait réussi qu'à attiser le désir qu'elle avait de lui.

En cet instant, pour la première fois depuis leur nuit ensemble, il lui semblait voir l'homme qu'il était réellement. Non plus l'homme public, celui qui se cachait derrière des manières impeccables et la réputation de sa famille, prétendant assumer avec maîtrise les scandales qui la touchaient. Elle discernait quelqu'un d'autre, à qui tout ce cirque déplaisait.

Et tandis qu'il s'approchait d'elle, tel un félin qui a trouvé une proie nouvelle, inconnue de lui, et ne sait comment s'y prendre mais n'a pas pour autant l'intention de renoncer, elle sut qu'elle le désirait follement. Elle aimait la façon dont elle se sentait avec lui, comme si son tempérament combatif, sa détermination à obtenir ce qu'elle voulait n'étaient pas un problème. Comme si elle n'avait plus à dissimuler sa vraie nature.

Mais ce n'était sans doute qu'une illusion. Il était sénateur et elle travaillait pour un lobbyiste. Il y aurait certainement des moments où ils ne seraient pas sur la même longueur d'onde et, elle avait beau avoir envie d'enjoliver la situation, il n'allait pas pour autant cesser d'être ce sénateur disposant du pouvoir de prendre une décision qui pouvait grandement affecter sa carrière.

Si elle poursuivait cette liaison avec lui, celle-ci ne pourrait être que purement sexuelle, et servirait peut-être, au passage, à glaner quelque information.

Ceci dit, elle était certaine qu'il prendrait soin de ne rien laisser filtrer. Sans doute avait-elle déjà obtenu le maximum de ce qu'elle était en mesure d'attendre. Mais de son corps, elle attendait encore beaucoup.

Elle n'était plus une jeune étudiante. Elle était une femme adulte et responsable, désormais. Elle pouvait parfaitement assumer une relation avec cet homme politique. Et c'était ce dont elle avait envie.

Il était si près qu'elle sentait la chaleur de son corps irradier le sien, son souffle balayer sa joue.

— Et si je vous manipule ? demanda-t-elle avec effronterie.

— Je veux bien vous laisser essayer.

Il y avait encore une touche de retenue dans sa voix, de maîtrise dans son attitude. Mais lorsqu'il posa une main à sa taille, l'attira vers lui et prit sa bouche, ce fut son désir seul qui parla.

Il l'embrassa fougueusement, exigeant d'elle une réponse que Melody lui accorda aussitôt, refermant les bras autour de son cou et se hissant sur la pointe des pieds, sa bouche unie à la sienne, pressant sa langue avec passion.

Il s'écarta bientôt, le souffle court, le regard enflammé.

— Nous ne pouvons pas faire cela ici.

— Pourquoi ?

— Quelqu'un peut nous surprendre à tout moment. En général, je vais courir dans le Mall, le soir, après mon travail, aux environs de 18 heures.

— Je suis d'accord pour vous y rejoindre.

— J'habite tout près, ajouta-t-il. Êtes-vous sûre de vouloir poursuivre cette aventure ? Je ne veux pas vous faire de mal.

— Et si c'est moi qui vous en fais ? rétorqua Melody.

Pourquoi pensait-il le risque plus grand pour elle ? Doutait-il qu'elle parvienne à trouver le juste équilibre entre une liaison et sa carrière ?

— Je ne risque rien, répondit-il. Je suis un Bisset, et les Bisset ne tombent pas amoureux.

Faux. Melody se souvenait de son frère, à la réception. Il semblait très épris de sa petite amie.

Il était clair que Dare cherchait à la mettre en garde. Il n'avait pas l'intention de jouer les princes charmants.

Et cela tombait bien. Elle n'avait jamais rêvé d'en rencontrer un.

— Dans ce cas, tout devrait être parfait entre nous, dit-elle.

Elle se pencha, appuya sur le bouton de l'ascenseur, qui se remit en marche.

— On se voit à 18 heures.

Elle sortit son tube de rouge à lèvres, se remaquilla rapidement. Et lorsque la cabine s'immobilisa au rez-de-chaussée, elle sortit sans même jeter un regard en arrière.

- 6 -

Dare enfila sa tenue de sport. Bailey, son saint-bernard, l'attendait déjà dans l'entrée, impatient.

— On y va, mon grand ? lança-t-il, gagnant la porte.

Le chien sauta de joie et lui lécha la main.

Dare possédait une maison dans un tout nouveau quartier, près du fleuve Potomac, à deux kilomètres environ du Mall, le célèbre parc de Washington. Il aurait pu faire du sport dans une des nombreuses salles proches de chez lui, mais il préférait le grand air et le contact avec la population. Il aimait écouter les gens, savoir ce qu'ils avaient à dire. Il était entré en politique avec une mission, et il ne la concevait pas coupé du monde ni de son environnement.

Toutefois, il considérait que, dans toute institution, il fallait du sang neuf pour opérer des changements, et sa décision était déjà prise. Il quitterait la vie politique une fois ses deux mandats révolus. Il voulait explorer un certain nombre d'autres voies, mais il lui restait encore quelques années au sénat et des projets qui lui tenaient à cœur à mener à bien.

Parmi ses projets d'avenir, il y avait de fonder un jour une famille. Un jour, car avec Melody il s'agissait de tout autre chose. Une expérience excitante, presque du domaine de l'interdit, compte tenu de sa fonction.

Il avait toujours pris soin d'éviter toute implication

avec qui que ce soit ou dans quoi que ce soit, craignant que cela puisse être interprété comme du favoritisme. La règle s'appliquait également à ses proches. En ce qui concernait Melody, il avait la conscience tranquille. Elle avait pris la décision de poursuivre leur liaison. Il ne ferait rien qui échappe à la stricte éthique de son métier.

Il pénétra dans le parc et se rendit compte qu'il n'avait pas fixé de lieu de rendez-vous précis. L'espace était très vaste. Mais, soudain, il l'aperçut. Elle portait une tenue de sport claire et avait relevé ses cheveux blonds en queue-de-cheval. Dès que son regard tomba sur lui, elle lui adressa un petit signe.

— Je suis content de vous voir, déclara Dare, tout en versant de l'eau de sa gourde pour donner à boire à Bailey.

— Qui es-tu, toi ? demanda Melody.

Elle tendit la main vers le chien, qui la renifla.

— C'est Bailey, expliqua Dare, s'efforçant de détacher les yeux des jolies fesses de Melody penchée vers l'animal.

— Bonjour, Bailey, dit-elle en lui grattant doucement la tête derrière les oreilles.

Elle fut aussitôt adoptée et, lorsqu'elle se redressa, le chien lécha sa main.

— Vous courez souvent par ici ? l'interrogea-t-elle.

— Oui. C'est un endroit parfait pour prendre le pouls de la ville. Et vous ?

— Je ne cours pas, habituellement. J'ai un vélo d'appartement pour faire de l'exercice.

— Vous êtes donc venue pour moi ? rétorqua Dare avec un sourire provocateur.

— Je le pensais, mais… finalement, je crois que c'est pour Bailey.

— Il plaît beaucoup aux femmes et il le sait.

— Je comprends pourquoi vous l'emmenez.

— Ce n'est pas la raison. C'est parce que nous sommes inséparables. Je travaille beaucoup, et je voyage souvent entre New York et Washington. Il m'accompagne.

Dare n'allait pas jusqu'à prétendre que le saint-bernard était son meilleur ami, mais il n'était pas loin de le penser. Il pouvait tout lui confier. Et depuis qu'il l'avait récupéré chez Cami, de retour de Nantucket, il lui avait beaucoup parlé de Melody.

— Je vous envie. J'ai toujours rêvé d'avoir un chien mais, avec l'asthme et les problèmes d'allergie de mon frère, c'était impossible.

— Vous pourriez en avoir un, maintenant.

— Oui. Mais dans mon minuscule appartement, il ne serait pas de la taille de Bailey !

Celui-ci remua la queue en reconnaissant son nom. Dare sourit. Lui aussi, il aimait entendre Melody prononcer son prénom. Il aurait voulu se persuader qu'elle était une femme comme les autres, mais il savait pertinemment qu'il n'en était rien.

Il était donc hors de question d'envisager davantage qu'une simple relation d'ordre sexuel avec cette dernière. Elle le troublait et se servirait de son pouvoir contre lui, il ne fallait pas qu'il l'oublie. Il devait, au contraire, tirer parti du désir qui les poussait l'un vers l'autre, et non se laisser séduire.

Malheureusement, c'était plus difficile qu'il ne l'aurait cru. Il était accoutumé à garder toujours son sang-froid avec les femmes. Mais Melody avait su passer sous les radars et l'atteindre.

— Prête à courir ? demanda-t-il. J'aime bien aller jusqu'au Lincoln Monument.

— Tâchez de ne pas vous laisser distancer ! lança Melody, démarrant devant lui, Bailey sur ses talons.

Dare démarra à son tour. Elle aimait les défis, il saurait s'en souvenir. Elle ne résisterait pas s'il la provoquait. À lui de savoir en profiter. Et c'est ce qu'il se promit de faire en la dépassant soudain facilement d'une foulée souple dans la lumière dorée du soir.

Melody ne savait pas à quoi s'attendre en arrivant au parc. Elle fut surprise de découvrir que Dare avait un chien. Elle l'avait imaginé préoccupé seulement par son travail. Elle s'était trompée.

Lorsqu'il donna le signal du départ, elle démarra en trombe. Mue par son esprit de compétition, elle n'avait pas l'intention de se laisser devancer par lui dans quelque domaine que ce soit. Mais elle n'avait pas menti en disant qu'elle n'avait pas l'habitude de courir. Et les trente minutes quotidiennes de vélo d'appartement ne l'avaient pas préparée à rivaliser avec Dare.

Dans un premier temps, elle fit bonne figure. Mais quand ils entamèrent la dernière ligne droite vers le Lincoln Monument, elle se sentit faiblir. Elle redoubla d'efforts, ce qui n'empêcha pas Dare de la doubler à vive allure. Elle puisa dans ses dernières ressources, refusant de s'avouer vaincue. En vain. Elle n'avait pas l'entraînement nécessaire. Et c'est avec un point de côté douloureux qu'elle parcourut les derniers mètres pour le rejoindre.

Les mains sur les genoux, elle prit quelques grandes inspirations, s'efforçant de retrouver son souffle. Dare donna de l'eau à Bailey et but à son tour. Puis il se tourna vers elle.

— Vous en voulez ?

— Oui, si vous en avez suffisamment.

Elle n'avait pas pensé à en emporter. Elle le ferait, la prochaine fois, et s'entraînerait régulièrement d'ici là. Pas question de se faire battre une seconde fois !

— Il en reste, répondit Dare. Et je remplirai ma gourde lorsque nous nous arrêterons pour prendre une glace. Bailey en raffole.

— Bailey mange des glaces ?

— Oui, bien sûr. Dans un pot, comme tout le monde, rétorqua Dare, une lueur amusée dans le regard.

Melody ne put s'empêcher de rire. Elle aimait son humour et se plaisait de plus en plus en sa compagnie, ce qui n'était pas raisonnable, elle le savait. Entretenir une relation purement sexuelle avec le séduisant sénateur Bisset était une chose, se mettre à apprécier l'homme en était une tout autre.

Mais à quoi bon s'inquiéter ? Elle avait la tête sur les épaules et saurait gérer la situation. À un détail près, mais pas des moindres, elle avait froissé son orgueil en se servant de lui et c'était un affront qu'il ne laisserait pas passer.

— Eh bien, dit-elle, enjouée. Allons prendre cette glace !

— Au préalable, nous ferons un saut au Lincoln Monument. J'apprécie de relire les paroles de Lincoln. Cela me rappelle quelle est ma mission, pourquoi je siège à Washington.

Melody se tourna vers lui. Elle pensait qu'il plaisantait, mais pas du tout. Il était tout à fait sérieux. Elle avait entendu Johnny dire qu'il éprouvait beaucoup de respect pour Dare, un individu loyal, intègre, très apprécié même de ses opposants. Pour Melody, ce genre de politicien n'existait que dans les films. Aujourd'hui, elle commençait à entrevoir la possibilité qu'un tel homme, si différent des autres, puisse se rencontrer.

— La dernière fois que je me suis rendue à ce monument, j'avais douze ans et j'étais en vacances avec mes parents.

— Vous avez pourtant fait vos études dans le secteur ?

— Oui, mais j'ai passé quatre ans le nez dans mes cours. La concurrence était rude.

— Je n'ai pas été un étudiant aussi studieux que vous. Heureusement, je m'en suis sorti. Sinon, j'aurais eu de sacrés problèmes !

— Vous faisiez trop la fête ?

— Non, juste ce qu'il faut. Mais c'était la première fois que je me trouvais dans un établissement où mon père ne possédait aucune relation.

— Que voulez-vous dire ?

— Tous les Bisset allaient à Winston. Mon père faisait partie du conseil d'administration. À la moindre incartade, j'aurais été remis sur les rails. Alors, j'ai choisi Berkeley. Une université de « hippies », selon mon père.

Melody ne put s'empêcher de sourire. Berkeley, une université de hippies ? Il ne fallait pas exagérer. De plus, tout chez Dare respirait la bonne éducation, les bonnes manières. Elle ne l'aurait jamais imaginé rebelle. C'était un aspect de lui qu'elle découvrait et qui le lui faisait apprécier davantage encore.

On se calme, songea-t-elle. C'était une information et toute information était potentiellement utile, le but étant la victoire, faire marquer des points à son équipe devant la commission. Ce n'était certainement pas de trouver Dare Bisset de plus en plus intéressant.

Et elle était quasiment parvenue à s'en convaincre lorsqu'ils s'assirent sur l'herbe. Dare fit manger sa glace à Bailey, et cela le rendait si humain, si sensible, qu'elle réalisa que ne pas craquer pour lui allait être plus difficile qu'elle ne le pensait.

Dare regardait Melody jouer avec Bailey. Elle était tombée sous le charme du chien. Et lui, il était tombé sous le sien. Elle lui plaisait de plus en plus. Intelligente, vive, combative, prête à relever tous les défis. Dès l'instant où il l'avait vue, il avait su qu'elle gagnait à être connue.

Mais en la voyant avec Johnny Rosemond, aujourd'hui, il s'était brusquement souvenu qu'on était à Washington et qu'elle faisait partie du jeu politique. Et dans ce domaine, tout était question de perception. Il ne pouvait pas se permettre de lui laisser penser qu'elle avait pris l'avantage sur lui.

Il l'observa, troublé. Sa chevelure blonde, son visage, son sourire. Il était clair qu'il allait devoir fixer des limites. Définitivement.

— Je me suis montré très agressif dans l'ascenseur, excusez-moi. Je crains de m'être un peu emporté.

— Excuses acceptées, répliqua-t-elle. J'aurais sans doute agi de même à votre place. Désolée de n'avoir pas été honnête avec vous. Mais en politique, il faut parfois jouer serré.

Dare saisissait par expérience ce qu'elle voulait dire.

— La fin justifie les moyens. C'est ainsi que vous concevez votre action ?

— J'essaie de me conformer à mon propre code moral. Mais si je n'obtiens pas les résultats escomptés, je fonce.

— Intéressant. Et j'imagine que la règle vaut pour tout le monde ?

— Bien sûr. La partie doit être équitable. Il ne peut y avoir deux poids deux mesures.

— Je suis entièrement d'accord. C'est ce qui m'a motivé à devenir sénateur. Je voulais rendre le monde plus juste. Ce qui explique également ma présence dans cette commission. Je suis fatigué de voir les gens contraints de choisir entre acheter de quoi se nourrir ou se procurer les médicaments nécessaires pour soigner leur maladie. Pour moi, ce ne serait pas un problème. Mais tout le monde n'a pas les moyens.

— Je comprends. Mais avoir de l'argent ne signifie pas que l'on se désintéresse de ces questions qui, à juste titre, mobilisent de nombreux députés. La recherche et la fabrication de ces nouveaux médicaments ont un coût très élevé. Et les laboratoires que nous représentons sont nombreux à faire déjà de gros efforts pour en faciliter l'accès aux personnes que vous souhaitez aider, justement. Nous allons devoir essayer d'obtenir le maximum de votes. Il est évident que nous ne pouvons pas laisser passer la loi telle qu'elle est rédigée.

— Et nous, vous et moi, que devenons-nous dans toute cette histoire ? Parce que vous ne semblez pas du genre à reculer et je ne le suis pas non plus.

Melody releva ses lunettes de soleil sur sa tête. Elle avait de très beaux yeux noisette comme pailletés d'or.

— Je ne sais pas. Vous me plaisez, mais je n'ai pas envie de faire quoi que ce soit qui nuise à ma carrière ou à la vôtre. J'ai enfreint les règles en m'invitant à votre réception, certes. Mais jamais je n'aurais imaginé me retrouver en réunion avec vous. Pour autant, cela n'excuse rien.

Dare songea à ce que Melody venait de dire. Il n'y aurait danger que si l'un d'eux laissait filtrer des informations sur le type de stratégie mis en place pour recueillir le plus de votes. Mais quoi qu'il en soit, d'ici novembre, tout serait terminé.

C'était donc l'affaire de trois mois. Le choix était clair pour lui. Soit il vivait une aventure avec Melody Conner qu'il désirait comme un fou, soit il décidait d'ignorer l'attirance qu'il éprouvait pour elle jusqu'à ce que la loi soit votée.

— Faisons-nous partie des personnes capables de séparer vie privée et vie professionnelle ? demanda Dare. C'est ce qu'il est important de savoir. Moi, je suis prêt à tenter l'expérience, puisque je suis incapable de cesser de penser à la nuit que nous avons passée ensemble. Une part de moi est convaincue que c'était trop peu et que recommencer me permettrait de passer à autre chose.

— Une part seulement ? ironisa Melody.

— L'autre pense qu'il est insensé de provoquer le destin.

— Je ne suis pas certaine de croire au destin. Mais j'aime l'idée de poursuivre l'aventure et de voir ce qu'il adviendra de notre attirance mutuelle… Alors, une nuit de plus tous les deux. Qu'en dites-vous ?

— D'accord. Une nuit de plus.

Cela paraissait si simple, à l'entendre. Sexe, sentiments

et politique ne faisaient pas souvent bon ménage. Mais l'attraction entre eux était si forte qu'ils semblaient disposés à ignorer tous les signaux de danger.

Dare savait que c'était à lui de se montrer raisonnable et de mettre fin à l'histoire. Mais il avait une envie folle d'elle, un besoin irrépressible d'assouvir son désir, de la faire sienne à nouveau pour satisfaire son orgueil, calmer en lui l'animal blessé.

— Une nuit, ce sera parfait, dit-il.

Et quoi qu'il éprouve à l'issue de cette seconde nuit, il lui faudrait mettre un terme à l'aventure.

- 7 -

Dare habitait une demeure à l'architecture très contemporaine. Le rez-de-chaussée, grand espace ouvert, possédait une immense baie vitrée qui donnait sur un élégant patio, à l'arrière de la maison.

À leur arrivée, Bailey se jeta sur son bol d'eau tandis que son maître lui servait sa pâtée. Lorsqu'il eut terminé, le chien alla s'installer sur sa couverture près de la cheminée qui trônait au centre du salon.

Melody se jucha sur l'un des tabourets du bar qui délimitait l'espace cuisine tandis que Dare s'occupait du repas.

— J'ai déjà fait mariner du poulet pour un bowl grec. En réalité, c'est mon employée de maison qui l'a préparé. Si vous êtes végétarienne, je peux vous proposer des fonds d'artichauts ou du tofu.

— Je ne le suis pas, répondit Melody. Vous avez une employée de maison qui se charge également de cuisiner pour vous ?

— Je m'y emploie moi-même, parfois, mais c'est beaucoup moins élaboré. Je me sers beaucoup du micro-ondes. Quand Helena a vu ce que je mangeais le soir, elle a été horrifiée.

Melody rit. Depuis qu'ils avaient quitté le Mall, ils avaient discuté à bâtons rompus de toutes sortes de sujets, comme s'ils venaient de se rencontrer et faisaient simplement connaissance. *Si seulement…*, songea-t-elle. Dare était drôle et si naturel. Tant d'hommes qu'elle avait connus s'évertuaient à paraître ce qu'ils n'étaient pas. Mais Dare était Dare, voilà tout. Et cela était si agréable. Cet homme-là lui plaisait. Et bien plus qu'elle ne l'aurait souhaité.

Dare mit les filets de poulet à griller quelques minutes, puis il assembla les différents ingrédients pour leurs bowls. Lorsqu'il eut terminé, il en tendit un à Melody.

— D'ordinaire, je ne bois pas les jours où je travaille. Mais vous êtes là et il s'agit de notre premier rendez-vous, alors que diriez-vous d'un verre de vin ?

Leur premier rendez-vous.

Melody ne l'avait pas envisagé en ces termes et elle n'aurait su dire ce qu'elle ressentait en cet instant.

— Très volontiers, répondit-elle.

— Helena a mis du rosé au frais. C'est très agréable, en été, pour accompagner un plat grec.

Dare déboucha la bouteille et les servit.

Ils dînèrent dans le patio. Au cours du repas, Dare lui confia qu'il n'aimait pas vivre à Washington. Il préférait Manhattan. Il y possédait un appartement que sa famille se transmettait de génération en génération.

— Ce doit être agréable d'habiter un lieu riche de tant d'histoire, s'émerveilla Melody.

— Oui. Et en même temps, c'est un tel poids d'être un Bisset. Mes grands-parents disposaient de nombreuses propriétés aux États-Unis et dans le monde. Lorsque j'ai eu dix-huit ans, mon grand-père m'a demandé laquelle je désirais. En tant qu'aîné, j'ai eu le choix. Mari est la plus jeune. Elle a dû se contenter du chalet d'Aspen.

— Se contenter ?

— C'est elle qui l'exprime ainsi.

— Ma famille est propriétaire d'une maison en bord de mer, à Martha's Vineyard. Nous la partageons avec mes tantes et mes oncles. Nous sommes très soudés, nous nous entendons tous très bien.

Melody et son frère étaient perpétuellement en compétition, mais ils savaient pouvoir compter l'un sur l'autre en cas de problème. Il en allait de même avec ses parents.

— Et votre famille ? demanda-t-elle. D'après ce que j'ai vu, vous vous entendez bien pour faire front contre les Williams.

Dare sourit.

— Nous nous soutenons la plupart du temps et toujours contre les attaques extérieures. Bien sûr, il nous arrive de ne pas être d'accord. Honnêtement, c'est souvent avec mon père et ma mère qu'il y a des tensions, rarement à cause d'une rivalité entre frères et sœur. Logan et Leo s'accrochent parfois mais, en réalité, ils se ressemblent beaucoup.

— Je ne voudrais pas me montrer indiscrète, mais Logan n'est que votre demi-frère ?

— Nous l'ignorions en grandissant. Laissons de côté les histoires de mes parents, si vous voulez bien. Parlez-moi plutôt des vôtres. Vous disiez qu'ils seraient incapables de donner le change s'il y avait une crise.

— Dans la famille Conner, si quelqu'un est en colère, ça se sait tout de suite. Nous ne pratiquons pas la dissimulation.

— Ce n'est pas tout à fait vrai. Vous m'avez dissimulé beaucoup de choses lors de notre première rencontre.

Il avait raison.

— Il s'agissait de travail. Je n'agis pas ainsi dans la vie.

Et Melody était sincère. Il y avait longtemps qu'elle n'avait pas vécu de relation dans laquelle elle n'ait pas clairement cherché à prendre l'avantage. Peut-être même jamais, d'ailleurs.

— Votre carrière fait partie de votre vie, c'est une évidence. Et moi, est-ce que j'en fais partie ?…

Dare s'en voulut aussitôt. Les mots lui avaient échappé. Que lui prenait-il ? Ce devait être la présence de Melody chez lui qui le poussait à plus d'honnêteté qu'il ne l'aurait voulu. Et pourquoi l'attaquait-il sur ce terrain ? Sa propre carrière influait sur le versant personnel de son existence. Par exemple, il ne pouvait pas se montrer avec elle en public.

— Je ne suis pas certaine de bien comprendre ce que vous me demandez. Oui, mon travail fait partie de ma vie, et je ne peux pas le faire à moitié.

— Je comprends. Je suis désolé. Il m'arrive de me montrer un peu trop intrusif.

Il avait cherché à la pousser dans ses derniers retranchements, à savoir ce qu'elle venait réellement faire chez lui. S'illusionnait-il ? Le désir fou qu'il éprouvait pour elle le poussait-il à croire qu'il existait davantage entre eux qu'une simple attirance physique ?

Elle lui plaisait, il se sentait bien avec elle, mais il refusait de l'admettre. Et il n'aurait pas dû insister, tenter d'obtenir une réponse qu'il n'était pas prêt à entendre et qu'elle n'était pas prête à lui donner.

Brusquement, son téléphone bipa. Il le sortit de sa poche. C'était un message de Logan.

— Je suis désolé, dit-il. C'est mon frère.

— Pas de problème. Je vais en profiter pour regarder mes mails. Nous commençons à travailler de bonne heure, demain.

— À essayer de gagner des votes contre moi ?

— C'est le jeu, non ?

— En effet.

Melody attrapa son portable tandis que Dare lisait le texto de son frère.

Gros problème avec une affaire conclue avant le mariage. On peut se parler ?

— Je n'ai pas envie que la soirée se termine, déclara Dare. Je dois absolument discuter avec mon frère, la situation est assez grave, mais j'aimerais que vous restiez. Cela vous dérange si je lui consacre quelques minutes ?

— Moi non plus, je n'ai pas envie que la soirée se termine, répliqua Melody. Allez-y, j'ai de quoi m'occuper.

Dare monta à l'étage et gagna son bureau. Logan décrocha à la première sonnerie.

— Merci de me rappeler, dit-il.

— Que se passe-t-il ?

— J'ai piqué un gros contrat aux Williams, juste avant le mariage. J'en ai parlé à Nick et promis de tout arranger. Mais la presse a eu vent de l'affaire et tout sort en ce moment sur la place publique.

Maintenant qu'il se savait le frère de Nick, Logan regrettait son geste. Les deux familles étaient sur les dents, et il ne voulait surtout pas que Nick et Adler se retrouvent au beau milieu d'un scandale à leur retour de voyage de noces.

— Tu veux que j'appelle Tad Williams et que je lui explique la situation ? proposa Dare. Je vais tâcher de calmer les choses.

Dare avait toujours joué un rôle d'intermédiaire entre les deux clans.

— Écoute, compte tenu de l'ampleur que prend toute cette histoire, je veux bien, répondit Logan.

— Mais ce ne sera pas avant demain, ajouta Dare. J'ai de la compagnie, ce soir.

— Tu es avec une femme ? Tu n'aurais pas dû m'appeler.

— Elle comprend. Et tu avais besoin de moi.

— Merci. Vraiment. Retourne vite voir ta petite amie.

— Elle ne l'est pas encore.

Et elle ne le serait probablement jamais, songea Dare.

Il raccrocha et descendit retrouver Melody, déterminé à comprendre pourquoi il perdait son temps avec elle. Était-ce purement sexuel ? Il l'espérait. Il ne voulait pas s'impliquer dans une histoire compliquée. Depuis le début, il avait décidé que cette femme n'était pas pour lui.

Melody ne savait pas vraiment pourquoi elle était restée. Elle n'avait pas envie de mettre un terme à leur tête-à-tête, c'était certain. Mais, elle qui s'efforçait de demeurer concentrée, de ne pas se laisser troubler, elle avait été totalement décontenancée par la question que lui avait posée Dare.

La nuit passée avec lui n'avait rien à voir avec sa carrière ni avec les objectifs qu'elle souhaitait atteindre. Ils étaient tous deux professionnels, déterminés dans leurs choix. Être intime avec lui ne le ferait pas changer d'avis.

Jusque-là, la soirée avait été très agréable. Elle continuait de se tenir sur ses gardes avec Dare. Mais en même temps, il savait la mettre à l'aise, ce qui n'était pas le cas de beaucoup d'hommes. Et si…

Stop ! Melody détestait quand son esprit se mettait à vagabonder avec des « Et si… ». Or, elle commençait à se rendre compte que cette aventure avec Dare prenait le chemin de ce type de scénario. Et si elle acceptait tout simplement de vivre cette relation avec lui ? Et si elle arrêtait de penser à sa carrière pour une nuit et laissait couler ? Et si elle cessait de combattre l'attirance invraisemblable qu'elle éprouvait pour cet homme ?

— Désolé, lança Dare, la rejoignant dans le patio avec deux verres de vin.

— Tout va bien. J'imagine que vous avez rassuré votre frère et peut-être éclairci la situation ?

— Pas exactement. Il va falloir un peu plus de temps pour ça. Parfois, je me dis qu'il est plus facile d'amener les deux partis du Congrès à un accord que de régler les questions familiales.

Melody hocha la tête.

— Il en va souvent ainsi dans les familles.

— Pas dans la vôtre, apparemment. Comment faites-vous ?

— Nous sommes moins nombreux. Et si quelque chose ne va pas, nous nous réunissons pour en parler aussitôt.

— Nous aussi, mais c'est plus complexe. Et la plupart du temps, il faut quelqu'un pour jouer le rôle de médiateur.

— Chez nous, ce n'est pas nécessaire. La personne reconnaît ses torts s'il y a lieu, et tout s'arrange.

— Ce qui me paraît tout à fait raisonnable. Logan est source de beaucoup de tension en ce moment, à cause d'agissements pour le moins douteux. Enfin, cela ne concerne que nous.

— Y a-t-il quelque chose que je puisse faire pour vous aider ?

— Non. À moins que vous ne soyez une pro de la négociation entre parties hostiles.

Melody l'était, en effet. Elle avait été à bonne école, formée à l'université par l'un des médiateurs les plus talentueux du pays.

— Je me débrouille plutôt bien. J'aime argumenter en ayant travaillé un sujet à fond. Et je dois reconnaître qu'il est assez difficile de me résister, ajouta-t-elle avec un petit sourire.

— Je n'ai aucune peine à l'imaginer. Il va donc falloir que je sorte le grand jeu face à vous si je veux vous empêcher de bloquer ma loi.

— Je suis certaine que vous serez à la hauteur. Vous m'avez l'air tout à fait capable.

Melody ne put s'empêcher de laisser son regard glisser vers ses épaules larges, son torse harmonieusement musclé, et un frisson délicieux la parcourut.

— Oui, je suis tout à fait capable, dit-il. Mais il y a une chose dont je dois m'assurer avant d'aller plus loin.

— Bien sûr, répondit Melody. Je vous écoute.

Avant d'aller plus loin ?... De quoi parlait-il, de la loi ou de leur aventure ? Elle garda son calme. Une de ses forces, dans la vie, était de savoir contrôler ses émotions lorsque nécessaire, et c'était le moment ou jamais de le prouver. Sauf qu'elle n'était pas calme, en cet instant. Son cœur battait à tout rompre et elle se rendit compte qu'elle n'avait qu'une envie : donner à cet homme tout ce qu'il lui demanderait.

Et si… Ces mots dansaient de nouveau dans son esprit. La tentation était si forte de vivre davantage qu'une aventure avec lui. C'était incroyable. Que se passait-il en elle pour que sa raison ait soudain si peu de prise ?

— Resterez-vous fidèle à vos promesses lorsque vous rencontrerez les autres sénateurs pour les gagner à votre cause ?

— Je n'ai qu'une parole. J'ai tout risqué pour vous rencontrer, savoir qui était l'homme derrière cette loi, et je vous ai menti. Cela ne se reproduira plus.

Melody était sincère. Elle détestait l'idée même de lui avoir menti. Plus jamais elle ne se mettrait dans une situation pareille. Ni avec lui, ni avec personne.

— Je suis heureux que vous ayez pris le risque de venir à cette réception, dit Dare, se penchant vers elle. Et très heureux que nous nous soyons rencontrés.

Melody hocha la tête. Elle leva la main pour écarter une mèche de cheveux de son front. Il la saisit, la porta à ses lèvres et en embrassa la paume. Elle comprit alors qu'elle allait suivre son désir, risquer ce fameux « et si ». Et l'on verrait bien où cela mènerait.

Pour la première fois de sa vie, elle allait faire quelque chose pour elle, et non pour favoriser sa carrière.

- 8 -

Les doigts de Melody étaient frais et doux sur sa peau. Dare retint son souffle lorsqu'elle les laissa glisser sur sa joue. Il avait envie d'elle. Il s'efforçait de garder son calme, son sang-froid, mais force était de constater que, lorsqu'elle était là, il perdait toute capacité de réflexion. Il le savait, et il aurait été raisonnable de se lever et de mettre fin à la soirée. Mais au lieu de cela, il prit sa main, l'attira sur ses genoux.

— Et maintenant ? demanda-t-elle, mutine.

Elle ne lui accorderait rien facilement. Face à elle, il ne cessait de se poser des questions. Elle l'intriguait, et il avait conscience qu'une grande partie de son charme résidait dans le mystère qu'elle représentait pour lui. Cependant, il voulait croire qu'il saurait faire bouger la situation. Que l'attirance physique qu'ils éprouvaient l'un pour l'autre les dévorerait l'espace de quelques brèves semaines et qu'ensuite chacun reprendrait sa route. Il obtiendrait les votes nécessaires pour faire passer cette loi qui lui tenait tant à cœur ou elle aiderait son équipe à le battre.

Il en allait ainsi de la vie à Washington DC.

Mais ce qui était en train de se dérouler ici n'avait rien à voir avec la vie politique. Dare ne s'illusionnait pas au point de croire être en mesure de la rallier à sa cause, l'influencer afin qu'elle arrête de s'opposer à lui.

— Il fait un peu chaud, ce soir, vous ne trouvez pas ? dit-elle.

— Oui, en effet.

Dare avait chaud et il était très excité. Elle ne pouvait pas ne pas l'avoir remarqué.

— Je peux peut-être vous aider ? poursuivit-elle, saisissant le bas de son T-shirt.

— Faites, répliqua-t-il, la voix soudain rauque.

Elle prit tout son temps, et Dare ferma les yeux tandis qu'elle faisait remonter lentement le T-shirt le long de son corps, dénudant son torse et l'effleurant d'une troublante caresse, avant de lui ôter le vêtement.

— Eh bien…, dit-il, se reprenant. Vous voulez jouer ? À mon tour…

Déjà, il frôlait son cou, sa gorge, dégrafait un à un les petits boutons de son haut. Puis il laissa un doigt glisser sur sa peau, juste au-dessus du léger soutien-gorge.

Il la sentit frissonner sous sa caresse.

— Voilà qui est de bon augure, murmura-t-il.

Melody sourit.

— Ne soyez pas si content de vous. Je ne suis pas facilement impressionnable.

— Je m'emploierai à découvrir ce qui vous fait chavirer. Je suis un homme patient.

— C'est une qualité qui me plaît.

— Qu'y a-t-il d'autre qui vous plaît ? demanda-t-il, se penchant si près que ses lèvres effleurèrent les siennes tandis qu'il parlait.

Mais il ne lui laissa pas le temps de répondre. Sa bouche sensuelle était trop tentante et il ne put résister à l'envie de l'embrasser. Elle avait un goût délicieux, plus enivrant encore que dans son souvenir. Était-ce possible ? Fallait-il y voir un avertissement, le signe qu'il devrait en rester là ?

Mais peu lui importait.

De ses doigts fermes et chauds, il caressa sa peau, dessina un petit cercle autour de son nombril. Son corps réagit aussitôt et il sentit son sexe se tendre. Il plongea alors dans sa bouche, sa langue se ruant fougueusement sur la sienne. Elle n'opposa aucune résistance, Déjà, elle penchait la tête, s'offrait tout entière à son baiser profond, intense.

Lorsqu'il glissa sa paume au creux de ses reins, Melody se cambra et ses seins se pressèrent délicieusement sur son torse. Sa peau était douce et chaude, et il la plaqua contre lui.

Elle eut un petit hoquet, referma les mains autour de son visage et plongea son regard dans le sien. Un regard d'ambre, troublant, embrumé de désir.

— Vous me plaisez beaucoup trop, murmura-t-elle.

Puis, avant qu'il ait eu le loisir de réfléchir à ce qu'elle venait de dire, elle l'embrassa.

Quel vertige ! Elle embrassait merveilleusement. Lui qui se voulait si rationnel aurait dû s'inquiéter. Lorsqu'elle était dans ses bras, il ne pensait plus qu'à une chose, lui faire l'amour.

Il aurait voulu croire que cette obsession n'était due qu'aux circonstances de leur rencontre, au désir de vengeance qu'elle avait suscité. Il détestait qu'on se joue de lui. Mais il savait qu'il n'en était rien.

Melody Conner lui plaisait.

Beaucoup.

Peu de femmes avaient déjà éveillé pareil trouble chez lui. Il n'y en avait eu que deux, et il s'était bien gardé d'aller trop loin avec elles. Un homme intelligent qui souhaite mener sa vie comme il l'entend ne prend pas le risque de trop s'investir, de se retrouver avec un fil à la patte.

Il s'écarta, la regarda. Projetait-elle encore de l'utiliser ? Il ne la laisserait pas faire. Cette fois, le jeu était inversé. C'était lui qui allait se servir d'elle, et tout arrêter avant que les choses aillent plus loin.

Mais il en était incapable. Incapable de lui résister.

Il la souleva dans ses bras, grimpa les escaliers pour gagner sa chambre. Il vit défiler sur le mur les photos de sa famille et, soudain, sur l'une d'elles, il aperçut son père qui lui souriait. Il s'immobilisa.

Était-il en train d'agir comme lui ? Allait-il suivre l'exemple d'August ? Se laisser emporter par son désir et coucher avec Melody Conner quelles qu'en soient les conséquences ?

Était-ce vraiment ce qu'il voulait ?

— Dare ? demanda soudain Melody, effleurant sa joue.

La caresse de ses doigts fins et doux sur sa peau lui donna la réponse. Il n'avait aucune envie de la laisser partir. Pas cette nuit, tout du moins.

Melody n'avait pas prévu de passer la nuit avec Dare, mais elle avait le sentiment que, avec lui, mieux valait prendre les choses comme elles venaient. Elle ignorait tout de ce qu'il pensait, de ce qu'il éprouvait. Mais, elle, elle avait envie de cette aventure. Envie de faire cette expérience, de vivre quelque chose avec cet homme auprès duquel elle se sentait plus vivante qu'elle ne l'avait jamais été.

Il fixait un portrait familial au mur. Les Bisset.

L'exemple même de la famille américaine parfaitement éduquée, opulente et sûre d'elle. Sa propre famille n'était pas pauvre et, personnellement, elle n'avait jamais manqué de rien. Mais en regardant les Bisset, rassemblés devant le perron de leur superbe maison, elle éprouva brusquement le sentiment que Dare n'était pas seulement un sénateur et le fils aîné de cette famille. Il était l'héritier d'une tradition, d'une éducation, d'un monde à part.

Elle imaginait qu'il devait y penser souvent.

— Dare ? répéta-t-elle.

Avait-il changé d'avis ? Avait-il conclu qu'il ne voulait plus faire l'amour avec elle, l'ennemie, celle qui s'opposait à lui ? Elle pourrait très bien le comprendre.

— Désolé, dit-il. C'est juste que, parfois, j'ai l'impression que plus je cherche à m'éloigner d'un chemin, plus le destin s'évertue à m'y ramener.

Elle bougea dans ses bras et il la reposa sur le sol. Brusquement, elle sentit qu'il ne s'agissait plus seulement pour Dare de décider s'il allait ou non faire l'amour avec elle, mais qu'il se trouvait face à un enjeu beaucoup plus important et dont elle ignorait tout. Un enjeu qui la dépassait.

Elle savait qu'elle se mettait en danger en voulant à tout prix vivre une aventure avec un homme si éloigné d'elle, un homme qui lui était interdit. Et son attitude, ce brusque changement d'humeur, cette gravité, compliquaient davantage la situation. Elle voulait de la légèreté, retrouver celui qui, un moment plus tôt, s'amusait à la déshabiller. En d'autres temps, elle ne s'en serait pas inquiétée. Mais elle se rendait compte que ce n'était pas si simple lorsqu'on tenait à quelqu'un.

Et elle tenait à Dare, elle en avait pris conscience. C'était bien plus qu'une simple attirance sexuelle qui lui faisait accepter le risque de cette relation.

Un risque qui lui semblait désormais plus grand encore. Allait-elle oser le prendre, sachant qu'à l'issue de cette nuit elle ne serait plus jamais objective en ce qui le concernait ?

Mais n'était-ce pas le cas, déjà ?

Comment avait-elle pu croire qu'une relation qu'elle imaginait purement sexuelle ne se compliquerait pas, qu'elle pourrait se limiter à s'amuser et se faire du bien ?

Elle regarda Dare, de nouveau. Ses yeux magnifiques, d'un bleu si intense, ses cheveux sombres, les quelques mèches ébouriffées qui retombaient sur son front. Allait-elle se montrer raisonnable et partir ? Elle savait que non. Elle avait déjà décidé de foncer et l'on verrait bien.

Elle savait également qu'il n'y aurait pas de lendemain heureux, et elle l'acceptait. Dare était plus âgé, installé dans la vie, avec une carrière bien établie. C'était un homme fascinant et, en dépit de ce qui se passait en cet instant, en dépit de cette brusque distance, elle avait follement envie de lui. Il l'attirait irrésistiblement et elle n'était pas prête à renoncer à lui.

— Vous parliez de chemin. Lequel souhaitez-vous prendre ? demanda-t-elle finalement.

— Celui qui nous réunit.

Melody pensa qu'il prenait la question à la légère.

— Cessez de jouer avec moi, rétorqua-t-elle, de me donner envie de vous, de me laisser croire que tout va bien. Et, soudain, cet air grave… Que voulez-vous, au juste ? Vous vous êtes senti utilisé lors de notre première rencontre, mais je croyais cet épisode dépassé, désormais.

Dare s'écarta, lui tournant le dos. Il passa nerveusement la main dans ses cheveux. Elle remarqua la longue cicatrice qui barrait son épaule. Elle ne l'avait pas vue la première fois qu'ils avaient fait l'amour. Elle tendit ses doigts vers lui, effleura la marque. La peau était lisse, la blessure ancienne, sans doute.

Il jeta un coup d'œil dans sa direction, puis il se retourna, saisit sa main et l'attira contre lui.

— J'aimerais que vous me donniez tellement plus que ce que je suis en droit de vous demander, mais nous savons tous deux que ce n'est pas raisonnable. Pourtant, cela semble si évident, si juste.

Melody sourit. C'était très exactement ce qu'elle ressentait, elle aussi.

— Je le sais. Il n'y a pas de futur pour nous. Profitons de l'instant présent, c'est tout. Je ne regarde pas votre photo de famille en imaginant qu'un jour je poserai à vos côtés. Nous vivons seulement l'aventure d'un été.

— Je ne veux surtout pas que vous ayez de regrets.

La remarque interpella Melody. Que savait-il qu'elle ignorait ? Étaient-ce seulement l'âge et l'expérience qui parlaient ? Existait-il une raison cachée ?

— Je ne le veux pas non plus, dit-elle. Alors, promettons-nous d'être honnêtes l'un envers l'autre. Moi, je vous le promets.

Dare plongea son regard dans le sien. L'émotion était si forte, les sentiments si complexes, qu'elle ferma les yeux.

Lorsqu'elle les rouvrit, Dare hocha la tête.

— Souhaitez-vous que je vous raccompagne chez vous ?

— Auriez-vous renoncé à découvrir ce qui me fait chavirer ?

— Certainement pas. J'en rêve. Mais vous, êtes-vous encore d'humeur ?

Melody le regarda. Son cœur s'était mis à battre plus fort et le désir brûlait en elle, langueur presque douloureuse au creux de ses reins. Elle avait envie de lui. Envie d'une nuit dans ses bras. Une nuit où elle ne penserait qu'au plaisir.

— J'en rêve, moi aussi, murmura-t-elle.

Dare ne voulait plus réfléchir. Il la désirait comme un fou et refusait de gâcher une seule seconde du temps qu'ils avaient à vivre ensemble. Il la prit par la main et l'entraîna vers la chambre. Les doigts noués aux siens, il gagna le lit, l'y allongea doucement.

Melody lui sourit, magnifique, le visage auréolé de cheveux dorés. Il resta un instant à la contempler. Plus jamais il ne considérerait son lit de la même manière. C'était elle qu'il verrait, désormais, alanguie, si belle, si désirable.

Il se détourna, se rendit à la salle de bains pour prendre un préservatif. Pendant son absence, Melody s'était employée à se déshabiller car, lorsqu'il revint, elle l'attendait, nue.

Il laissa son regard glisser sur son corps, s'attarder sur sa gorge, la courbe de ses hanches, le petit triangle de boucles blondes au creux de ses cuisses.

— Je crois avoir pas mal d'avance..., dit-elle.

Sans la quitter des yeux, il se dévêtit à la hâte, enfila le préservatif sur son sexe tendu et la rejoignit.

Il se plaça au-dessus d'elle et la regarda. Elle avait

la peau claire et les pointes durcies de ses seins avaient pris une couleur brune. Il les caressa doucement du plat du pouce et, glissant une main sous son dos, il la cambra vers lui.

Déjà, il se penchait, les saisissait tour à tour dans sa bouche, les suçant avec volupté, les mordillant doucement tandis que, de son autre main, il explorait son corps, oublieux de tout, s'émerveillant de sa douceur.

Melody avait enfoui les doigts dans ses cheveux et elle pressait son visage contre sa peau, enivrée par la caresse de sa langue, la délicieuse pression de sa bouche sur ses seins, les frissons qui couraient au creux de ses reins. Le monde autour d'eux chavirait.

Un soupir rauque lui échappa et elle se mit à caresser son ventre plat. Il sentit son érection se tendre plus encore avant même qu'elle l'ait touché. Puis elle le prit dans sa main et son corps tout entier fut comme parcouru d'une décharge électrique.

Un sourire effleura ses lèvres et elle inséra la pointe de sa langue dans son oreille, en mordit le lobe, se cambrant à sa rencontre.

Lorsqu'il leva la tête, elle ferma les yeux. Sa respiration soudain plus courte soulevait ses seins tandis qu'elle le caressait. Il glissa alors une main au creux de ses cuisses et trouva son clitoris. Il aimait voir son visage rosir, ses sourcils se froncer tandis qu'il la touchait doucement, un doigt en elle. Mais il voulait davantage.

Un instant plus tard, ses lèvres prenaient le relais. La sensation fut si forte que Melody ne put retenir un gémissement. Éperdue, le corps vibrant et arqué vers lui, elle se mit à bouger. Il pouvait percevoir le plaisir qui montait dans son ventre, ses reins, et lorsqu'elle saisit ses épaules et l'appela, il sut qu'elle allait jouir. Il pressa une dernière fois sa langue contre son sexe en feu et la sentit chavirer.

Il remonta alors le long de son corps, se glissa entre ses jambes. Tête renversée en arrière, lèvres entrouvertes, tout en elle le réclamait, et il la pénétra aussitôt. Plus rien ne comptait à présent que leurs deux êtres ne faisant qu'un, cette danse sauvage de leurs corps tendus vers la délivrance, vers ce moment où ils basculeraient, oublieux du monde.

Melody se cambrait éperdument contre lui, cramponnée à son dos. Il sentait ses ongles griffer sa peau et il continua de la prendre, fougueux, jusqu'à ce qu'il l'entende jouir. Alors, il lâcha prise, s'abîma en elle, et dans un dernier coup de reins, il jouit à son tour.

Il avait tout donné. Il roula sur le côté, épuisé, vaincu, et l'attira contre lui. Elle caressa son dos d'une main alanguie, la tête nichée au creux de son épaule, et il la tint serrée, espérant qu'elle n'interromprait pas ce moment. Car il savait que, s'ils parlaient, il devrait décider si, oui ou non, il allait continuer à se mentir et à prétendre qu'il ne s'agissait entre eux que d'une aventure sans importance.

Melody Conner lui plaisait comme aucune femme ne lui avait plu depuis longtemps, et cela l'inquiétait. Car la dernière fois qu'il avait vécu pareille obsession, sa vie avait implosé et il s'était retrouvé à tenter de reconstituer un puzzle dont les pièces ne s'imbriquaient plus.

- 9 -

Melody se doucha et s'habilla. Elle avait déjà appelé un taxi pour rentrer chez elle. Dare lui avait proposé de la raccompagner, mais elle n'avait pas envie que quelqu'un la voie sortir de sa voiture.

Elle n'était pas prête à affronter ce genre de situation. Elle sécha rapidement ses cheveux avec une serviette et quitta la salle de bains. De manière tout à fait irrationnelle, elle aurait voulu croire que, une fois sortie de chez Dare, la vie allait reprendre son cours normal. Mais elle savait pertinemment qu'il n'en serait rien. Tout serait différent.

Et elle l'avait voulu.

En réalité, il y avait longtemps qu'elle aspirait à ce changement. Pour la première fois de son existence, elle prenait un risque qui l'engageait personnellement. Jusqu'ici, elle s'était toujours focalisée sur son travail, avec l'envie de réussir. Grâce à Dare, elle portait un regard différent sur la personne qu'elle était, sur sa vie. Et il fallait reconnaître que c'était très excitant.

Lorsqu'elle descendit, elle le trouva dans le patio avec Bailey. Ils jouaient avec une balle de tennis. Elle les observa quelques instants. Il avait l'air d'un homme tellement simple, ordinaire, occupé ainsi avec son chien. Mais elle ne devait surtout pas se laisser attendrir, se retrouver à craquer pour lui, le sénateur Dare Bisset. Ils poursuivaient des buts opposés et ils n'appartenaient pas au même monde. Il fallait qu'elle s'en souvienne, mais une partie d'elle-même refusait d'entendre l'avertissement. Pour preuve, lorsqu'il se retourna et lui fit signe, elle resta quelques instants immobile, à lui sourire, avant de reprendre ses esprits.

Ce soir, dès qu'elle rentrerait, elle appellerait son frère. Il était toujours de bon conseil et l'aiderait sûrement à se remettre sur les rails. Mais en attendant…

— Hello, lança Dare à son approche. Je vois que vous avez trouvé le sweat que j'avais préparé pour vous.

— Oui, merci. Un sweat Moretto Racing. Vous êtes fan de formule 1 ?

— Non. C'est le fiancé de ma sœur, Inigo Velasquez, qui est pilote dans cette équipe.

— Décidément. Ma mère est fan de Toby Osborne et mon père de formule 1 ! s'exclama Melody.

Brusquement, elle prit conscience de ce qu'elle venait de dire. Dare n'était pas seulement différent d'elle. Il vivait dans un monde au sein duquel elle n'avait pas sa place. Un monde de stars. Et il en était une au Capitole. Le genre de sénateur que tout le monde aime et craint car il trouve toujours le moyen de parvenir à ses fins. Et elle prétendait le battre ?

Seigneur. Comment pouvait-elle seulement croire… ?

— Inigo est un homme très simple, vous savez, intervint Dare. Il est juste doué comme pilote, voilà tout. Et vous avez vu que Toby était un père comme les autres.

— Oui, bien sûr, répondit-elle.

Il était facile pour lui de dire qu'il était entouré de gens comme les autres, quand il était évident que gravitaient autour de lui des présidents, des célébrités, des paparazzis. Sans compter son père qui était millionnaire !

— Quant à moi, poursuivit-il. Je n'appartiens pas à la jet-set comme Inigo ou Toby. Je vis ici, dans un quartier tout ce qu'il y a d'ordinaire.

Il minimisait la situation. Pas seulement pour elle, mais aussi pour ses concitoyens qui étaient également des électeurs. Il voulait donner l'impression d'être quelqu'un de simple, et elle avait failli se laisser prendre au piège. Quoi qu'il en dise, il demeurait l'homme de la photo, entouré de sa si belle famille.

Une classe à part, une sorte d'aristocratie à l'américaine.

Et elle n'en faisait pas partie. Bien qu'elle occupe un poste prestigieux, elle-même était issue de la classe moyenne. Et cela les séparait davantage encore que d'être rivaux.

— Mel, ça va ? demanda Dare.

Mel ? Personne ne l'appelait ainsi. Elle n'invitait pas vraiment à ce genre de familiarité. Mais elle aimait entendre ce diminutif dans la bouche de Dare.

Et autant en profiter aujourd'hui. Dès demain, elle ne penserait plus qu'à sa mission.

— Oui, ça va, répondit-elle. Mais je me suis illusionnée, et vous aussi, en pensant que nous pourrions vivre cette aventure sans avoir à faire face aux conséquences. Ça ne marchera pas.

— Si… ça peut marcher. Laissez-lui une chance. Laissez-*moi* une chance. Vous me plaisez. J'aurais aimé que vous soyez une inconnue rencontrée par hasard au mariage de mon cousin. Dans ce cas, il n'y aurait pas eu de problème, n'est-ce pas ?

Melody en doutait. Ce n'étaient pas leurs professions

qui l'inquiétaient le plus. C'était la différence d'âge et de milieu. Elle venait d'un milieu modeste et donnerait l'impression de vouloir s'accrocher.

Elle leva les yeux. Dare l'observait et, devant l'expression de son visage, elle eut soudain envie de dire oui à tout ce qu'il proposait. Il était si séduisant et il lui plaisait tellement. Mais était-ce vraiment la chose à faire ? Ou tout simplement une erreur de plus ?

Dare passa un moment à la salle de sport, puis il gagna ses bureaux à 7 heures. Beaucoup de sénateurs commençaient leur journée plus tard, mais il avait prévu une réunion dans le but de mettre en place la stratégie à adopter pour contrecarrer les manœuvres de Johnny Rosemond et son équipe.

Cami était déjà arrivée. Elle s'occupait, avec les stagiaires, de préparer la salle de réunion. Il rejoint son bureau, s'efforçant de se concentrer sur sa conversation de la veille avec Logan pour ne pas penser à Melody. Il envoya un message au père de Nick afin de savoir s'ils pourraient se parler plus tard. Puis un autre à Adler, ne voulant pas interrompre leur lune de miel, mais soucieux de s'assurer qu'ils étaient préparés à faire face à la situation provoquée par Logan lorsqu'ils rentreraient. Dare n'espérait pas de réponse immédiate et il entreprit de consulter ses mails.

Il y en avait un de son père, relatif à la loi qu'il voulait faire passer. Celle-ci aurait des répercussions sur le secteur pharmaceutique de Bisset Industries. Il ne fut donc pas surpris que ce dernier l'invite à prendre un verre, un peu plus tard dans la semaine, pour en discuter.

Sans doute espérait-il le faire changer d'avis. C'était la méthode August. Il connaissait, et il accepta.

Un coup frappé à sa porte ouverte lui fit lever les yeux.

— Tout est prêt pour la réunion, lui annonça Cami.

— Bien.

Cami ne bougeait pas.

— Il y a autre chose ? ajouta-t-il.

— Oui, enfin… tu sais… cette jeune femme de l'équipe de Rosemond… Elle a appelé hier, après que tu sois parti. Elle voulait savoir où tu allais courir exactement. Elle a dit que tu serais avec Bailey. J'ai eu l'impression qu'elle te poursuivait.

Dare s'attendait à tout sauf à cela.

— Non, non… pas du tout. C'est moi qui ai créé la confusion, sans doute, en lui faisant un petit signe lorsque je l'ai croisée. Elle voulait certainement s'assurer que c'était bien moi.

— Oh ! dit Cami. Tout va bien, alors ?

— Oui, absolument. C'est tout ? s'empressa d'ajouter Dare, ne voulant pas poursuivre la discussion sur le sujet.

— Oui, c'est tout.

— Bien. Mon père souhaite me voir. Peux-tu réserver quelque part pour prendre un verre et peut-être dîner, mercredi ou jeudi ?

— Je m'en occupe.

— J'attends un appel personnel. Il est possible que je sois obligé de quitter la salle de réunion quelques minutes. Tu prendras le relais ?

— Pas de problème. De toute façon, l'équipe accepte mieux les directives lorsqu'elles viennent de moi.

— Si tu le dis ! rétorqua Dare.

Ils rejoignirent la salle de réunion. Dare attaqua la

séance en rappelant le nombre de sénateurs qu'il leur faudrait gagner à leur cause afin de pouvoir faire voter la loi. La partie s'annonçait complexe et il allait falloir travailler dur.

L'équipe était restreinte, mais très combative et prête à mettre au point leur stratégie. Dare ne put s'empêcher de se demander si Melody se trouvait en réunion, elle aussi, travaillant de son côté pour faire gagner Johnny. Comment pouvait-il en douter ? C'était une évidence. Et d'ailleurs, pourquoi pensait-il à elle ?

— Dare ?

— Hum ?

— Une communication, lui indiqua Cami, désignant son téléphone.

C'était Adler.

— Merci, dit-il. Je reviens.

Adler était inquiète. Elle se doutait que son cousin ne l'aurait pas dérangée en pleine lune de miel si la situation n'avait pas été sérieuse. Dare fit le point en quelques mots. Elle avait mis le haut-parleur afin que Nick puisse suivre la conversation.

Nick, raisonnable, s'efforçait de calmer le jeu. Maintenant qu'ils avaient découvert qu'ils étaient frères, Logan et lui, ils allaient trouver le moyen d'arranger les choses.

— Nick, serait-il possible de prévoir un rendez-vous téléphonique, pour en finir une bonne fois pour toutes ? proposa finalement Dare. Ton père m'a l'air passablement énervé par toute cette histoire.

— D'accord pour se parler, répondit Nick. Mais je compte sur toi pour atténuer les tensions. Je ne tiens pas à ce que mon père s'en mêle.

— Tu as raison. Je crois préférable de laisser nos parents respectifs en dehors de ça.

— OK.

— Désolé de vous avoir dérangés, mais j'ai préféré prendre les devants, vous éviter les mauvaises surprises.

— Merci, dit Adler. Je sais que tu n'y es pour rien, mais je t'assure que j'en ai plus qu'assez des Bisset en ce moment.

— Je te comprends ! conclut Dare.

Il était plus de 21 heures lorsque Melody quitta son bureau pour rentrer chez elle. Son frère lui avait envoyé un message confirmant qu'ils pourraient se parler, le soir même, et elle avait hâte de lui demander conseil. Ce n'était pas franchement dans ses habitudes, mais la situation avec Dare la déboussolait.

Heureusement, elle avait été trop absorbée dans la journée pour laisser son esprit vagabonder. Sauf qu'une des tâches qui lui avaient été assignées était de préparer un dossier sur Dare Bisset et ses collaborateurs. Lorsqu'elle avait commencé à rassembler le fruit de ses recherches, il était apparu comme une évidence que Dare n'était pas du tout de la même trempe que les autres sénateurs. Mais elle se garda bien d'en parler et accomplit son travail. Elle rédigea des notes, passa des coups de fil, effectua des réservations à dîner pour Johnny afin qu'il rencontre certains sénateurs et puisse, dans la mesure du possible, en faire de futurs alliés.

Se trouver ainsi au cœur des choses rappela à Melody combien elle aimait son job. Au départ, elle n'avait pas été tout à fait sûre d'avoir fait le bon choix. Elle avait travaillé en tant que stagiaire dans un cabinet d'avocats avant d'obtenir son diplôme, mais cela ne l'avait pas intéressée. Elle s'était ennuyée. Aujourd'hui, elle se sentait parfaitement à sa place et se voyait lobbyiste pour le restant de ses jours. Aussi devait-elle se montrer très prudente et faire le point sur sa situation avec Dare. Elle prenait le risque de compromettre une carrière passionnante. Si l'on découvrait qu'elle avait une aventure avec lui, il était quasiment certain qu'elle ne pourrait plus exercer dans ce domaine.

En rentrant, elle se fit réchauffer un plat au micro-ondes. Puis elle alluma son ordinateur et mangea tout en travaillant, en attendant l'appel en visio de son frère.

Elle décrocha à la première sonnerie et lui sourit sur l'écran. Il travaillait en tant qu'avocat dans un important cabinet de Boston.

— J'allais m'excuser de t'appeler si tard, déclara-t-il. Mais je vois que tu n'as pas fini de dîner. Tu as eu une longue journée, il semblerait.

— Longue mais très intéressante.

— Je n'imaginais pas t'entendre un jour dire une chose pareille, toi qui n'as jamais aimé travailler tard.

— C'est parce que ce que je fais me plaît énormément. C'est pourquoi j'ai besoin de tes conseils, justement. Promets-moi d'être totalement franc avec moi.

— Je ne l'ai pas toujours été ?

— Si. Mais la situation est grave.

— Tu commences à m'inquiéter.

Melody prit une grande inspiration.

— J'ai couché avec Dare Bisset.

— OK. C'est bien du sénateur qu'il s'agit ? Il se trouvait à la soirée où tu t'es invitée, non ?

— Oui. C'est le sénateur dont nous tentons de bloquer

la loi. J'étais venue en quête d'informations sur lui et puis… bref, c'est arrivé comme ça.

— Une fois, ça ne porte pas à conséquence, répliqua Ben. Tu te fais du souci pour rien. Détends-toi et profite de ce travail que tu as l'air de tant aimer.

Melody poussa un soupir.

— J'ai de nouveau passé la nuit avec lui, hier.

— Oh. D'accord. Il est question d'une aventure, alors ? Là, tu m'inquiètes. Il te plaît vraiment ?

Melody hésita. Mais elle se mentait à elle-même. Il était évident que Dare lui plaisait.

— Oui. Vraiment. Dis-moi que je ne devrais plus le voir, qu'il faut que j'arrête.

Ben rit. Il saisit sa canette de bière, en but une gorgée.

— Si tu me demandes de te dire ce que tu sais déjà, c'est que tu es prête à affronter ce qui se passera si tu continues à le voir.

— Qu'est-ce qui se passera ? demanda Melody.

Elle avait absolument besoin des conseils de son frère. Parfois, il la comprenait mieux qu'elle ne se comprenait elle-même.

— OK, en admettant qu'aucun de vous ne prenne mal la victoire de l'autre, ce qui m'étonnerait en ce qui te concerne, reste à savoir quelles conséquences pourrait avoir votre relation.

— Je ne le prendrai pas mal s'il gagne, s'insurgea aussitôt Melody. Je n'en éprouverai aucun plaisir, bien sûr, mais dans la mesure où je fais mon possible et où la bataille est loyale, ça me va.

— Alors, tu as ta réponse. Je n'ai pas à te dire ce que tu as à faire, tu le sais. Je pense que tu n'as déjà que trop réfléchi au problème.

Melody secoua la tête. Il n'y avait pas une seconde où elle ne pensait pas à Dare et à cette situation. Elle aurait voulu pouvoir prétendre qu'il ne s'agissait que d'une banale aventure, que c'était l'attrait de l'interdit qui la grisait. Mais elle savait qu'il s'agissait de quelque chose de beaucoup plus profond.

— Sa famille est invraisemblablement riche, reprit-elle. Nous n'avons rien en commun.

— Il semblerait que si, rétorqua Ben, amusé.

— Pourquoi tu ne m'aides pas ?

— Je t'aide à prendre conscience de la réalité. Jusqu'à présent, tu ne m'as jamais parlé d'aucun homme. Si tu le fais aujourd'hui, j'en déduis que celui-ci est différent. Si c'est un homme bien, tu n'as aucun souci à te faire.

— J'aimerais pouvoir le croire.

— Tu verras, tout ira bien. Fais-toi confiance. Tu comptes passer à la maison, bientôt ?

— Pas dans l'immédiat. Pourquoi ?

— Maman insiste pour que je vienne. Elle a une idée derrière la tête, j'en suis certain.

— Tu es son petit chouchou. Si tu lui demandes de cesser de s'occuper de tes affaires, elle arrêtera.

Ben ne répondit rien. Melody eut un petit sourire.

— Tu n'as rien contre, c'est ça ?

— Je ne sais pas. Peut-être. Elle me connaît mieux que personne, et en matière de relations… Tu ne t'es jamais dit que nous n'étions pas très doués en amour ?

— Si, crois-moi.

Ils raccrochèrent quelques minutes plus tard et Melody partit se coucher, l'esprit préoccupé par les paroles de Ben. Dare était-il un homme bien ?

- 10 -

Pour Dare, la semaine n'avait pas franchement été productive. D'autant que Melody, la star de l'équipe de Johnny Rosemond, avait fait marquer des points au camp de ce dernier en lui adjoignant un nombre significatif de sénateurs parmi les plus influents. Il savait qu'il n'y avait là rien de personnel. C'était une compétition à couteaux tirés et chacun se battait pour la victoire.

Il le comprenait et s'engageait lui aussi de pied ferme dans la lutte. Il disposait de plusieurs témoins prêts à venir faire état de leur situation devant la commission, ce qui pourrait changer grandement la donne. Il faudrait être sans cœur pour voter contre ce projet de loi après avoir entendu le récit d'une mère seule avec un enfant atteint d'une maladie chronique et ne disposant que d'une couverture santé minimale.

Mais, au préalable, Dare devait gérer la situation avec son père. Il dînait avec lui, ce soir, et il n'était pas pressé d'avoir à affronter ses questions concernant sa loi et les répercussions que celle-ci ne manquerait pas d'avoir sur Bisset Industries. Et, bien sûr, il restait le problème entre Nick et Logan à régler.

Lorsqu'il arriva, son père l'attendait, installé à l'une des tables hautes, au fond de la salle. Il lui fit signe mais Dare s'arrêta d'abord au bar pour commander les boissons, dont un Martini, le cocktail préféré d'August.

— Salut, papa. Comment vas-tu ? demanda-t-il, s'installant en face de lui.

Dans beaucoup de familles, les hommes se donnaient l'accolade, mais pas avec son père. C'était un homme distant.

— Ça va. Rien de spécial à la maison. Logan m'exclut des affaires. Maintenant qu'il est P-DG, j'imagine qu'il faut que je m'y fasse.

— Je suis désolé.

August eut un petit rire sec.

— Je n'en doute pas.

— Tu vois, papa, malgré nos différends, je pense que c'est bien que la vie t'ait gâté et je suis désolé qu'elle soit aussi difficile, ces derniers temps.

— Merci, mon grand. Ta grand-mère m'a toujours mis en garde, ne pas attendre d'avoir perdu quelque chose pour se rendre compte de son importance. C'est très juste.

Dare ne saisissait pas où son père voulait en venir. Ses parents allaient-ils divorcer ? Était-ce la raison pour laquelle celui-ci avait voulu le voir ? Il avait toujours joué le rôle de tampon entre ses parents et ses frères et sœur, mais il ne se sentait pas prêt à leur annoncer ce genre de nouvelle.

— Que se passe-t-il ? demanda-t-il. Maman te quitte ?

Dare faisait constamment preuve de diplomatie et de subtilité dans son travail mais, lorsqu'il s'agissait de la famille, il perdait toute sa réserve.

— Pas encore, répondit son père. Je ne sais pas… mais nous n'habitons pas ensemble. Elle est partie vivre dans notre maison de campagne et a suggéré que je serais certainement mieux en ville. Je suis donc resté.

— C'est ce que tu voulais ?

— Non. Absolument pas. Mais je ne… j'ai fait beaucoup de mal à ta mère, récemment. Je ne supporte pas de la voir souffrir. Et elle se sent coupable au sujet de Logan, mais là aussi j'ai ma part de responsabilité.

— Je comprends. Je sais que tu es du genre à déchaîner la tempête et à attendre que ça se calme, mais cette fois il serait bon que tu lui parles. Dis-lui ce que tu ressens véritablement, ajouta Dare, repérant soudain du coin de l'œil une jeune femme blonde.

Elle lui fit penser à Melody, avec sa chevelure dorée balayant ses épaules et sa robe d'été soulignant harmonieusement les courbes de son corps.

Elle se retourna.

C'était Melody.

Il allait se lever pour lui dire bonjour lorsqu'elle s'avança, d'un pas décidé, pour saluer un autre homme. Bon sang, Tad Williams ! Pourquoi ? Son entreprise n'avait pas investi dans le domaine pharmaceutique. À quoi jouait-elle ? Ce rendez-vous serait-il…

— Dare ?

Dare se tourna aussitôt vers son père.

— Désolé. Je viens de voir quelqu'un que je connais.

— Qui ?

— La jeune femme qui se trouve avec Tad.

— Elle était à la réception du mariage avec toi, non ? demanda August. Pourquoi a-t-elle rendez-vous avec Williams ?

— Je l'ignore. Elle travaille avec Johnny Rosemond à bloquer mon projet de loi. Je ne vois pas ce que Tad vient faire dans l'histoire.

Dare s'attendait à subir une tirade de la part de son

père concernant sa loi, mais il n'en fut rien. Ce dernier concentra sa diatribe sur Tad.

— Il n'est pas en rapport avec le secteur pharmaceutique. Mais chaque fois qu'il est question de s'attaquer aux grandes entreprises, tout le monde devient nerveux. Et il n'aime pas notre famille… surtout depuis qu'il sait que je suis le père biologique de son fils aîné.

Dare ne savait que penser de ce rendez-vous. Melody était rusée, et il admirait son envie de réussir. Mais ce qu'il éprouvait pour elle lui compliquait l'existence bien plus qu'il ne l'aurait voulu.

— C'est quoi le problème entre vous deux ? demanda Dare au bout de quelques secondes. J'ai l'impression qu'il y a davantage qu'une simple rivalité en affaires.

August passa une main lasse sur sa nuque.

— Tad travaillait pour Bisset Industries. Il était amoureux de tante Kelly, mais la famille n'approuvait pas cette relation. Nous y avons mis un terme, et Tad a été renvoyé de la société.

— C'était la famille qui ne l'approuvait pas ou toi ?

— Moi. Il n'était pas du même milieu que nous. J'avais le sentiment qu'il se servait de ma sœur Kelly pour se faire une place dans la société. Je n'allais pas le laisser l'utiliser.

Dare comprenait. Il ferait n'importe quoi pour protéger Mari, mais il soupçonnait son père de n'avoir pas seulement cherché à protéger sa sœur.

— Et il te déteste parce que tu as tout mis en œuvre pour le ruiner. Mais il t'a prouvé qu'il pouvait réussir par lui-même. Il a travaillé dur pour faire de la Williams Inc. ce qu'elle est aujourd'hui. La route n'a pas été facile pour lui.

— En effet. Et la suite a montré que j'ai eu tort sur pas mal de points, dit August. Apprends de tes erreurs, fils. Ne laisse pas la jalousie et l'ambition te priver des belles choses de la vie.

Dare jeta un coup d'œil en direction de Melody. Leurs regards se croisèrent, et il resta le souffle suspendu. Le désir, il savait gérer. Mais là, c'était différent… Melody Conner faisait-elle partie des belles choses de la vie ?

Bien sûr, il avait fallu que Dare donne rendez-vous à son père précisément dans le bar que Tad Williams avait choisi pour leur rencontre. C'était très perturbant comme situation. Avoir rendez-vous sous leurs yeux avec l'homme qui était leur rival et ennemi.

Depuis la discussion avec son frère, Melody était profondément troublée et elle dormait mal. Elle s'était réfugiée dans le travail. Mais elle avait tout de même trouvé le temps de se renseigner sur le conflit qui opposait les Bisset et les Williams, une querelle qui durait depuis une bonne quarantaine d'années.

Lorsque Tad Williams avait contacté Johnny pour lui proposer de le mettre en contact avec quelques personnes influentes qui pourraient l'aider à bloquer la loi de Dare, son patron avait assigné à Melody la mission de le rencontrer. Ils étaient nombreux, dans l'équipe, à penser que Tad n'agissait qu'en raison de la rivalité qui opposait les deux familles. Personne ne pensait qu'il puisse réellement apporter une aide significative.

C'était donc à elle qu'incombait la tâche ingrate de cette entrevue probablement inutile. Et bien sûr, Dare était là !

Elle ne se sentait vraiment pas à l'aise et se doutait de

ce qu'il allait se dire. Ce serait un nouveau coup pour leur relation. Mais après tout, peut-être était-ce une bonne chose. Le déclic qu'il lui fallait pour retrouver sa hargne et son ambition, cesser de se préoccuper de ce que Dare éprouvait et faire ce qu'elle avait à faire pour contrecarrer son projet de loi.

— Merci d'avoir accepté ce rendez-vous, déclara Tad, lui tendant la main.

Il avait un sourire affable, des yeux d'un bleu vif, et une belle chevelure poivre et sel.

— Tout le plaisir est pour moi, répondit Melody. Je sais que vous espériez voir Johnny, mais je suis la dernière arrivée dans l'équipe et mon emploi du temps est moins chargé. J'espère que vous n'y voyez pas d'inconvénient.

— Aucun. Que prendrez-vous ?

Le cocktail du jour avait l'air délicieux, mais Melody se gardait toujours de boire de l'alcool dans le cadre du travail.

— Un tonic avec une rondelle de citron, je vous prie.

— Je crois que la première commande se fait au bar. Si vous voulez choisir une table en attendant que je m'occupe des boissons…

— Très bien.

Melody en repéra une de libre. Elle fonça droit dessus, s'efforçant de ne pas regarder en direction de Dare. Mais au dernier moment, lorsqu'elle passa devant sa table, elle ne put s'empêcher de lui sourire.

Il se contenta de hausser un sourcil et elle comprit qu'il considérait ce rendez-vous comme une trahison. Comment lui en vouloir ? C'était compréhensible. Elle rencontrait un homme qui les haïssait, lui et sa famille.

Elle gagna sa table et prit place, lui tournant le dos. Ne plus l'avoir sous les yeux, surtout.

De toute façon, il fallait que cela arrive, il n'y avait pas d'autre issue possible, tâcha-t-elle de se répéter. Une rupture claire et nette serait la seule solution, la seule façon d'en finir avec les sentiments ridicules qu'elle éprouvait. Elle n'avait jamais été une femme sentimentale, alors pourquoi en irait-il autrement, aujourd'hui, avec Dare ?

Elle saisit son téléphone et parcourut ses mails, s'employant à chasser toutes ces pensées parasites de son esprit et à être tout entière à ce qu'elle faisait. Elle sentait que Tad ne les avait pas contactés dans le seul but de nuire à Dare. Il lui donnait vraiment l'impression d'être un homme déterminé et réfléchi, et elle entendait tirer parti au mieux de cette rencontre. Et si Dare Bisset pensait qu'elle agissait de manière déloyale, eh bien, soit !

Elle avait une carrière devant elle, une vie à construire. Une vie dans laquelle il n'était appelé à jouer qu'un rôle provisoire.

— Et voilà, dit Tad, posant les verres sur la table avant de prendre place face à elle.

— Merci. Donc, vous être au courant du projet sur lequel nous travaillons, et il est peut-être embarrassant d'en parler alors que le sénateur qui préside la commission se trouve justement assis non loin de vous.

— Je sais, répondit Tad. Si ce n'est pas un problème pour vous, ça ne l'est pas davantage pour moi. Il se doute bien que je n'apporterai pas mon argent ni mon soutien à une loi qui, telle qu'il veut la présenter, menace les affaires.

— Il vise principalement les grands groupes pharmaceutiques, répondit Melody.

Mais elle n'ignorait pas que les termes de la loi, telle qu'elle était rédigée, laissaient peser une menace sur les autres secteurs de l'industrie.

— Certes, mais nous savons que ce n'est pas uniquement ce qu'il vise, reprit Tad. Je présume que, si August Bisset était mon père, j'aurais envie de m'en prendre au monde des affaires uniquement pour le contrarier. Ils sont à couteaux tirés, tous les deux.

Tad n'aurait sans doute pas dû évoquer cet aspect personnel de la vie de Dare, mais ce que Melody avait bien compris, à présent, c'était qu'August et lui se haïssaient. Cela se sentait dans la façon dont il en parlait, dans le ton de sa voix.

— Quel sujet exactement désiriez-vous aborder avec moi ? demanda-t-elle. Je ne souhaite pas parler de la vie privée du sénateur.

— Non, bien sûr. Pour résumer, les équipes de nombreux sénateurs ont rapporté le fait que ces derniers ne voulaient pas rejeter la loi en bloc. Au niveau de leurs circonscriptions électorales, on se soucie surtout du prix et du développement des médicaments. Je me suis renseigné et j'ai un élément nouveau qui, je pense, peut vous servir. Je sais que le témoignage de nos concitoyens est important pour démontrer que l'industrie pharmaceutique doit être régulée. Mais je suis en mesure de vous aider à obtenir des témoignages qui, à l'inverse, montrent que les grands groupes pharmaceutiques ont largement contribué à améliorer la vie de nombreuses personnes. Mon épouse est bénévole dans un foyer pour femmes, à Boston, et elle travaille en collaboration avec des entreprises qui seraient pénalisées par le retrait du financement gouvernemental que prévoit la loi. J'ai pensé que vous trouveriez utile de les entendre pour montrer que le problème ne se limite pas à envisager uniquement des médicaments moins chers pour tous.

Melody acquiesça et prit des notes. Elle passa les quarante-cinq minutes suivantes à faire comme si Dare n'était pas là mais, lorsqu'il se leva pour partir, elle sentit un grand vide se faire en elle.

Elle commençait à se dire qu'elle avait fait fausse route. Elle s'était crue capable d'accomplir sa mission et d'avoir en même temps une aventure avec lui. Elle s'était leurrée.

Dare voulait croire qu'il restait dans le seul but de voir combien de temps durerait l'entretien entre Melody et Tad Williams, mais il savait très bien que c'était faux. Aussi, lorsque son père lui proposa de dîner en terrasse, dans le restaurant qui se trouvait juste en face du bar, il accepta, tâchant de se convaincre qu'il n'attendait Melody que pour des raisons purement professionnelles. Nouveau mensonge.

August avait visiblement envie de parler et Dare se surprit à apprécier de partager ce moment avec lui.

— Je songe à faire cadeau d'une villa en Italie à ta mère. Elle en a toujours rêvé. Ce serait un beau geste pour lui prouver que je regrette sincèrement ce qui s'est passé.

Dare ne put s'empêcher de rire.

— Papa, ce n'est pas à ce genre de chose que je pensais. Une villa en Italie dans la famille, pourquoi pas ? Mais si tu lui tends la main en signe de paix, il faut que cela signifie quelque chose pour vous deux, et seulement vous deux.

— Tu offrirais quoi, toi, à Melody ?

— Pourquoi cette question ? Nous ne sommes pas mariés. Et je n'ai rien à me faire pardonner.

— Tu en es certain ? Lorsqu'elle est passée près de notre table…

— Arrête, s'il te plaît. Je n'ai pas envie de parler d'elle, rétorqua Dare.

De toute façon, tout était fini entre eux. Cette aventure ne pouvait pas durer, mais il avait tellement voulu… À quoi bon y penser, cela n'avait plus aucune utilité à présent. Si Melody se trouvait à Washington, c'était pour sa carrière, et non pour lui. Et il n'y avait rien qu'il puisse faire pour changer cela.

— Je comprends, dit August. Mais si tu es prêt à accepter un conseil de la part de quelqu'un qui est déjà passé par là et a multiplié les erreurs, écoute-moi. Si cette jeune femme compte vraiment pour toi, ne la fais pas passer après tout le reste. Crois-moi, tu le regretteras et cela finira par te ronger.

Dare n'en revenait pas d'entendre son père avouer avoir des regrets.

— Si on m'avait tenu ce discours quand j'avais ton âge, j'aurais ri, trouvé cela ridicule. Mais lorsque je songe à toutes ces choses prétendument importantes que j'ai fait passer avant ta mère et avant vous tous, je ne leur trouve plus autant d'importance, aujourd'hui. Tu es bien placé pour savoir tout ce que j'ai gâché en courant perpétuellement après le succès. Mais tu ne travailleras pas toujours vingt-quatre heures sur vingt-quatre et sept jours sur sept à essayer de faire marcher le monde à ta guise. Et si tu es comme moi, et je sais que tu l'es, tu te rendras compte que tu t'es enfermé dans une existence de solitude.

Dare fixa un instant son père, puis il posa une main sur la sienne. Il avait toujours su que son père était un homme intelligent, clairvoyant, mais c'était la première fois que ses paroles résonnaient aussi profondément en lui.

Il avait un moment hésité entre laisser parler ses sentiments pour Melody et faire passer sa loi. Mais il n'ignorait pas qu'il ne pourrait y avoir qu'un vainqueur dans ce choix, et ce devait être sa loi. Pourtant, il désirait plus que tout vivre une relation avec Melody ou, dans le futur, avec une femme avec laquelle il se sentirait aussi bien qu'avec elle.

Elle lui avait fait prendre conscience qu'il avait une carrière brillante et beaucoup de succès, mais qu'il menait une vie solitaire. Avant de la connaître, il était parvenu à se convaincre que les choix qu'il avait faits suffisaient à le rendre heureux ou que, à la différence de son père, il avait eu l'intelligence de se ménager une existence qui le comblait.

Mais ce soir, il n'y croyait plus. Il souffrait et ne voulait faire souffrir personne, se retrouver responsable d'un désastre. S'il avait toujours refusé tout engagement, toute implication dans une relation, c'était par peur de finir sa vie comme son père, aigri, plein de regrets, avec la famille merveilleuse dont il avait rêvé mais dont il n'avait jamais profité.

— Merci, papa, répliqua-t-il. Tu sais, si tu parlais à maman comme tu viens de le faire…

— Elle reviendrait avec moi, termina August. Je le sais, oui. Le problème, c'est que par le passé je n'ai jamais été réellement sincère. J'ai dit ce qu'il fallait afin de garder auprès de moi cette femme merveilleuse que tous les hommes m'enviaient. Et aujourd'hui, alors que je le pense… est-ce trop tard ?

Était-ce trop tard ? Dare n'aurait su le dire. Mais ce dont il était certain, c'était que sa mère n'avait jamais aimé un autre homme comme elle aimait August.

— Si tu veux que ça marche, papa, ça marchera. Tu as peur de te livrer, de te montrer vulnérable et qu'elle te repousse ?

Dare n'imaginait pas son père vulnérable au point de ne pouvoir affronter une réponse négative. Mais surtout, il voulait croire que ses parents pourraient régler leurs différends sans se faire davantage de mal. Toutefois, le comportement d'August faisait souffrir sa mère depuis si longtemps qu'elle avait peut-être atteint un point de non-retour.

Dare était vraiment triste pour ses parents. Il souhaitait à tout prix échapper au destin qui frappait son père, et ne pas se retrouver au même âge, solitaire, avec le sentiment d'avoir gâché son existence. Il aurait aimé que Melody puisse être la solution, mais il savait pertinemment que non. Elle était jeune et elle avait encore toute une vie devant elle à construire. Lui, de son côté, il avait commis des erreurs, connu des triomphes, et il savait ou tout du moins pensait savoir ce qu'il voulait pour l'avenir.

Mais, en cet instant, il se sentait un peu perdu. C'était à la fois les failles dans le mariage de ses parents et le désir fou qu'il éprouvait pour Melody qui brouillaient son jugement. Pour un homme connu pour son calme, ses raisonnements solides, c'était extrêmement déboussolant, et il détestait cette sensation.

- 11 -

— Comment s'est passée la rencontre avec Tad Williams ? demanda Johnny, le lendemain matin, en réunion d'équipe.

— C'était très intéressant. Pour information, le sénateur Bisset et son père se trouvaient également dans le bar. Ils m'ont vue parler avec Tad. Ce dernier connaît des personnes qui pourraient témoigner contre la loi. Elles habitent Boston, ajouta Melody.

Elle avait travaillé toute la nuit sur ses notes et tendit le dossier à son patron. Il le parcourut rapidement.

— C'est du bon travail, conclut-il. Shawna va s'occuper de tout. Réservez un vol pour Boston et allez recueillir ces témoignages. Faites des enregistrements vidéo, cela me paraît la meilleure solution.

— Très bien, dit Melody.

Après le stress vécu à Washington, ces dernières semaines, elle était heureuse à la perspective de pouvoir s'aérer un peu. Boston était proche de Martha's Vineyard, où résidaient ses parents, et elle savait qu'ils viendraient la voir. Pour être tout à fait honnête, elle avait besoin de se faire un peu dorloter.

Elle quitta la réunion avec une liste de sénateurs à contacter. Du pain sur la planche mais, en songeant à son prochain voyage, elle se sentait soudain pleine de courage.

— Tu vas à Boston ? Ça va te changer, dit Aubrey lorsqu'elle regagna le bureau.

— Nous avons trouvé des gens volontaires pour partager leur expérience. Cela va nous aider pour faire pression, expliqua Melody. Johnny m'a demandé d'aller sur place procéder aux interviews.

— Bravo ! De toute façon, c'est logique de sa part. Tu fais de l'excellent travail.

— Merci. Tu sais ce que je pense, Johnny a juste besoin de te voir en action pour se rendre compte de ta valeur. Tu serais d'accord pour me donner un coup de main, aujourd'hui ? Je dois rencontrer plusieurs sénateurs. Nous pourrions mener les entretiens conjointement et produire un compte rendu commun, qu'en penses-tu ?

Aubrey la fixa une seconde, interdite, puis elle lui sourit.

— Tu ferais ça ?

— Nous avons tous envie de réussir, d'être les meilleurs. Mais un peu d'entraide ne peut pas nuire.

Melody n'était pas du genre à partager les honneurs et elle ne savait pas très bien ce qui l'avait poussée à formuler cette proposition. Mais elle était contente de l'avoir fait. Elle s'était sentie un peu seule, isolée, ces derniers temps, et Aubrey était un membre de son équipe, non ?

— C'est super. Comment je procède pour préparer le travail ?

Melody lui donna rapidement quelques explications et appela le bureau dc Tad pour prendre un nouveau rendez-vous.

— Auparavant, je dois quand même passer voir Shawna pour la mettre au courant. À mon avis, elle ne verra aucun inconvénient à ce que nous joignions nos forces.

— Bien sûr.

— Allons-y tout de suite, alors.

Melody se demandait si elle offrait cette opportunité à Aubrey afin qu'elle fasse ses preuves ou si le but était de soulager sa conscience. Si réussite il y avait, elle ne lui incomberait pas à elle uniquement. Elle se sentait encore tellement mal à l'aise d'avoir été surprise par Dare en train de s'entretenir avec l'ennemi juré de sa famille. Elle ne faisait que son travail, mais elle savait qu'il ne verrait jamais les choses ainsi. Elle s'était servie de lui une première fois, et il jugerait toujours toutes ses actions à travers ce prisme.

Comme elle s'y attendait, Shawna approuva sa décision. Elle suggéra même qu'Aubrey l'accompagne à Boston.

— Je te suis très reconnaissante, déclara Aubrey lorsqu'elles quittèrent le bureau de Shawna. Comment puis-je te remercier ?

— Ce n'est pas nécessaire. Nous faisons partie de la même équipe. Je passerai le week-end à Boston pour voir mes parents. Je ne sais pas si tu peux t'absenter aussi longtemps, mais je t'enverrai les détails de mon voyage, si tu veux réserver sur le même vol.

— Je ne suis pas certaine de pouvoir rester. J'ai du boulot. Mais merci pour la proposition, dit Aubrey.

Toutes deux travaillèrent ensuite d'arrache-pied. Elles se rendirent notamment au Capitole pour rencontrer de nouveaux sénateurs. Mais la plupart refusèrent de leur donner une réponse ferme et définitive concernant la loi. Ce fut une journée longue et très frustrante.

— J'ai absolument besoin d'un café avant de continuer, annonça Aubrey.

— Oui, moi aussi, répondit Melody.

Elles se dirigèrent vers la cafétéria et commençaient à faire la queue lorsque Melody aperçut Dare. Il la vit, lui aussi. Elle demanda à Aubrey de lui prendre son café et alla le rejoindre.

— Bonjour.

— Bonjour, Melody.

— À propos d'hier…

— Inutile d'en parler. Nous sommes à Washington, et c'est le jeu politique qui veut ça. S'entretenir avec les ennemis, c'est de bonne guerre, non ?

Il avait murmuré afin que personne ne surprenne leur conversation.

— Je ne peux pas m'expliquer maintenant, dit-elle. Vous allez courir, tout à l'heure ?

— Oui.

— Je vous verrai, dans ce cas. Je crois nécessaire que nous discutions.

— Et si je ne veux pas ?

La réponse blessa Melody plus qu'elle ne l'aurait voulu.

— Eh bien, je suppose que vous irez courir ailleurs, rétorqua-t-elle.

Elle se détourna aussitôt et rejoignit Aubrey.

— Tu connais le sénateur Bisset ?

— Je l'ai rencontré à ce mariage, il y a quelques semaines. De toute évidence, il n'est pas très content que l'ennemi juré dc sa famille soit de notre côté.

— Comment l'a-t-il appris ?

Melody trouvait qu'Aubrey posait un peu trop de questions, mais elle se contenta de sourire.

— Il était présent dans le bar où j'avais rendez-vous avec Tad Williams. J'espérais arranger les choses. Ce n'est pas le cas. Retournons travailler, à présent. Nous n'avons pas fini.

Dare regarda Melody quitter la cafétéria et il regretta d'avoir dû tenir sa langue. Ce n'était pas son genre. La situation se compliquait. Il l'avait vue discuter avec sa collègue, certainement à son sujet s'il fallait en croire les regards jetés à la dérobée dans sa direction. Ce soir, lorsqu'il la verrait, et il y était décidé, il mettrait un terme définitif à leur relation.

Dans leur intérêt à tous les deux.

Il ne voulait pas finir un jour dans un bar à ressasser des regrets. Il se trouvait à un stade de sa vie où il était satisfait des choix qu'il avait faits et du chemin parcouru pour arriver là où il en était.

Il ne serait pas très malin de tout gâcher à présent. Il allait continuer à travailler pour obtenir les soutiens dont il avait besoin, mais il déléguerait à Cami les relations avec l'équipe de Johnny Rosemond. Il désirait garder toute sa liberté de manœuvre et devait donc se mettre en retrait. Il commençait à perdre de sa hargne et à faire des concessions qu'il n'aurait jamais faites en temps normal.

Ce soir, il prendrait prétexte de la rencontre avec Tad pour dire à Melody qu'il ne la verrait plus. Tout serait fini entre eux et il pourrait reprendre une vie normale.

Son téléphone vibra soudain. Il jeta un coup d'œil à l'écran. C'était Adler.

Il décrocha.

— Un instant, s'il te plaît. Je suis dans le hall du

Capitole. Je cherche un endroit plus discret… Alors, comment se passe la lune de miel ? demanda-t-il quelques secondes plus tard.

— Ça va. Nous l'écourtons pour nous rendre chez grand-mère. Elle propose sa maison comme lieu de rencontre entre Nick et Logan afin qu'ils règlent définitivement le problème. Ils feront ensuite une déclaration commune à la presse. Nick a dit qu'il t'envoyait l'info pour que tu sois là, ajouta-t-elle.

Dare la sentit un peu triste et résignée. Malheureusement pour elle, elle avait choisi un mari qui se laissait dévorer par son travail. Était-il comme August ? Les deux hommes se connaissaient à peine et ne partageaient pour l'instant que leur ADN. Dare avait du mal à considérer Nick comme son demi-frère, et Nick ne voulait pas des Bisset comme fratrie. Il avait sa propre famille, avait-il déclaré.

— Je suis désolé, dit Dare.

— Tout va bien, répondit Adler.

— Non. Mon père a des regrets…

— Non, Dare, je t'en prie. Ne me parle pas de réconciliation avec August. Je suis furieuse contre lui. Je veux qu'il paie pour ce qu'il a fait, qu'il comprenne que ses actions ont des répercussions terribles pour nous tous. Je n'ai pas envie qu'il s'en sorte aussi facilement.

Dare était d'accord avec elle. Bien sûr, l'homme avec lequel il avait parlé, la veille, n'avait rien à voir avec l'homme égoïste et arrogant qu'il avait été plus jeune. Mais cela ne changeait rien au mal qu'il avait fait à toute la famille.

— Je te comprends, répliqua Dare. Si ta mère était

vivante, les choses auraient été différentes, crois-moi. Elle ne lui passait rien.

— Vraiment ? s'exclama Adler, surprise.

Sa cousine n'était encore qu'un bébé à la disparition de sa mère. Elle ne l'avait pas connue comme lui.

— Elle ne tolérait pas ses excuses. Ma mère lui pardonnait tout et faisait tout son possible pour le garder, mais la tienne en revanche…

Dare s'interrompit. Il se souvenait de ce que la sœur de Juliette avait déclaré à cette dernière, qu'elle devait penser à elle avant tout, qu'August la piétinerait tant qu'elle ne se montrerait pas capable de se révolter. L'avait-elle jamais fait ?

— Dare ? appela soudain Adler.

— Oui, excuse-moi. Elle disait de lui que, si tu lui donnais un doigt, il prendrait le bras. Tu vois un inconvénient à ce que j'invite papa chez grand-mère ? Je crois qu'il serait bon que chacun lui expose ce qu'il ressent.

— Fais comme tu en as envie, ça m'est égal. Je veux qu'on en finisse. Je veux retrouver Nick et laisser toutes ces histoires derrière nous. Est-ce qu'il acceptera seulement de venir ?

— Il viendra, promit Dare.

Il s'en portait garant. Parce que c'était juste après cette fameuse conversation entre les deux sœurs que Juliette avait été enceinte et… que Logan était arrivé dans la famille… Un nouveau mensonge, de la part de sa mère, cette fois. Le passé était si confus, si dramatique, qu'il fallait percer l'abcès une bonne fois pour toutes afin que chacun puisse tourner la page.

— Merci, Dare. Si je t'ai téléphoné, c'est parce que

j'avais besoin de parler à quelqu'un qui soit de mon côté, dit Adler.

— Je le serai toujours. Appelle-moi quand tu veux.

— Merci. Je t'aime.

— Moi aussi, je t'aime, répondit Dare.

Et il raccrocha.

Il resta un moment à songer à sa vie. Il allait en exclure Melody, ce soir. Il savait qu'elle lui manquerait car, même la veille, tandis qu'elle se trouvait avec Tad Williams, il n'avait eu qu'une envie, la retrouver.

Mais il n'avait pas de temps à lui consacrer, pas de temps pour elle. Il avait une loi à faire passer et, de plus, une mission à accomplir. Il était le seul en mesure de ramener la paix entre les Bisset et les Williams. Il ne pouvait pas se permettre de se laisser distraire par Melody, quand bien même il en avait envie.

Il y avait énormément de monde, ce soir, près du Lincoln Monument, mais Melody n'eut aucune peine à repérer Dare. Il était venu sans Bailey, ce qui était un signe.

Il allait rompre avec elle.

N'était-ce pas ce qu'elle voulait ?

Certes, elle enrageait de ne pas avoir eu la chance de vivre pleinement cette relation, mais y mettre fin semblait la seule issue raisonnable.

Il lui adressa un signe en approchant et elle s'avança vers lui.

— Je suis heureuse que vous soyez venu.

— Je me suis finalement dit que nous devions parler et c'est vraisemblablement le seul endroit où nous pouvons le faire.

— En effet. Écoutez, au sujet d'hier…

Dare la coupa aussitôt.

— Vous n'avez pas à vous justifier. Vous souhaitez bloquer ma loi et il est donc tout à fait logique que vous rencontriez Tad. Il a probablement constitué tout un dossier sur le mal que ma famille lui a fait, le pauvre !

Melody se retint de sourire devant le mépris qu'affichait Dare. Quant à Tad, le moins que l'on puisse dire, c'était qu'il ne portait pas non plus les Bisset dans son cœur.

— Je ne voudrais pas froisser votre ego, mais nous n'avons abordé aucune question personnelle vous concernant, vous ou votre famille.

Dare posa une main sur son cœur et fit mine de chanceler.

— Comment ? Cela signifie-t-il que le monde ne tourne pas autour de moi ?

— C'est bien possible. Mais ne vous laissez pas abattre. Vous êtes toujours numéro un dans l'esprit de beaucoup de monde.

— Merci. Et dans le vôtre ?

— Dare.

— Je sais. Je suis venu, ce soir, pour mettre un terme à notre relation. Et j'imagine que vous aussi. Mais lorsque je vous retrouve, il me semble soudain inimaginable de vous quitter.

— J'éprouve le même sentiment. Surtout ici, quand je vous vois en tenue de sport. Vous n'êtes plus le sénateur, mais tout simplement Dare. Et c'est tellement différent.

— Lorsque vous avez quitté la cafétéria, tout à l'heure, je me suis senti profondément idiot. Je sais pour qui vous travaillez. Je sais l'importance que revêt ce travail pour vous et c'est normal. Mais en même temps, au fond de moi, c'est un peu comme si vous faisiez partie de moi, comme si vous n'aviez pas le droit de parler à un membre de la famille Williams. Ne vous méprenez pas, je sais bien que c'est idiot, qu'une femme n'appartient pas à un homme, mais c'est ce que je ressens. Je n'ai qu'une envie, vous prendre par la main et vous emmener chez moi.

— Pour une nuit ? demanda Melody.

Elle en avait envie, elle aussi. Envie d'être à lui, de lui appartenir, ce qui ne lui ressemblait pas du tout. Elle était indépendante, et depuis longtemps. Elle l'avait toujours revendiqué. Mais il s'agissait de Dare. Un homme qui hantait ses nuits et qu'elle désirait dès qu'il s'approchait d'elle. Il était intelligent, drôle, doté d'un humour incroyable et de tant d'autres qualités qu'elle avait bien sûr trouvées, çà et là, chez d'autres, mais qui aujourd'hui, incarnées en lui, en faisaient un homme de rêve.

Même si elle n'avait jamais vraiment rêvé d'un homme.

Même si elle savait que ce n'était pas un homme pour elle.

Même si elle avait conscience que, quel que soit le moment où ils rompraient, ce serait définitif.

— Oui, pour une nuit, répondit-il. Et peut-être plus longtemps.

— Plus longtemps ?

Il acquiesça d'un signe de tête.

— C'est-à-dire ? Le temps d'un week-end ? De quelques mois ?

Parce que si Melody cédait au désir fou qui la taraudait, si elle s'y abandonnait, il fallait qu'elle sache ce pour quoi elle risquait tout. Un week-end ? Cela ne valait pas la peine. Mais était-elle capable de le quitter ?

Elle aurait tant voulu que ce soit le cas.

— Je ne sais pas, répliqua Dare. Je n'ai jamais été quelqu'un qui s'inscrivait dans la durée. Mais je n'ai jamais, non plus, éprouvé pour aucune femme les sentiments que j'éprouve pour vous.

Le cœur de Melody s'était mis à battre plus fort. Elle sentait la chaleur de son corps tout proche, le parfum de son eau de toilette. Il lui avait manqué. C'était stupide. Elle avait passé si peu de temps avec lui, deux nuits seulement… Mais c'était son cœur, son cœur qui refusait la rupture et lui enjoignait de faire tout son possible pour ne pas le laisser partir.

— Alors, que me répondez-vous ? demanda-t-elle, le souffle court.

— L'homme que je suis vous suffit-il ? Je ne peux rien promettre. Je ne veux pas être comme mon père qui a toujours bercé d'illusions ceux qui l'aimaient, toujours rompu ses promesses.

— Ne les rompez pas, alors, dit Melody. Faites seulement ce dont vous êtes capable.

Dare la regarda. L'expression dans ses yeux bleus était indéchiffrable. Elle vit sa mâchoire se crisper, le conflit se jouer en lui. Il luttait, et Melody eut soudain envie d'accepter sans discuter ce qu'il était prêt à lui offrir.

Mais une partie d'elle ne pouvait s'y résoudre. Il en allait de son intégrité. Elle était peut-être jeune, mais elle était consciente de sa valeur, et si Dare pensait qu'elle ne… Quoi qu'il en soit, elle ne pouvait pas le laisser prendre tout ce qu'elle avait à donner et ne lui accorder qu'une petite partie de lui-même. Il devait s'engager autant qu'elle ou leur histoire ne valait pas la peine.

— Je ne vous demande pas de promesses d'avenir,

j'ai seulement besoin de savoir si je compte pour vous davantage qu'une simple partenaire au lit. Je veux savoir si vous désirez vraiment que notre relation existe.

Voilà. Elle lui avait ouvert son cœur et, s'il refusait, elle souffrirait, inutile de le nier. Mais au moins, elle saurait ce qu'il en était et elle pourrait tourner la page.

— Je ne m'attendais pas à autant de sincérité et de franchise, répondit Dare.

Melody espérait qu'il allait poursuivre, mais il ne dit rien.

— Alors, c'est non ?

— C'est oui, déclara-t-il, l'attirant soudain dans ses bras pour l'embrasser.

- 12 -

Il avait dit oui.

Un frisson d'excitation parcourut Melody et, aussitôt, un doute envahit son esprit. Comment cette relation allait-elle être possible ?

Elle s'écarta vivement, consciente qu'ils se trouvaient en public et que s'embrasser n'était pas forcément une bonne idée. Mais elle avait envie de Dare dans sa vie, envie d'être à ses côtés.

— Des regrets ? demanda-t-il.

— Non, mais… comment allons-nous faire ?

— Nous devons en discuter. Je pars pour Nantucket pendant l'intersession parlementaire et j'aimerais que vous m'accompagniez. Nous pourrons prendre le temps de mieux nous connaître et de parler.

Nantucket. Tout près de chez ses parents qui passaient l'été à Martha's Vineyard.

— Je pensais justement aller voir mon père et ma mère, le week-end prochain.

— Parfait. Je voyagerai dans mon avion. Je peux vous emmener.

— C'est très gentil, mais je dois d'abord me rendre à Boston pour mon travail.

— Dans ce cas, je viendrai vous prendre à Boston. Je vous déposerai dans votre famille et je vous laisserai ma voiture. Moi, je prendrai le bac pour Nantucket.

Dare faisait tout pour rendre les choses simples. Melody était heureuse à la perspective de le revoir si vite.

— J'aurai terminé mon travail vendredi soir, précisa-t-elle.

— Très bien. Nous pourrons sortir dîner, et ensuite, samedi matin, je vous accompagnerai chez vos parents. Mon frère possède un appartement à Boston qu'il me laisse utiliser. Qu'en dites-vous ?

— C'est une excellente idée. Il y a un nouveau restaurant près du port, délicieux paraît-il. J'ai très envie de l'essayer.

— C'est d'accord. Envoyez-moi les coordonnées de votre hôtel, je viendrai vous y chercher.

Melody lui sourit.

— Sommes-nous réellement en train d'organiser ces jours ensemble ?

— Oui. J'avoue avoir hésité, mais je ne cesse de penser à vous, Melody. J'ai envie de bien davantage que les deux nuits que nous avons partagées.

— Moi aussi, répondit Melody. Je n'ai pas beaucoup couru, depuis la dernière fois. Si nous faisions encore une boucle et nous irons prendre une glace. Ça vous tente ?

Dare la regarda et elle se sentit brusquement envahie par une émotion nouvelle, outre le désir qu'il lui inspirait chaque fois qu'elle était près de lui et croisait le regard troublant de ses yeux bleus. Une sensation étrange et douce, comme un baume sur son cœur.

Il hocha la tête.

— Le dernier arrivé paie les glaces ! lança-t-il.

Dare se mit à courir et Melody s'élança aussitôt. Durant la majeure partie du trajet, ils coururent côte à côte. Ce n'est que lorsque le vendeur de glaces fut en vue qu'ils accélérèrent. Melody savait que l'entraînement sur son vélo d'appartement avait amélioré ses performances, mais elle était consciente d'être loin d'avoir le niveau de Dare. Aussi fut-elle très surprise lorsqu'elle le battit d'une courte tête.

Elle le fixa, sourcils froncés.

— Vous m'avez laissée gagner ?

Il secoua la tête.

— Vous avez été plus rapide, c'est tout.

— Très bien. Alors, ce sera vanille et noix de macadamia pour moi.

Elle s'éloigna et sentit le regard de Dare la suivre. Elle jeta un coup d'œil par-dessus son épaule et un délicieux frisson la parcourut lorsqu'elle lut sur ses lèvres : « J'ai envie de vous. »

Elle répondit : « Moi aussi. » Ils savaient tous deux qu'il était très risqué d'aller chez l'un ou l'autre, ici, à Washington. Mais Melody se rendit compte qu'il aurait été facile pour elle de prendre ce risque. Il suffisait qu'elle abandonne tout cet emballement autour de la loi, qu'elle renonce à ce blocage mis sur pied avec Johnny et son équipe.

Elle marqua un temps d'arrêt, songeant à ce qui venait de lui traverser l'esprit. Elle laisserait tout tomber pour Dare ?

Cela ne lui ressemblait pas. Elle avait toujours fait passer sa carrière d'abord, les hommes après.

Était-elle vraiment prête à modifier son opinion sur le sujet ?

Elle s'installa sur un banc et observa Dare qui discutait avec une famille tout en faisant la queue pour les glaces. Non, elle ne changerait rien à ses projets, à moins qu'il ne fasse quelque chose qui l'amène à réévaluer complètement ce qu'elle éprouvait pour lui.

Les émotions qui l'assaillaient aujourd'hui avaient beau être étranges et inhabituelles, Melody comprit qu'elle était en train de tomber amoureuse de Dare, et cela l'effraya plus encore qu'elle ne voulait l'admettre.

Dare quitta Washington avec enthousiasme. Durant le week-end, il allait avoir du temps à passer seul avec Melody. Il avait décidé de partir en avion, le jeudi, afin de voir également son frère Zac qui devait partir bientôt en Australie se préparer pour l'America's Cup. Zac s'était fiancé avec Iris Collins. Dare ne s'attendait pas à ce que son frère, épris d'aventure et de grand air, tombe amoureux d'une femme aussi sophistiquée qu'Iris. Mais c'était chose connue que les contraires s'attiraient. Ce qui était probablement le cas pour Melody et lui.

Elle était très différente de lui. Il l'avait su dès qu'il l'avait aperçue à la réception de mariage. Et aussi étrange que cela paraisse, il avait à la fois peur de s'engager avec elle, mais s'imaginait aussi quelquefois vieillissant à ses côtés.

Dare secoua la tête, chassant cette pensée de son esprit, et gagna le hangar où se trouvait son jet privé. Il aperçut Zac appuyé au capot de la 69 Camaro de sa grand-mère. Une jolie voiture de sport qu'elle conduisait encore parfois.

Ce dernier lui fit signe de la main et se redressa. Ils se donnèrent l'accolade.

— Je commence vraiment à m'habituer à te voir. Y aurait-il la moindre chance que tu renonces à la compétition et que tu reviennes parmi nous ?

— Oui, mais pas à cause de toi. Nous parlons avenir avec Iris, et je pense que cette année sera ma dernière participation à la Cup.

— Vraiment ?

Dare le taquinait sans cesse à ce sujet. Son frère avait toujours été plus heureux sur mer que sur terre, et il savait que c'était dû en grande partie à un besoin de s'éloigner des gens et, principalement, de son père.

— C'est ce dont tu as envie ? demanda-t-il.

— Non, mais je veux qu'elle soit heureuse.

— Zac, si tu n'es pas heureux, elle ne le sera pas non plus. Ne renonce pas pour elle, mais parce que tu le souhaites pour vous deux. Mais bon, ce n'est que l'opinion d'un célibataire !

— Tu l'es toujours ? J'ai entendu dire que vous étiez proche, toi et la jolie blonde que tu as rencontrée au mariage.

— Qui t'en a parlé ?

— Papa. Tu ne vas pas le croire, mais il est là depuis lundi, à faire des courses pour grand-mère et à s'occuper de maman. Je ne l'ai jamais vu comme ça.

— C'est-à-dire ?

— Humble, répondit Zac en riant.

— Tu veux rire ?!

— Non, je t'assure. C'est comme s'il venait brusquement de se rendre compte de ce que nous savons depuis longtemps.

— Quoi ?

— Que nous sommes une famille extraordinaire. Il paraît avoir vraiment envie d'en faire partie, maintenant. Mais personne ne va lui faciliter la tâche. Nous avons essayé par le passé et nous avons vu ce que ça a donné.

— Exactement, répliqua Dare. En tout cas, j'ai dîné avec lui, récemment, et il avait l'air sincère. Il semblerait qu'il veuille vraiment changer, cette fois.

— Oui, je le pense aussi. Une partie du problème avec Iris, c'est que j'ai toujours vu papa faire passer son intérêt avant tout et, en choisissant une carrière dans laquelle je m'épanouis, je ne voudrais surtout pas lui ressembler.

C'était vraiment le problème des fils Bisset, songea Dare. Leur père était un homme qui avait si bien réussi que tout le monde l'enviait et, cependant, ses fils n'avaient aucune envie de marcher sur ses traces.

Dare referma une main sur l'épaule de son frère.

— Ne t'inquiète pas, ça n'arrivera pas. Tu as toujours ressemblé davantage à maman.

— Tu ne vas pas recommencer avec le petit garçon à sa maman !

Dare rit, mais c'était la vérité. Enfant, elle lui laissait tout faire. C'était agaçant, à l'époque, mais aujourd'hui ça les faisait sourire.

— Il n'y a pas de fumée sans feu ! s'exclama Dare.

— Ha ! ha ! Allons-y, maman nous attend pour déjeuner, lança Zac.

Ils gagnèrent la voiture. Avant de monter, Zac se tourna vers son frère.

— Merci pour le conseil. Je ne veux prendre aucun risque avec Iris. Elle est la meilleure chose qui me soit arrivée dans la vie.

Dare le rassura.

— Ça ira, tu verras, lui assura-t-il.

Et tandis qu'ils roulaient, Dare se rendit compte qu'il commençait à penser la même chose de Melody. Elle serait sans doute la meilleure chose qui lui soit arrivée s'il parvenait à cesser d'avoir peur de s'engager et à lui avouer à quel point elle comptait pour lui.

— Maman a dit que tu allais à Boston, vendredi. Je peux profiter du voyage ? Les parents d'Iris nous invitent à dîner pour fêter nos fiançailles.

— Bien sûr, pas de problème.

Leur existence à tous changeait en ce moment, songea Dare. La sienne pourrait changer, elle aussi, s'il rassemblait son courage et sortait de sa réserve pour tendre la main à Melody. Mais c'était précisément ce qu'il avait le plus de difficulté à faire.

Les interviews des femmes que Tad Williams avait mises en contact avec Melody se déroulèrent très bien. Leurs récits venaient du fond du cœur et étaient très émouvants. Leurs enfants ne pourraient profiter ni de la gratuité ni des réductions car ils étaient atteints de maladies orphelines pour lesquelles le gouvernement finançait la recherche. Melody était certaine que, lorsqu'elle transmettrait les documents à Johnny, il saurait en tirer parti. Mais ce n'était pas tout. Cora Williams, l'épouse de Tad, leur avait révélé une information extrêmement importante.

La première des femmes interviewées s'était adressée à la commission sénatoriale et avait rencontré le prédécesseur de Dare. À l'issue de cet entretien, personne ne l'avait jamais rappelée. Elle éprouvait beaucoup de rancune à avoir été traitée avec si peu d'humanité. Son fils souffrait d'une maladie chronique très rare, et seuls les grands groupes pharmaceutiques lui étaient venus en aide, proposant des essais de traitements.

Blanche Jones était catégorique, la commission sénatoriale se moquait éperdument du sort de familles comme la sienne. Elle n'attendait aucune action sinon une vaste gesticulation qui aboutirait au retrait du financement gouvernemental et à l'arrêt de programmes comme celui dont elle bénéficiait.

Melody avait dû se mordre la langue pour ne pas intervenir et défendre Dare. Elle aurait tant voulu ne pas laisser cette mère croire que celui-ci n'écouterait pas ce qu'elle avait à dire. Mais c'était impossible. Elle s'était donc tue et avait pris des notes. Mais que faire, à présent ?

Elle ne pouvait pas mettre Dare au courant, ce serait un grave manquement à l'éthique. Elle travaillait pour Johnny, pas pour lui. Cependant, elle ne pouvait s'empêcher de penser que, s'il avait été au courant, il aurait agi.

Il était sénateur et il avait fait des recherches pour défendre sa loi, c'était certain. Mais avait-il seulement eu l'occasion de parler à ces femmes, d'entendre ce qu'elle avait à dire, compte tenu du conflit familial qui l'opposait à Tad Williams ?

Peu importait ce qui se passait entre les deux hommes sur le plan personnel. Johnny agissait dans le but d'aider des femmes comme Blanche. Il ne cherchait pas à mettre Dare en défaut parce qu'il était un Bisset. Quant à Cora Williams, elle se battait pour obtenir l'aide du gouvernement. À quoi bon continuer à injecter de l'argent dans la recherche pharmaceutique si ces mères d'enfants malades nc pouvaient pas obtenir l'aide dont elles avaient besoin, et qui passait inévitablement par le financement que le gouvernement allouerait aux sociétés pharmaceutiques ?…

— Bon, tout s'est bien passé, dit Aubrey lorsqu'elles eurent terminé le dernier entretien. Je comprends la colère de ces femmes. Moi qui pensais avoir des enfants un jour, ça fait peur. Je ne sais pas si j'aurais le courage de traverser les épreuves qu'elles traversent.

Melody éprouvait le même sentiment. Il y avait tant d'incertitude dans les relations, aujourd'hui, elle préférait ne pas penser à ce qui se passerait si elle se trouvait dans une situation pareille avec Dare et qu'ils ne soient plus ensemble.

La laisserait-il affronter cela seule ?

Non. Elle était persuadée qu'il honorerait son engagement envers elle et cet enfant, quoi qu'il arrive.

Et elle se mit à imaginer à quoi ressembleraient leurs enfants. Ils auraient ses cheveux noirs et des yeux bruns comme elle. Ils joueraient avec Bailey…

— Melody ?

Elle se reprit aussitôt.

— Désolée, Aubrey. Qu'y a-t-il ?

— Je te demandais si tu voulais venir prendre un verre, ce soir, à l'hôtel. J'ai un peu de temps avant mon vol.

— Ça aurait été avec grand plaisir, mais j'ai un rendez-vous.

— Avec quelqu'un d'ici, je suppose ?

— Non, raté. Il est de New York. Je l'ai rencontré pendant que je séjournais chez mes parents, à Martha's Vineyard. Nous allons dîner ensemble. Nous nous retrouvons pour le week-end.

— Waouh ! Un amour longue distance. C'est tellement excitant ! N'avoir que les bons côtés d'une relation, la passion sans les habitudes. Et puis, le temps d'un week-end, on ne s'aperçoit pas des défauts.

— Tu as raison. Mais si quelqu'un nous plaît, ne pas pouvoir être avec… c'est quand même difficile, un peu bizarre.

— Bizarre dans quel sens ? Tu l'aimes ? demanda Aubrey.

Melody eut un haussement d'épaules. C'était une question à laquelle elle avait tenté en vain de répondre.

— Je ne sais pas. Comme tu le dis, c'est passionnel et très excitant. Mais ça ne laisse pas le loisir d'explorer la relation.

— Si vous éprouvez tous les deux la même chose, ça changera peut-être, dit Aubrey.

— Je l'espère.

Elles terminèrent l'article de presse relatant les interviews et destiné à sensibiliser l'opinion publique. Elles le transmirent à Constance, la secrétaire, afin qu'il soit publié au plus tôt.

— Voilà qui est fait ! s'exclama Aubrey.

— Oui, mission accomplie. On regagne l'hôtel ? Désolée de ne pas pouvoir prendre un verre avec toi.

— Pas de problème. Ce n'est que partie remise.

Elles se dirent au revoir dans le hall, et Melody monta rapidement dans sa chambre pour se changer et retoucher son maquillage avant de retrouver Dare.

En sortant de l'ascenseur, elle l'aperçut aussitôt. Il l'attendait à la réception, et son cœur se mit à battre plus fort lorsqu'il lui sourit. Quels que soient les doutes qui habitaient son esprit, elle sut en cet instant qu'elle était incontestablement amoureuse de Dare Bisset.

Quoi qu'il se passe dans sa vie, elle avait envie qu'il en fasse partie. Mais comment allait-elle faire ? Que lui dire, exactement, quelles informations partager avec lui ?

Et s'il lui demandait comment s'était passé son travail ? C'était très agaçant de devoir toujours réfléchir à tout.

Dare la prit par la main et l'entraîna à l'écart.

— J'ai attendu ce moment toute la journée, déclara-t-il.

Il l'attira dans ses bras et prit sa bouche en un long baiser profond.

— Je suis heureux de pouvoir vivre cela, murmura-t-il contre ses lèvres. Ne pas avoir à me soucier d'être vu par quelqu'un de mon bureau ou du vôtre.

— Moi aussi, dit-elle, glissant sa main dans la sienne.

Ils s'apprêtaient à traverser le hall, quand Melody eut soudain la sensation d'être observée. Elle regarda tout autour d'elle et lâcha la main de Dare lorsque son regard croisa brusquement celui d'Aubrey.

La jeune femme sentit sa gorge se serrer. Aubrey allait-elle la trahir ? Pourvu qu'elle n'en fasse rien.

- 13 -

Melody était très inquiète, mais elle s'efforça de paraître détendue et sourit à Dare tandis qu'ils gagnaient le port. Devrait-elle envoyer un message à Johnny ?

— J'espère que vous n'y verrez pas d'inconvénient, mais j'ai une surprise pour vous.

— Une surprise ?

— Mon frère nous prête son yacht, et j'ai engagé un chef cuisinier pour préparer notre repas. Un des amis de Zac pilotera le bateau et nous fera l'honneur d'une petite visite touristique pendant que nous dînerons en toute intimité.

L'attention plut à Melody. Elle se demandait si elle devait parler d'Aubrey. Elle espérait que cette dernière lui faisait confiance et savait qu'elle ne divulguerait rien des interviews à Dare. De toute façon, il pourrait lire le compte rendu de leur travail dans la presse, comme tout le monde, ou lorsque Johnny lui enverrait une note à ce sujet.

— Vous avez eu une excellente idée, dit-elle.

— Tout va bien ? demanda Dare. Vous paraissez ailleurs. C'est votre travail qui vous préoccupe ?

— Non, mais une collègue de mon bureau nous a vus ensemble.

— Ah, j'aurais dû me montrer plus prudent lorsque

je vous ai retrouvée. Je suis surpris que ce soit arrivé ici et pas à Washington. Vous désirez l'appeler ?

Melody n'avait pas encore déterminé de quelle façon elle allait gérer l'incident.

— Je ne suis pas certaine. Je vais lui envoyer un texto.

— Prenez tout le temps qu'il vous faudra, répliqua Dare, s'éloignant pour ne pas la déranger.

Melody rédigea plusieurs messages qu'elle effaça au fur et à mesure, aucun ne lui convenant. Finalement, elle se contenta de quelques mots.

Je ne voulais pas te mettre dans une position embarrassante. Dare et moi avions décidé de nous retrouver pour prendre un verre. C'est lui que j'ai rencontré au mariage. J'espère que tu comprends.

Aubrey lui répondit aussitôt.

Tout à fait. Je suis en route pour l'aéroport. On s'appelle bientôt.

Melody songea qu'elle s'inquiétait peut-être pour rien, mais elle n'était pas sûre d'Aubrey. Elle regrettait de ne pas avoir pris la peine de vérifier si cette dernière avait quitté l'hôtel avant de descendre retrouver Dare. Quoi qu'il en soit, il était trop tard. On ne pouvait pas revenir en arrière.

Elle n'éprouvait aucune gêne à avoir une relation avec Dare. Et elle n'avait aucune raison de se faire du souci pour l'instant. Elle verrait bien comment réagirait Aubrey.

— C'est vraiment très aimable de la part de votre frère de prêter son bateau, dit Melody en rejoignant Dare.

— Oui. Je cherchais un moyen d'éviter toute situation embarrassante en public. Mais si votre collègue nous a vus, cela n'a peut-être plus d'importance.

— Je ne sais pas, admit Melody. Ce week-end, nous voulions discuter de notre relation, justement. De toute façon, je vais devoir informer Johnny. J'espère qu'Aubrey ne le fera pas avant moi.

— Cela vous inquiète ?

Melody eut un petit haussement d'épaules. Aubrey avait une telle envie de réussir qu'elle pourrait très bien tirer parti de cette information.

— Un peu, admit-elle.

— Y a-t-il quelque chose que je puisse faire ?

Non, il n'y avait rien qu'il puisse faire, mais Melody appréciait qu'il cherche à l'aider.

— Distrayez-moi, dit-elle.

— Volontiers.

Ils arrivèrent à la marina et montèrent à bord du yacht, Melody prit une grande inspiration. Elle vivait son premier véritable rendez-vous avec Dare. Le ciel était magnifique et l'air d'une douceur incroyable.

On avait dressé une table sur le pont. Dare la conduisit jusqu'au bastingage et ils regardèrent la ville défiler sous leurs yeux tandis qu'ils quittaient le port.

Debout derrière elle, il l'enveloppait de ses bras et elle s'abandonnait contre lui, laissant s'envoler tous ses soucis, toutes ses peurs. Elle ne voulait plus penser à rien, seulement profiter de ce moment.

Mais le risque qu'elle prenait avec lui valait-il la peine ? Elle le pensait, mais ne pouvait chasser tout à fait de son esprit que Dare était peut-être en train de se jouer d'elle comme elle s'était, un jour, jouée de lui.

— J'apprécie beaucoup cette promenade, déclara-t-elle. Mon frère et moi, nous faisions de la voile, plus jeunes. Mais il y a longtemps que je ne suis plus montée sur un bateau.

— Nous en faisons souvent en famille. Moi, moins que mes frères, je ne vis pas au bord de l'eau. Et puis, je préfère quand quelqu'un d'autre pilote, je n'ai plus qu'à me laisser aller et profiter.

— Je comprends. Qu'aimez-vous faire, à part du bateau ?

Pour Melody, il ne s'agissait pas simplement de décider si cette relation était viable. Elle voulait découvrir ce qui plaisait à Dare, comment il vivait. Autant de souvenirs qu'elle garderait secrètement enfouis en elle si jamais tout s'arrêtait entre eux.

— J'aime courir, vous le savez. Et vous ?

— Pas vraiment, répondit Melody en riant. Mais ça me fait plaisir de vous accompagner, surtout avec Bailey. Vous l'avez emmené ce week-end ?

— Non. J'ai une réunion à Washington, lundi. Cami s'en occupe lorsque je suis absent.

Cami.

Sa séduisante assistante.

— Y a-t-il eu quelque chose entre vous ?

— Non. Elle a toujours été une amie, rien de plus. Seriez-vous jalouse ?

— Peut-être. Elle a davantage de points communs avec vous que je n'en ai.

— Elle travaille pour moi. Je n'ai jamais été tenté par aucune relation sur mon lieu de travail. C'est potentiellement une source d'ennuis. De plus, toutes les aventures que mon père a eues ont été avec des femmes avec lesquelles il travaillait.

— Je comprends.

— Il s'efforce de changer… depuis trois semaines, depuis que le scandale a éclaté.

— J'espère qu'il y parviendra.

— Et vous, qu'aimez-vous faire ? enchaîna Dare, changeant aussitôt de sujet.

Melody réfléchit un instant. Elle n'avait pas beaucoup de temps à consacrer aux loisirs.

— J'adore lire. Malheureusement, j'ai toute une pile de livres que je n'ai même pas encore eu l'occasion d'ouvrir.

— Le travail avant tout, c'est ça ?

— En quelque sorte. Ce premier poste est important pour moi, je veux faire bonne impression.

— Croyez-moi, je suis certain que c'est le cas ! rétorqua Dare.

Melody se tourna vers lui et plongea son regard dans le sien.

— C'était une pique, désolé, dit-il. Peut-être ai-je plus de mal à me remettre de cette histoire que je ne le pensais.

— Je comprends. Il est difficile de pouvoir faire confiance à quelqu'un qui vous a trahi.

— Oui. Cela étant, je ne considère pas ce qui s'est passé lors de notre rencontre comme une trahison.

Mais Melody savait que c'en était une, et elle se demandait si une relation digne de ce nom pouvait naître d'un mensonge. Une constatation qui l'emplissait de tristesse car Dare lui apparaissait de plus en plus comme le genre d'homme avec lequel elle aurait adoré partager sa vie.

Dare s'en voulut terriblement d'avoir mis le sujet sur le tapis. Mais en même temps, cela lui rappelait qu'il n'était toujours pas certain des motivations de Melody. D'ailleurs, l'inquiétude qu'elle avait montrée concernant la collègue de travail qui les avait surpris ensemble ne faisait qu'ajouter à ses doutes.

Malgré le désir qu'il avait de voir leur relation s'épanouir et de former un couple avec Melody, il ne pouvait s'empêcher de se poser des questions. Ne vaudrait-il pas mieux qu'ils partent chacun de leur côté ? Son frère Zac cherchait ses marques dans son histoire d'amour avec Iris, une situation nettement moins problématique que la leur. Ce qui l'amenait à se demander s'ils réussiraient jamais à construire quelque chose ensemble.

Melody était à l'aube d'une carrière qu'elle aimait. Elle lui avait avoué avoir peu de distractions et vivait visiblement pour son travail. Il le comprenait. Il se souvenait de sa propre expérience. Au même âge, il pensait que le travail était tout. Il était plus mûr, aujourd'hui, et peut-être plus sage. Encore que… Ce soir, il aurait aimé pouvoir tout oublier, la façon dont ils s'étaient rencontrés et leurs intérêts divergents.

Mais ce n'était pas possible.

— À quoi pensez-vous ? lança soudain Melody.

— J'aurais voulu que la seule raison de votre présence au mariage soit parce que vous étiez fan de John Osborne.

— Moi aussi, répliqua-t-elle. Mais je n'y serais jamais venue si ça n'avait pas été pour vous.

Et voilà, c'était dit !

Leur rencontre n'était due qu'au poste de Melody et à sa position de sénateur. Il allait devoir trouver le moyen de dépasser ce problème, ou il n'aurait plus qu'une solution, partir. Il le savait et, à la façon dont Melody le regardait, il était évident qu'elle le savait aussi.

— Passons à table, déclara-t-il. J'ai demandé au chef

de servir les entrées dès que nous aurions définitivement quitté la marina.

Il posa une main au bas de son dos et la guida. Et tandis qu'ils marchaient, sentant son corps bouger sous ses doigts, il songea qu'il y avait longtemps qu'il ne l'avait pas tenue dans ses bras, trop longtemps qu'il ne l'avait pas embrassée.

Il s'immobilisa et, glissant un bras à sa taille, il l'attira contre lui et l'embrassa, comme si cette soirée devait être leur dernière. Car la réalité s'imposait de plus en plus à eux, et il ne voyait pas comment ils pourraient continuer ensemble, quel que soit le désir qu'il en avait.

Elle répondit à son baiser avec la même fougue, la même urgence qu'il sentait brûler en lui. C'était comme si tous deux prenaient soudain conscience qu'ils vivaient là une ultime nuit.

Dare maudissait le sort qui lui avait fait rencontrer une femme avec laquelle il avait envie de construire un avenir qui s'avérait impossible. Il l'avait connue parce qu'il était sénateur et, comble d'ironie, c'était pour cette même raison qu'il ne pouvait envisager la vie avec elle.

Emporté par le désir, il la souleva dans ses bras et, dépassant la table déjà servie, il l'emmena vers l'escalier qui descendait vers les chambres.

Il la reposa avant de s'y engager.

— Voulez-vous…

Il n'eut pas le temps de terminer sa phrase. Elle posa un doigt sur ses lèvres et lui sourit.

— Oui. Emmenez-moi.

Il lui sourit à son tour. Il aimait la façon directe dont elle s'exprimait. Il y avait tant d'aspects de sa personnalité qu'il aimait. Il la prit par la main et la conduisit vers la chambre principale. Celle-ci possédait un grand lit et un hublot qui laissait entrer la lumière dorée du soir. La porte aussitôt refermée, il la prit de nouveau dans ses bras.

Il l'embrassa lentement, profondément, prolongeant ce baiser jusqu'à en avoir le souffle coupé. Déjà, Melody dégrafait les boutons de sa chemise. Elle la fit glisser sur ses épaules, l'aida à s'en débarrasser. Un petit soupir d'aise lui échappa lorsqu'elle sentit sous sa paume les muscles fermes et chauds de son torse. Puis, effleurant la ligne fine de toison qui descendait vers sa ceinture, elle s'aventura plus bas, pressant son sexe en érection à travers son pantalon.

Dare poussa un grognement. Il détacha à la hâte son pantalon et, refermant les mains sur ses fesses, il la souleva, l'emporta vers le lit. Il l'attira sur lui et elle le chevaucha, ses cheveux encadrant son visage lorsqu'elle se pencha pour l'embrasser, ivre de désir, se pressant contre lui.

D'un geste, il écarta le corsage de sa robe, referma les mains sur ses seins qu'il caressa avec volupté. Il glissa les doigts sous la dentelle du soutien-gorge et agaça leurs pointes dures, dressées, tandis qu'il l'embrassait plus avidement encore, leurs deux langues mêlées.

Éperdue, Melody haletait. Elle se dégagea soudain, ôta sa culotte, puis elle se réinstalla à califourchon sur lui.

Il sentit son sexe humide et doux pressé contre le sien. Il la saisit par les hanches, la souleva et s'introduisit doucement en elle. Elle n'y tenait déjà plus et se laissa descendre sur lui, le prenant en elle de toute sa longueur. La sensation bouleversante, intense, fit courir un long frisson dans tout son corps. L'instant d'après, elle bougeait, cambrée, la tête renversée en arrière, les seins tendus, offerts. Dare se redressa, les prit tour à tour dans sa bouche, les mordilla jusqu'à ce qu'enivrée, oublieuse de tout, elle se cambre une dernière fois dans un cri de jouissance effrénée. Fermement agrippé à ses hanches, il la prit alors, plongeant en elle de toute la force de son désir, peau contre peau, les reins en feu, jusqu'à chavirer à son tour, le corps emporté par l'orgasme.

Chancelante, Melody se laissa tomber sur sa poitrine. Il referma les bras, la serra contre lui. Ils ne dirent pas un mot. Dare craignait que ce qui venait de se passer soit un adieu. Tout jouait contre eux, cette collègue qui les avait vus, son poste d'homme politique. Il aurait tellement aimé qu'il en soit autrement. Mais Melody était à l'aube d'une carrière prometteuse et il savait comment on traitait, à Washington, les femmes qui avaient des aventures avec des hommes en vue. Il ne voulait pas de cela pour elle. Il espérait un tout autre avenir, même si cela signifiait rompre.

Il ne pouvait pas courir le risque de l'éloigner de ses amis ou de lui faire perdre son travail. Il avait finalement rencontré une femme à laquelle il était prêt à tout donner, mais il était malheureusement trop tard.

Melody était lovée contre Dare. Son cœur battait à tout rompre. Qu'allait-il se passer, à présent ? Tout s'embrouillait dans son esprit. La vie était si simple avant de le rencontrer.

Lorsqu'elle se trouvait en sa compagnie, elle éprouvait des sensations si intenses qu'elle ne pouvait s'empêcher de rêver à un avenir avec lui. Mais quel avenir avaient-ils ensemble ? Comment pouvait-elle avancer dans l'existence avec une telle opposition, Dare d'un côté et sa carrière de l'autre ?

Elle sentit les larmes affluer dans ses yeux et roula sur le côté. Elle ne voulait pas que cette histoire avec Dare se termine. Mais comment avait-elle pu penser qu'elle continuerait ?

Le regard d'Aubrey avait été éloquent. Elle n'était qu'une employée, mais que dirait Johnny, son patron ? Il fallait absolument qu'elle rompe avec Dare. Une rupture claire et nette afin de pouvoir tourner la page.

C'était la première fois qu'elle tombait amoureuse, et c'était le chaos dans sa tête à la perspective de devoir affronter son premier chagrin d'amour.

Elle avait mal, déjà, et se sentait perdue, cherchant en vain les mots qu'elle devait prononcer.

Elle se redressa, s'assit et se tourna vers lui. L'expression de son visage exprimait clairement qu'il savait la rupture inéluctable.

— Donc, c'est fini, murmura-t-elle.

— À vous de me le dire.

Elle avait tellement plus à perdre que lui. Un homme dans sa position… Melody savait que beaucoup prendraient son parti si leur liaison était rendue publique. Il s'en offusquerait, elle en était certaine, mais cela ne changerait rien pour elle.

— Je vous en prie, ne faites pas cela, s'exclama-t-elle. Au moins, soyez honnête. Je ne suis pas la seule à vouloir dire stop. Vous aussi.

Melody sentait la colère monter en elle. Une colère dirigée contre le monde dans lequel ils vivaient et qui rendait leur relation impossible. Mais aussi contre Dare et sa passivité.

— Je suis honnête, répliqua-t-il.

— Vraiment ? J'ai l'impression, au contraire, que vous me laissez prendre la responsabilité de la décision et que vous vous contenterez de la suivre. Est-ce parce que vous vous en moquez ou parce que vous avez toujours su que cela finirait ainsi ?

Elle se leva, remit le corsage de sa robe en place, attrapa sa culotte qu'elle glissa dans sa poche. Elle n'eut pas à récupérer ses escarpins. Elle ne les avait pas ôtés.

C'était la première fois qu'elle faisait l'amour ainsi, avec une telle urgence, une telle intensité. Il ne s'agissait pas simplement de sexe, mais elle avait conscience que ce n'était pas non plus l'amour dont elle avait rêvé. Elle s'était illusionnée en pensant qu'il s'agissait du début de quelque chose de nouveau. Maintenant elle se demandait si Dare n'avait pas prévu de longue date que ce serait la fin.

— Vous comptez pour moi, déclara-t-il, se levant. Énormément. Mais vous êtes jeune, et je sais que votre travail est le premier pas d'une carrière prometteuse. Je ne veux pas que vous la compromettiez à cause de moi.

— Cela n'arrivera pas. Nous n'avons rien fait qui puisse nuire à nos carrières respectives.

Dare eut un sourire triste.

— Vous dites cela maintenant, mais Johnny et son équipe risquent de voir les choses autrement. Il y a de fortes chances que votre collègue révèle nous avoir vus ensemble. Cela aura inévitablement des conséquences.

Melody prit une grande inspiration. Voilà, elle était au pied du mur. Elle devait choisir. Allait-elle suivre le chemin qu'elle s'était tracé et dire adieu à Dare, aux sentiments nouveaux, merveilleux, qu'il avait fait naître en elle et qui la bouleversaient, ou allait-elle risquer le tout pour le tout ?

— Je n'ai pas envie que nous nous quittions, lança-t-elle.

Elle avait fait preuve de courage et laissé parler son cœur. À présent, selon la réponse de Dare, elle saurait ce qu'elle devait faire.

— Moi non plus, je n'en ai pas envie, dit-il. Mais je ne voudrais pas que vous ayez des regrets. J'ai vu ce que cela a donné pour mes parents.

— Vous n'êtes pas votre père et je suis bien loin de ressembler à votre mère. Et nous nous sommes juré d'être honnêtes l'un envers l'autre, non ?

— C'est juste, répondit Dare.

Melody comprenait. Il avait toujours connu son père infidèle, allant d'une aventure à l'autre, et il en avait été marqué. Cette vie avait fait de lui l'homme qu'il était, l'homme dont elle se savait amoureuse.

— Qu'allons-nous faire, alors ? l'interrogea-t-elle.

— Passons le week-end comme nous l'avons prévu. Puis nous regagnerons Washington ensemble, dimanche soir. Dans mon jet, si cela vous va.

— Oui. J'essaierai d'appeler Johnny demain. Je tiens à le mettre tout de suite au courant pour nous, vous êtes d'accord ?

— Bien sûr. Je ne veux surtout pas lui donner l'impression que nous agissons dans son dos.

— Moi non plus, renchérit Melody.

Elle poussa un profond soupir.

— J'ai du mal à croire à ce que je suis en train de faire.

— C'est-à-dire ?

— Commencer une histoire avec vous.

— Je vous promets de faire tout ce qui est en mon pouvoir pour que vous ne le regrettiez pas, déclara Dare, l'attirant dans ses bras.

Melody marqua un temps d'arrêt, mais chassa aussitôt cette pensée importune. Que pourrait-elle regretter ?

Ils firent de nouveau l'amour, et plus rien ne subsista de ses craintes ni de ses doutes. Elle ne songeait plus qu'au bonheur d'être dans les bras de Dare. Ils dînèrent sur le pont du yacht. Puis, lovée contre lui, elle se laissa bercer par la douceur de la nuit, heureuse d'avoir choisi le risque de vivre une relation qui s'annonçait si prometteuse.

- 14 -

Dare arriva à Nantucket après avoir laissé Melody au terminal du ferry qui la conduirait à Martha's Vineyard. Elle lui manquait déjà.

Logan l'attendait sur le quai. Il avait l'air fatigué et stressé. Dare s'y attendait, mais il n'aimait pas le voir dans cet état. Quinn l'accompagnait. Ils s'étaient connus à l'université, perdus de vue, puis retrouvés au mariage d'Adler et de Nick. Quinn avait couvert l'événement pour la télévision.

— Salut ! lança Dare. Je suis content de te voir, mais tu n'étais pas obligé de venir.

— Il a préféré déserter la maison de sa grand-mère, expliqua Quinn. Elle n'est pas contente de lui.

— Ça ira mieux lorsque toute cette affaire sera réglée, dit Dare.

— Certes, mais ça ne va pas être facile, répondit Logan. Nick n'a pas l'air enchanté à la perspective de me voir.

— Parce que tu l'es, toi ? intervint Quinn ?

Dare aimait la franchise de la pétulante Quinn.

— Vous allez trouver un terrain d'entente, tous les deux. Vous êtes en train de construire des vies qui ne sont plus centrées sur votre rivalité en affaires.

— C'est vrai, admit Logan. Je ne suis pas fier de ce que j'ai fait.

Ah, le défaut des Bisset ! Réagir sans réfléchir. Mais une fois calmés, ils savaient s'amender et arranger les choses.

— Tu as pensé à ce que tu pouvais faire ?

— Oui, répondit Logan. J'en ai parlé à Quinn en venant.

— Et c'est une très bonne idée, dit cette dernière.

Logan avait pensé à la création d'une nouvelle entreprise, une collaboration entre les Bisset et les Williams. C'était risqué. August ne serait probablement pas d'accord, et Tad et Nick peut-être pas non plus.

— C'est un projet qui me paraît tout à fait intéressant. Reste à savoir qui sera à sa tête.

— J'ai pensé à Olivia, la sœur de Nick. Elle en a les capacités, et ce serait une opportunité pour elle qui démarre dans le métier.

— En tout cas, ce serait un sacré atout pour convaincre Nick. Mais il reste papa.

— Je lui en ai déjà parlé. Il n'a aucune envie de s'y opposer. En ce moment, il cherche à faire la paix avec tout le monde.

— Parfait. En route, alors. Allons affronter la famille ! s'exclama Dare.

Michael, le majordome de leur grand-mère les introduisit au salon, où les attendaient Adler et Nick. Contre toute attente, leurs parents s'y trouvaient aussi.

Dare les embrassa, puis se tourna vers Adler.

— Je suis content de te voir, déclara-t-il, toute bronzée et heureuse.

— Merci. Je l'étais jusqu'à ton coup de fil.

— Désolé, mais je devais te mettre au courant.

— Moi aussi, je suis désolé, renchérit Logan. J'ai une proposition à vous faire pour régler notre problème.

Celui-ci exposa son projet. Comme l'avait prévu Dare, l'idée de confier le pilotage à Olivia emporta l'adhésion de Nick.

— Que dirais-tu de mettre au point les détails de notre collaboration et, ensuite, d'appeler Olivia ? proposa ce dernier.

Les deux frères se serrèrent la main sous le regard soulagé et ravi d'Adler et de Quinn.

La mère de Dare se couvrit la bouche de ses doigts et quitta précipitamment la pièce. Dare la suivit.

— Ça ne va pas, maman ?

Elle se tourna vers lui.

— Non… enfin, si. Je suis tellement heureuse de les voir enfin réconciliés, et de savoir les Williams et les Bisset sur le point de se réunir. Je me demande pourquoi ton père n'a jamais pu réussir cela.

— Parce que j'étais un idiot, dit soudain August, les rejoignant. Trop occupé à prouver que j'étais le meilleur.

— Tu as été idiot, mais moi aussi. J'aurais dû…

Dave savait que sa mère se sentait toujours terriblement coupable d'avoir fait cet échange à la maternité.

— Non, dit August. Tout était de ma faute. Je t'ai trahie, mais je t'aime. Me pardonneras-tu jamais ?

— Tu es déjà pardonné, mais moi…

— Papa a raison, intervint Dare. Il est tout aussi responsable que toi.

Ses parents s'enlacèrent et Dare s'éclipsa, les laissant seuls. En voyant sa famille heureuse, réunie, il prit brusquement conscience que rien, désormais, ne devait plus l'empêcher d'avouer à Melody les sentiments qu'il éprouvait pour elle.

Lorsque Melody arriva, sa mère et son frère discutaient, installés sur le porche. Martha's Vineyard était un lieu vraiment fait pour l'été, songea-t-elle. Depuis quelques années, elle n'y avait pas passé beaucoup de temps en cette saison. Soit elle suivait des cours, soit, comme l'année précédente, elle travaillait en tant que stagiaire.

Elle se rendit compte que, pour la première fois de sa vie, elle ne pensait pas à son travail ni au moment où elle retournerait au bureau. Tout avait changé, la nuit dernière, avec Dare, et cette sensation nouvelle lui plaisait.

Elle leur adressa un petit signe en descendant de voiture et les rejoignit. Ben lui tendit une canette de soda. Sa mère la prit dans ses bras et lui ébouriffa les cheveux.

— Que se passe-t-il ? Ça ne te ressemble pas d'être libre tout un week-end.

— J'ai rencontré quelqu'un et je me mets à vivre.

— Eh bien, il était temps ! s'exclama Ben.

Pour tout commentaire, il récolta une grimace, aussitôt transformée en sourire.

— Qui est-ce ? demanda sa mère. On le connaît ? C'est quelqu'un avec qui tu travailles ? Les relations sur le lieu de travail, ça ne donne jamais rien de bon.

— Dit la femme qui a épousé son adjoint, déclara le père de Melody qui venait de les rejoindre.

Cette dernière et son frère se mirent à rire.

— Voyons, Stan, nous étions différents.

— Elle aussi est différente, rétorqua Stan. Alors, comme ça, tu sors avec quelqu'un ?

— Oui, répondit Melody.

Tous trois la regardaient, attendant qu'elle prononce un nom, et elle s'aperçut qu'elle était nerveuse. Si la relation avec Dare durait, il était normal que ses parents soient au courant. Et il ne s'agissait plus simplement de sortir avec quelqu'un. Elle aimait Dare et n'avait plus envie de se contenter d'une aventure clandestine.

— Il s'agit de Dare Bisset.

— Le sénateur ? demanda sa mère.

— De la famille Bisset ? ajouta Stan.

— Vas-y, raconte ! lança Ben.

— Merci, Ben, répondit Melody. Et c'est oui à toutes les questions. Nous avons fait connaissance lorsque je me suis introduite dans cette réception de mariage, au début de l'été. Depuis, nous nous sommes vus régulièrement, en prenant des précautions à cause de nos activités respectives. Nous ne voulions froisser personne. Mais comme la relation devient sérieuse… je voulais que vous le sachiez.

— Sérieuse ? À quel point ? interrogea son père.

— Il me présente sa famille demain, à Nantucket. Et je vais mettre mon patron au courant et lui demander de m'affecter sur un autre projet où je ne me trouverai pas directement en conflit avec Dare.

— C'est bien. Il vaut mieux être franche. Mais tu dois aussi envisager la possibilité que ton patron mette fin à votre collaboration.

Le père de Melody n'était pas homme à mâcher ses mots.

— Je l'ai envisagée.

Et c'était vrai. Melody avait eu le temps d'y réfléchir, la veille, après avoir parlé avec Dare. Et le matin même, encore, dans le ferry. Elle avait exploré les différentes possibilités et elle avait quelques idées. Par exemple, devenir conseillère juridique pour des familles comme celle de Blanche, qui avaient besoin que l'on transmette leur message au Congrès.

— Et il est comment, cet homme ? demanda sa mère. Sa famille est extrêmement riche, ils reçoivent beaucoup et organisent des galas de bienfaisance. Il semble que vous n'ayez pas beaucoup en commun, sans compter l'écart d'âge.

— Il est très différent de ce à quoi on pourrait s'attendre. Bien sûr, il ne peut pas renier ses origines, mais c'est un homme généreux, une personne au grand cœur. De plus, il est intelligent et prévenant. Il te plaira, maman.

— Un saint ! s'exclama Ben d'un ton ironique. Tu n'exagères pas un peu ?

— Pas du tout.

Melody était tellement amoureuse qu'elle avait du mal à lui trouver des défauts. Certes, il avait son caractère, elle en avait fait l'expérience lorsqu'il avait découvert qu'elle s'était jouée de lui. Mais c'était le sénateur, pas l'homme, qui s'était emporté.

— Très bien. En tout cas, poursuivit Ben, je suis heureux que tu aies quelqu'un dans ta vie. Nous avions tous peur que tu passes tout ton temps à ne te consacrer qu'au travail.

— Quel sale gosse tu fais ! s'exclama Melody. Papa, tu aurais dû lui donner plus souvent la fessée, ajouta-t-elle, taquine.

— Tu sais bien que nous avons toujours été opposés

aux châtiments corporels. Et cela a mieux valu pour toi aussi, tu étais une sacrée effrontée !

Tous se mirent à rire et ils restèrent ensemble, à papoter et à plaisanter. Et Melody se rendit compte que la rencontre avec Dare lui avait ouvert les yeux. Jusqu'à présent, elle avait été tellement occupée à réussir, à atteindre les objectifs qu'elle s'était fixés, qu'elle avait oublié combien il était agréable de se détendre en famille.

Son téléphone émit soudain un bip et elle jeta un coup d'œil à l'écran. Elle venait de recevoir un message de Dare.

Vous me manquez. J'espère que tout va bien et que vous prenez du bon temps en famille.

Melody répondit aussitôt.

Oui, tout va bien. Vous me manquez aussi.

Dare lui envoya un émoji de baiser et elle remit son téléphone en place. Lorsqu'elle leva les yeux, tous les regards étaient braqués sur elle.

— Tu es amoureuse de lui, n'est-ce pas ? dit sa mère.

— Oui.

Cette dernière hocha la tête, l'air préoccupé. Son père sourit.

— Ce n'est pas trop tôt, déclara-t-il.

Mais ce fut l'expression de sa mère qui inquiéta Melody. Pensait-elle que Dare n'était pas un homme pour elle ? Craignait-elle que sa fille ne se rende pas compte qu'elle commettait une erreur ? Melody ne savait plus. Mais une chose était certaine, elle ne pouvait rien changer aux sentiments qu'elle éprouvait pour Dare, quand bien même elle l'aurait voulu.

Ce qui n'était pas une pensée des plus rassurantes.

La maison de la grand-mère de Dare était plus cossue encore que ne l'avait imaginé Melody. Une longue allée y conduisait où se trouvaient garées de nombreuses voitures. Un majordome l'accueillit. Il lui offrit de prendre son sac et lui proposa une boisson.

— De l'eau, ça ira très bien. Merci, répondit-elle.

— Si vous changez d'avis, faites-le-moi savoir. Je vous précède jusqu'au patio. Toute la famille y est réunie. Ah, au fait, je m'appelle Michael.

— Melody Conner.

— Enchanté de faire votre connaissance.

Ils traversèrent la vaste entrée, dont les murs étaient ornés de portraits, certains visiblement très anciens, probablement les ancêtres de Dare. Le sol, un magnifique parquet de chêne, était agrémenté d'un épais tapis coloré, souple sous les pas de Melody.

Michael ouvrit la porte qui menait au patio et fit signe à Melody de s'avancer. Lorsqu'elle entra, les conversations cessèrent instantanément et elle sentit tous les regards se braquer sur elle. Elle regretta aussitôt de ne porter qu'une petite robe de coton et d'avoir relevé à la va-vite ses cheveux en queue-de-cheval. Le tout manquait un peu d'élégance.

— Melody, je suis si heureux que vous soyez là ! s'exclama Dare.

Il traversa le patio et la serra dans ses bras.

— Vous vous souvenez certainement de mes parents ?

— Oui, en effet. Je suis enchantée dc vous revoir, monsicur et madame Bisset.

Tous deux lui sourirent chaleureusement.

— Nous sommes ravis que vous ayez pu venir.

Dare fit les présentations. Il y avait tant de monde que

Melody était un peu perdue et, surtout, elle se rendait compte qu'elle était beaucoup plus nerveuse qu'elle ne s'y attendait.

Elle prit place à côté de Dare. Son portable vibra brusquement. Elle s'en empara, heureuse de pouvoir échapper quelques secondes aux regards scrutateurs. Mais lorsqu'elle lut l'information, elle n'en crut pas ses yeux.

Le sénateur Dare Bisset surpris en rendez-vous galant avec la lobbyiste Melody Conner à quelques jours du vote de sa loi.

Oh ! non…

Brusquement, tous les téléphones se mirent à vibrer dans le patio.

— C'est une catastrophe, laissa tomber Melody.

— C'est très embêtant, ajouta Dare.

— Je dois appeler Johnny avant que les choses aillent plus loin.

Elle se leva et quitta le patio.

Johnny répondit à la première sonnerie.

— Je ne vous cache pas que la situation est des plus gênantes. Je convoque une réunion dès votre retour.

— Je vous assure que l'article ne raconte pas la vérité. Nous n'étions qu'amis, au début, et je n'avais pas l'intention qu'il en soit autrement. Je n'ai rien fait qui soit contraire à l'éthique ou qui compromette en quoi que ce soit notre travail de lobbying.

— Nous en parlerons lorsque vous serez rentrée. Aubrey a envoyé une note suggérant que vous auriez tenté de convaincre un témoin d'aller parler à Bisset. C'est vrai ?

— Non. Je ne ferais jamais une chose pareille.

— Le cas est plus que critique. Je vais en discuter avec l'équipe, mais je crains que votre avenir dans le groupe Rosemond ne soit compromis.

— Je respecterai votre décision, mais sachez que je n'ai rien fait de tel. Et que je ne suis pas à l'origine de la fuite.

— Qui en est responsable, alors ? Je ne vous connais pas d'ennemis, mais Bisset en a, lui. Voyez ce que vous pouvez arranger. Je vous donne jusqu'à lundi pour me faire changer d'avis.

Melody raccrocha et ouvrit l'article de presse sur son téléphone. Elle le lut avec attention. Il laissait entendre qu'elle avait noirci le tableau concernant Dare et amené les témoins à s'en prendre plus violemment à lui. Aubrey essayait-elle de lui faire perdre la face, à la fois au bureau et dans sa relation ? Ce n'était pas comme si, en agissant ainsi, celle-ci pouvait prétendre à un rôle plus important chez Rosemond. Peut-être pensait-elle que les choses seraient plus faciles pour elle une fois Melody hors jeu. Mais en ayant divulgué ces fausses informations à la presse, elle avait grandement nui au groupe et Johnny ne laisserait pas passer.

Elle envoya aussitôt un message à Aubrey.

C'est toi qui as parlé de moi et de Bisset à la presse ?

La réponse fut quasiment immédiate.

Oui. Tu ne peux pas jouer sur les deux tableaux.

C'est malhonnête. Je ne te laisserai pas t'en sortir comme ça.

Trop tard. Je n'ai dit que la vérité.

Non. Tu as raconté à Johnny que j'avais tenté d'orienter les déclarations des témoins.

Qui va te croire, maintenant ?

Melody avait envie de hurler. Elle ferma son téléphone et s'apprêtait à aller retrouver Dare lorsqu'elle le vit arriver.

— Pourquoi avez-vous déclaré que mon bureau avait opposé une fin de non-recevoir à une mère seule avec un enfant gravement malade ?

— Je n'ai jamais dit cela.

— L'article de presse vient de votre bureau.

— Je ne vois pas pourquoi je raconterais des histoires à votre sujet, Dare. L'article que j'ai aidé à rédiger faisait état de la situation de Blanche, une femme que nous avons interviewée, Aubrey et moi. Nous n'avons pas besoin de travestir la réalité pour obtenir les votes.

— Avez-vous nié, auprès de Johnny, avoir une relation avec moi ? demanda Dare d'une voix tendue.

— Bien sûr que non. Je ne vais pas mentir à notre sujet. J'ai seulement assuré que je ne transigerais jamais concernant mon travail, pas plus que je ne trahirais mon éthique.

Melody secoua la tête, frustrée.

— Nous pouvons continuer à nous renvoyer la balle ou vous pouvez décider de me faire confiance.

Dare resta quelques instants à la regarder, immobile. Elle le sentait sur la défensive. Il la connaissait suffisamment, à présent, pour savoir qu'elle ne le calomnierait jamais.

— Dare, croyez-moi, je vous en prie.

Il lui jeta un regard sarcastique.

— Oui. Croire la femme qui s'est invitée à une réception pour m'approcher et qui a utilisé les informations obtenues pour tenter de faire bloquer ma loi ? Une femme prête à tout pour réussir, y compris à aller raconter à la presse des histoires sur moi… sur nous.

— Je vous ai déjà dit que ce n'était pas moi. Quel gâchis. Et je vais le payer. Johnny va me renvoyer, j'en suis certaine.

— Chacun son karma !

Melody secoua la tête. Ne pas parvenir à s'expliquer avec Dare la rendait folle.

— Oui, mon karma, sans doute, rétorqua-t-elle, faisant volte-face.

Dare la laissa partir. Déjà, elle gagnait l'entrée. Le majordome l'y attendait et lui tendit son sac, le visage fermé. Elle s'efforça de garder son calme.

— Merci. J'attendrai mon taxi dehors, déclara-t-elle.

- 15 -

Dare regagna le patio. Tout le monde le regarda mais personne ne dit rien, et il se rendit compte, brusquement, qu'il détestait être l'objet de ce genre d'attention. Cela le ramenait à son enfance, quand il avait entendu ses parents se quereller et que, regagnant la pièce, il ne retrouvait que calme et silence.

Il était tendu et en colère de n'avoir rien vu venir de ce qui se passait avec Melody. Logan fut le premier à rompre le silence. Il se leva, s'approcha de lui et lui donna une tape sur l'épaule.

— Je te sers un verre ?

Dare avait envie de hurler, de s'en prendre à quelqu'un ou quelque chose pour évacuer sa colère. Mais il prit sur lui, comme d'habitude, champion de la maîtrise et des bonnes manières.

— Un whisky. Sec, répondit-il finalement.

— Je m'en occupe, dit Logan

Quinn pianotait sur son portable. Soudain, elle leva un doigt vers Dare.

— Apparemment, l'histoire ne s'arrête pas là.

— Comme si ça ne suffisait pas ! s'exclama Dare.

Seigneur. Il espérait que son bureau n'avait pas réellement éconduit cette femme et son enfant, comme le laissait entendre l'article. Son prédécesseur n'était que trop coutumier de ce genre d'attitude et c'était l'une des raisons qui l'avaient amené à entrer en politique, en finir avec cette morgue, cette indifférence.

Il attrapa son téléphone et envoya un message à Cami, lui indiquant le nom de la femme afin qu'elle vérifie si celle-ci s'était présentée à leur bureau.

Trouve-moi son numéro. Je vais l'appeler et voir ce que je peux faire.

Cami lui répondit aussitôt.

Je vérifie, mais je pense qu'elle ne s'est pas présentée chez nous.

Merci.

Ça va ?

Dare lui renvoya un petit émoji, pouce en l'air, et raccrocha.

— Tu ne crois pas qu'il s'agit plutôt de quelqu'un qui en profite pour essayer de te nuire ? Notre nom a fait la une de la presse à scandale, récemment, déclara Logan.

— Si, bien sûr, rétorqua Dare. D'après l'article, c'est Melody qui leur a donné l'information, ce qu'elle a nié, évidemment.

— D'après mes sources, ce n'est pas possible, dit Quinn. La photo de vous deux en train de vous embrasser a été envoyée en même temps que l'article. Et ce n'est pas Melody qui a pu prendre cette photo.

Dare jeta un coup d'œil. En effet, ça ne pouvait pas être elle qui l'avait prise. Et il se souvenait de leur nuit sur le yach : elle avait insisté pour qu'ils se parlent à cœur ouvert et donnent à leur relation une chance d'exister. Pourquoi aurait-elle agi ainsi si elle avait en tête de vendre une telle histoire à la presse ?

Bon sang.

— Tu sais d'où ça vient ? Tu as un nom ? demanda Dare.

— Pas encore. Mais je l'aurai, répondit Quinn.

— Je reviens. Envoie-moi un message dès que tu as du nouveau.

— Où vas-tu ? demanda Logan.

— Je viens de provoquer un désastre. Il faut que j'essaie de rattraper les choses.

Dare courut jusqu'à l'entrée. Mais il était trop tard. Il arriva juste à temps pour voir disparaître les feux arrière du taxi au détour de l'allée.

Il envoya aussitôt un message à Melody.

J'ai totalement perdu la tête. Quelqu'un nous a piégés.

En effet. Et la responsable est ma collègue, celle qui nous a vus à Boston.

Revenez. Je vais tout arranger.

Ce n'est pas possible. Pour cela, il faudrait que vous me fassiez confiance, et nous savons tous les deux que vous ne pourrez jamais.

Dare réfléchissait à ce qu'il allait répondre lorsqu'il reçut un nouveau message de Melody.

Restons-en là pour le moment.

Non. Je ne peux pas. Revenez, je vous en prie, et expliquons-nous.

Je dois démêler la situation avec mon patron. Et vous m'avez blessée. Je ne suis pas prête à vous pardonner.

Dare ne pouvait pas baisser les bras. Il venait de prendre conscience qu'il avait absolument besoin que Melody l'écoute et lui pardonne son comportement.

Il pressa la petite icône de téléphone en haut du message. La sonnerie retentit. Melody allait-elle accepter de répondre ?

— Qu'y a-t-il ? demanda-t-elle soudain.

— Je suis désolé.

— Très bien.

— Non, ce n'est pas très bien. Je n'aurais pas dû réagir ainsi en ayant à peine lu cet article. Tout s'est emballé dans ma tête. J'ai eu comme un flash. Je vous ai revue à la réception, puis à Washington lors de notre première réunion avec Johnny…

— Je sais, dit Melody. Tout jouait contre moi.

— Peut-être, mais j'aurais dû vous faire confiance.

— Oui.

Soudain, Dare entendit retentir la corne du ferry. Melody allait partir. S'il ne parvenait pas à la retenir, tout serait perdu.

— Ne prenez pas le ferry. Restez. Nous devons vraiment nous parler.

— À quoi bon ? Ce qui vient de se passer est peut-être le signal que cette relation est trop problématique et qu'il vaut mieux en rester là. Tout arrêter.

— Non, vous ne pouvez pas penser cela. Moi, je suis convaincu du contraire.

Dare prit une grande inspiration.

— Melody, vous comptez tellement pour moi. Pourquoi croyez-vous que je vous ai présentée à ma famille ? Je veux que vous en fassiez partie. Que vous fassiez partie de ma vie.

— Oh ! Dare, j'en ai tellement envie, moi aussi.

— Attendez-moi. J'arrive. Je vous retrouve au terminal.

Il y eut un long silence, et il retint son souffle. Si elle refusait, il aurait la réponse. Il saurait que ce n'était pas seulement la politique ou sa carrière qui les empêchaient d'être ensemble.

— D'accord, dit-elle finalement. Je serai sur un banc, face à la mer.

Dare ne perdit pas un instant. Il grimpa dans la Camaro 69 de sa grand-mère pour aller rejoindre la femme qu'il aimait et qu'il ne voulait pas perdre.

Humiliée et en colère, mais également pleine d'espoir, Melody attendit l'arrivée de Dare.

Il aurait dû lui faire confiance. Certes, c'était elle qui avait semé le doute au départ. Mais il aurait dû comprendre depuis longtemps qu'elle l'aimait et qu'elle ne le trahirait jamais. Sans doute était-il incapable de le voir ? Peut-être n'éprouvait-il pas pour elle les mêmes sentiments qu'elle éprouvait pour lui.

Elle avait envie de pleurer, mais elle refoulait ses larmes, refusant de se laisser aller. Elle se dissimula derrière ses lunettes de soleil et envoya un message à sa mère pour la prévenir qu'elle serait là le soir. Cette dernière l'appela aussitôt.

— Ma chérie, nous avons lu l'article. Que pouvons-nous faire pour t'aider ?

— Où l'avez-vous trouvé ? Tout le monde est au courant ?

— C'est Ben qui nous l'a montré. Ton père est en train de contacter notre avocat pour voir ce…

— Maman, arrête. C'est moi en train d'embrasser

Dare, sur la photo. Et c'est moi, aussi, qui ai en partie écrit cet article.

— En partie, seulement ?

— Oui. Bon, maman, je te rappelle plus tard, d'accord ?

Melody se souvenait brusquement qu'elle avait envoyé sa version de l'article à Constance. Celle-ci devait donc en avoir une copie.

— C'est d'accord, ma chérie. On t'aime.

Melody raccrocha et téléphona à Johnny. Elle savait que c'était Aubrey qui avait divulgué la photo et elle pensait être en mesure de prouver que c'était elle, également, qui avait modifié l'article.

— Conner ! s'exclama Johnny. Je suis content que vous appeliez. Nous avons constaté qu'il y avait des divergences entre l'article que vous avez envoyé à Constance, hier, et celui qui a été divulgué à la presse. En ce moment, Constance est au téléphone avec le bureau du sénateur Bisset. Nous nous efforçons de savoir ce qui s'est passé et nous avons la ferme intention de renvoyer la personne à l'origine de la fuite.

La renvoyer ? Melody se sentit soudain très mal à l'aise. Aubrey avait fait ses propres choix, ce qui pouvait lui coûter son poste. Mais elle, de son côté, s'était invitée à la réception de mariage, chez Dare, espérant glaner un scoop et prendre l'avantage sur ses collègues de travail. Avait-elle, sans le vouloir, laissé s'instaurer au bureau l'idée que tout était permis pour réussir ?

— C'est Aubrey, la responsable ? demanda-t-elle.

— Oui.

— Je ne pense pas qu'elle devrait être renvoyée. C'est moi qui, en entamant cette relation, ai pu l'amener à penser que je risquais de trahir notre équipe.

Johnny se cala dans son fauteuil.

— Je vous écoute.

— Tout le monde fait des erreurs. Je connais bien Aubrey et je suis certaine que cela lui servira de leçon. Elle ne recommencera pas.

— Croyez-vous pouvoir régler le problème et continuer à travailler ensemble, toutes les deux ?

— Je ferai tout mon possible.

— Je n'en doute pas. Mais ce qui se passe ternit notre image. Nous nous appuyons sur des faits pour conquérir des voix, pas sur des commérages et des mensonges.

— Je suis certaine que vous disposez d'un terrain solide à opposer à la partie adverse.

— C'est le cas. Je vous apprécie beaucoup, Connor. Mais nous allons devoir réfléchir à la possibilité de vous confier un autre secteur d'activité, déclara Johnny.

— Bien sûr. Je ne peux pas continuer à travailler sur la campagne destinée à bloquer la loi du sénateur Bisset.

— Effectivement. Constance vous enverra un mail pour recueillir vos informations sur ce dossier. Ça vous va ?

Oui, ça lui allait. Elle aimait travailler avec Johnny et elle savait qu'il reviendrait vers elle dès que tout serait réglé.

— Oui. Très bien, répliqua-t-elle.

— C'est parfait, alors. J'aime votre droiture, votre éthique dans le travail. Je tiens à vous garder dans mon équipe.

— Je souhaite y rester, moi aussi.

Melody raccrocha et s'assit sur un banc, face à l'océan, observant les bateaux tout en réfléchissant à ce qu'elle allait dire à Dare lorsqu'il arriverait. Jamais elle n'avait laissé ses sentiments prendre un tel contrôle sur sa vie et elle ne pouvait s'empêcher de penser qu'il s'agissait d'une erreur. Elle se sentait vulnérable et redoutait ce qui allait se passer à présent.

Elle n'avait qu'une envie, rentrer chez elle et laisser ses parents s'occuper d'elle tandis qu'elle panserait ses plaies. Mais Dare lui avait offert une lueur d'espoir. L'espoir qu'ils puissent peut-être vivre quelque chose ensemble.

Le pourraient-ils ?

— Melody ?

Elle se retourna. Dare était là, derrière elle.

— Je peux m'asseoir ou vous préférez marcher ?

— Marchons, répondit-elle, se levant.

Dare lui emboîta le pas tandis qu'elle prenait la direction de la plage.

— Je suis désolé, dit-il. Infiniment.

— Je le sais.

— Vous comptez dans mon existence plus que personne n'a jamais compté. Mais ce que j'éprouve me rend vulnérable et me fait peur.

Melody s'immobilisa.

— J'éprouve le même sentiment. Je n'ai jamais laissé une chose pareille interférer dans ma vie, mes choix, ma carrière.

— Une chose pareille ? s'exclama Dare, haussant les sourcils.

— Une aventure, précisa Melody.

— Je pensais que nous étions d'accord pour dire qu'il s'agissait de bien davantage qu'une simple aventure.

— C'était avant que vous me mettiez dehors de chez votre grand-mère.

Dare hocha la tête.

— Vous n'allez pas me le pardonner, n'est-ce pas ?

— Et vous, pouvez-vous me pardonner de vous avoir trompé lorsque nous nous sommes rencontrés ? Il me semble qu'il s'agit des deux faces de la même pièce. Nous devons tous deux accepter de nous faire confiance, ou être ensemble n'a aucun sens.

Melody retint son souffle, attendant sa réponse. Il ne dit rien. À la place, il l'attira dans ses bras et la serra très fort contre lui.

— Je t'aime, Melody, murmura-t-il à son oreille. En découvrant l'article, j'ai eu une réaction viscérale, incontrôlable. J'étais aveugle, mais je vois la vérité, à présent. Tu es une femme droite, sincère et honnête. Une femme courageuse qui n'a pas peur de saisir les opportunités lorsqu'elles se présentent, mais qui ne blesserait ni ne trahirait jamais une personne à laquelle elle tient.

— Oh ! Dare. Oui, je suis ainsi. Et je t'aime, moi aussi. Je ne l'ai jamais dit à aucun homme avant toi. Et lorsque tu…

— Je te demande pardon de t'avoir blessée, de n'avoir pas su comprendre qui tu étais.

— N'y pensons plus. Promettons-nous de ne plus jamais douter l'un de l'autre.

— C'est promis.

Épilogue

Un an plus tard…

— Repérée.

Surprise, Melody leva les yeux vers l'homme grand, brun et séduisant qui avait glissé un anneau à son doigt un peu plus tôt dans la journée.

Le scandale qui avait révélé leur relation les avait rendus plus forts et avait soudé leur couple. Dare avait modifié sa loi afin d'y inclure un financement pour la recherche qui permettrait d'aider des familles telles que celle de Blanche, en même temps qu'un programme de prescriptions à prix fixe dont pourraient bénéficier tous les citoyens.

Melody travaillait désormais sur d'autres dossiers, assumant un rôle qui n'incluait pas de relation directe avec des membres du Congrès.

— Tu m'as trouvée. Et maintenant ?

— Je ne te laisse plus jamais partir.

Au cours de l'année qui venait de s'écouler, Melody avait découvert le bonheur d'avoir un partenaire à ses côtés. Elle se sentait plus forte et heureuse.

— Dare, nous avons besoin de toi, appela soudain August.

Melody regarda Dare rejoindre son père. Le clan

masculin Bisset préparait quelque chose. Juliette Bisset s'approcha et glissa un bras autour de ses épaules.

— Le mariage était parfait, dit-elle.

— Comme votre cérémonie en Italie, sur le lac de Garde, lorsque vous avez renouvelé vos vœux avec August.

— C'était extraordinaire, et je n'aurais jamais imaginé que, de retour à Nantucket, nous célébrerions un nouveau mariage ni que nos familles seraient définitivement unies.

— Moi non plus, ajouta Adler Williams. Je dois reconnaître qu'oncle August a changé. Et je suis heureuse que tous ces scandales soient désormais derrière nous.

— Oh là, doucement, intervint Quinn. Le scandale, c'est ce qui me fait vivre. Vos noces, à toi et à Nick, ont été l'événement de téléréalité qui a fait le plus d'audience, l'année dernière.

En parlant de noces, Logan et Quinn s'étaient enfuis pour se marier juste avant Noël, et Melody et la jeune femme étaient désormais belles-sœurs.

— Enfin, quoi qu'il en soit, j'apprécie le calme retrouvé, conclut Adler.

— Si je pouvais en avoir un peu, dit soudain Mari, les rejoignant, son bébé dans les bras.

Delia avait six mois. Mari et Inigo s'étaient mariés pendant l'intersaison de formule 1 de ce dernier, alors qu'elle était déjà enceinte de plusieurs mois. Tous deux adoraient leur petite fille, mais il fallait reconnaître qu'elle était dotée d'une capacité pulmonaire qui ne leur assurait pas beaucoup de nuits tranquilles.

Melody était heureuse de faire partie de cette famille. Ses parents avaient assisté à la cérémonie de renouvellement des vœux de Juliette et August, et tous les quatre étaient devenus bons amis.

Depuis qu'Olivia avait pris la tête de l'entreprise commune, tout allait pour le mieux entre les Bisset et les Williams. Un véritable miracle !

Melody eut soudain le regard attiré vers son frère. Ben était en train de faire du charme à Olivia, et il était plus qu'évident que cette dernière appréciait énormément l'intérêt qu'il lui portait. Melody songea, amusée, qu'ils feraient un très beau couple.

— Mesdames et messieurs, un instant d'attention, je vous prie. Merci d'être venus célébrer avec nous cet événement si heureux, annonça Toby Osborne. J'espère que vous allez apprécier la performance des hommes de notre famille, tous autant que nous sommes, soucieux de montrer à nos dames ce que nous éprouvons pour elles.

Toby prit sa guitare et se mit à jouer *This will be an everlasting love.* August, Dare, Logan, Inigo, Nick, tous montèrent sur scène et se mirent à chanter de leur mieux.

Melody sentit les larmes affluer dans ses yeux. Elle se sentait plus que jamais amoureuse de Dare. Et elle songea que cette journée était le commencement parfait de sa vie avec lui.

Lorsque la chanson se termina, Dare la rejoignit et la serra dans ses bras.

— Je t'aime, madame Bisset.

— Je t'aime, moi aussi, monsieur Bisset, répondit-elle, posant ses lèvres sur les siennes.

Vous avez aimé *Une bouleversante idylle* ?
Retrouvez sur Harlequin.fr les premiers volets
de votre série « Un mariage à Nantucket » :

1. *Troublants baisers*
2. *Dans le lit du play-boy*
3. *Une bouleversante idylle*

LAQUETTE

Danse avec une inconnue

Traduction française de
MARIE PASCAL

PASSIONS

HARLEQUIN

Titre original :
CINDERELLA MASQUERADE

À la seule princesse qui existe à mes yeux : ma précieuse nièce, Mackenzie.

- 1 -

— Hors de question !

Zanai James secoua la tête et croisa les bras tout en adressant un regard buté à sa meilleure amie, Morgan Grandin, qui se tenait derrière le comptoir de sa boutique. Néanmoins, à cause du sourire narquois qu'affichait Morgan, Zanai comprit que son amie ne la prenait pas plus au sérieux que d'habitude.

— Allez, Zanai, fit mine de l'implorer Morgan, c'est la soirée de l'année. Tout le monde rêve d'y assister. Les gens réservent leur costume presque un an à l'avance. Ça fait des années que tu te défiles, il serait grand temps que tu cesses de te cacher. Ça ne te ferait pas de mal de t'amuser un peu de temps en temps.

Zanai, gênée, baissa les yeux.

— Morgan, c'est gentil de ta part de t'inquiéter pour moi, mais tu sais très bien que ça ne fonctionnera pas : ce genre d'événement, ce n'est pas pour moi. Flirter et faire la conversation sont des concepts qui me sont étrangers. Ce que j'aime, ce sont les livres, les sciences, la recherche. Je ne suis pas très douée pour les interactions sociales. Pas très douée pour les rapports humains en général.

— Zanai, soupira Morgan en posant les deux mains sur ses épaules. Tu es belle et intelligente. Les gens vont t'adorer si tu les laisses s'approcher de toi.

— Les gens me trouvent bizarre et ennuyeuse, protesta Zanai.

— Hé, ne parle pas de ma meilleure amie comme ça. Tu n'es ni l'un ni l'autre. Ça suffit, l'autodénigrement !

Zanai sourit à Morgan, toujours très protectrice à son égard.

— Ce n'est pas de l'autodénigrement, rétorqua-t-elle, mais juste une constatation. J'ai dit que les gens me *trouvaient* bizarre et ennuyeuse, et non pas que je l'étais. En ce qui me concerne, je m'aime comme je suis, et j'assume fièrement l'étiquette d'« intello » qu'on me colle. Et, puisque le reste du monde et moi on ne se comprend pas très bien, je préfère autant rester seule.

Morgan lui adressa un petit sourire triste. Elle n'avait pas pitié d'elle, Zanai le savait, mais elle pensait qu'il n'était ni bon ni sain de passer autant de temps seule chez soi.

— Zanai, tu as promis à ta tante de ne pas te laisser dévorer par ton travail ou par ces hyènes qui osent se prétendre ta famille.

La tristesse et la culpabilité envahirent Zanai à l'évocation de sa tante adorée, Jane, qu'elle avait eu la douleur de perdre un peu plus tôt dans l'année. Depuis la mort de sa mère, survenue alors qu'elle n'était qu'une enfant, Jane était en effet le seul rayon de soleil dans sa vie de famille sombre et glaciale.

— Quel coup bas ! Te servir de ma tante pour me manipuler. Je comprends maintenant pourquoi vous vous disputez autant avec Ryan. Tu ne recules devant rien.

— Ce n'est pas de la manipulation, protesta Morgan. Juste de l'incitation. Et Ryan n'est pas un exemple de vertu. C'est une espèce de Néandertal buté que je ferais mieux de…

Zanai ne put s'empêcher de sourire. Morgan n'était pas la seule à savoir comment faire réagir son amie au quart de tour.

D'habitude, Morgan était d'une bonne humeur et d'une gentillesse à toute épreuve, mais le seul nom de Ryan Carter suffisait à réduire à néant toute son affabilité. Même si son amie ne l'aurait reconnu pour rien au monde, Zanai soupçonnait que ce rejet épidermique était surtout dû à une attraction réciproque.

— Nous ne sommes pas là pour parler de ce personnage insupportable qu'est Ryan. Ce que je veux que tu comprennes, c'est à quel point tu es quelqu'un de merveilleux et à quel point tu as besoin de vivre.

— Je sais, répondit Zanai en soupirant. C'est juste que je n'ai pas l'habitude de ce genre de soirée, et que je ne saurai pas comment me comporter. Ni comment m'habiller, me coiffer et me maquiller, d'ailleurs. Certaines femmes sont très douées pour ça, mais pas moi. J'ai passé trop de temps plongée dans mes livres pour être au courant de ce genre de choses.

Morgan s'approcha d'elle pour passer un bras protecteur autour de ses épaules.

— Que tu aies passé tant de temps plongée dans tes livres t'a aidée à devenir la psychologue renommée que tu es. La bonne nouvelle, c'est que tu as donc les moyens de t'offrir une séance chez le coiffeur et chez l'esthéticienne pour l'occasion. Par ailleurs, ta meilleure amie tient une boutique de vêtements et elle peut donc te trouver des habits de reine, et faire de toi la plus belle femme de la soirée.

Zanai adressa un regard sceptique à son amie, qui, pour sa part, affichait un air déterminé dont l'intensité l'obligea à fermer les yeux. Une fois de plus, Morgan était la plus forte. Elle avait gagné.

— Très bien, concéda-t-elle. Fais comme tu veux.

Trois jours plus tard, dans la boutique de Morgan, après la fermeture, Zanai admirait son reflet dans le miroir. Elle était impressionnée.

— Morgan, comment as-tu réussi ce prodige en si peu de temps ? demanda-t-elle à son amie dont le regard reflétait la fierté et la satisfaction.

— Je t'avais dit que je ferais de toi la plus belle femme du bal.

Zanai portait une robe bustier dont l'encolure arrondie mettait en valeur son buste fin et soulignait sa taille. La jupe, qui retombait jusqu'à terre, était constituée de plusieurs épaisseurs de mousseline vaporeuse qui ondoyaient avec grâce. La robe en elle-même était belle, mais c'était surtout sa couleur, d'un magnifique rouge vif, qui suscitait l'admiration de Zanai.

— Morgan, je ne me reconnais pas.

— C'est un bal masqué, voyons. Tu n'es pas censée te reconnaître. Allez, reste encore les accessoires, et nous pourrons y aller.

Morgan lui tendit une petite pochette argentée, puis drapa une cape sur ses épaules. Celle-ci n'était constituée que d'une seule épaisseur de mousseline, mais c'était suffisant pour que Zanai se sente moins à nu. Une fois de plus, son amie avait trouvé exactement ce qui lui convenait.

Morgan arrangea sa coiffure de manière à ce que la

longue chevelure noire et bouclée de Zanai retombe sur une seule de ses épaules, avant de fixer une couronne scintillante sur sa tête et de placer un loup rouge devant son visage.

Zanai était bien obligée de le reconnaître : elle était époustouflante et elle ne déparerait pas au milieu des autres convives. Maintenant, tout ce qu'il lui restait à faire, c'était ne pas ouvrir la bouche, afin que les gens ne se rendent pas compte de l'imposture.

Jayden Lattimore sirotait son champagne, accoudé au bar, tout en observant les nombreux convives rassemblés dans la salle de bal. Comme toujours, toute l'élite de Royal semblait avoir répondu présente à ce grand événement annuel.

Malgré masques et loups, Jayden était capable de reconnaître la plupart des gens. Il étouffa un bâillement, regarda sa montre et se dit qu'il n'allait pas tarder à partir.

Appartenant à l'une des familles les plus riches de Royal, il avait accompli son devoir en se montrant à la réception, mais il n'avait pas l'intention de s'éterniser outre mesure. Alors qu'il s'apprêtait à boire une autre gorgée, il eut une vision enchanteresse. Une reine, tout de rouge vêtue, se tenait à l'entrée de la salle de bal, immobile. De nombreuses têtes se tournèrent pour admirer cette souveraine aussi élégante que sexy qui daignait les honorer de sa gracieuse présence.

Jayden était sur le point d'aller à sa rencontre quand elle se dirigea vers lui.

Parfait. Il était souvent trop nonchalant pour aborder les femmes. À dire vrai, il n'en avait pas besoin. La nature s'était montrée plutôt généreuse envers lui, et sa famille l'avait rendu riche. Généralement, cela suffisait pour que ce soient elles qui l'abordent. Néanmoins, il y avait chez cette femme-là un air de mystère qui la différenciait de ses habituelles poursuivantes.

— Au risque de paraître cliché, puis-je vous offrir à boire ? demanda-t-il lorsqu'elle fut à sa hauteur.

La reine masquée lui adressa un regard langoureux d'une sensualité telle qu'il en eut le souffle un instant coupé.

— Non merci, s'empressa-t-elle de répondre avant de balayer l'assemblée d'un regard circulaire. J'attends quelqu'un.

La déception fut grande. En même temps, il aurait dû se douter qu'une telle créature ne pouvait être seule.

— Mon amie va me rejoindre d'un instant à l'autre. Elle a croisé une connaissance dans l'entrée.

Jayden ne put dissimuler un sourire. Son *amie*. Voilà qui changeait tout.

— Vous la remercierez de ma part. Grâce à elle, j'ai l'occasion de passer quelques minutes en compagnie de la plus belle femme de la soirée.

Il s'attendait à ce qu'elle baisse la tête, et qu'elle lui adresse une réponse toute faite et empreinte de fausse modestie. Mais décidément, elle n'était pas comme les autres, car elle se contenta de le fixer.

— Merci du compliment. Mais la moitié de mon visage est dissimulée par un masque : comment pouvez-vous savoir si je suis jolie ou pas ?

Tant de franchise l'amusa. Cette femme était vraiment à part.

— Eh bien, lança-t-il en riant, au moins, vous, vous dites ce que vous pensez.

Elle cligna des yeux, puis plaqua une mèche de cheveux derrière ses oreilles, ce qui fit se balancer ses boucles d'oreilles en rubis et diamants.

— Je suis désolée. Je ne voulais pas vous vexer. Les politesses d'usage, ce n'est pas mon fort.

— Pas besoin de vous excuser. C'est plutôt rare qu'une femme ose me dire ce qu'elle pense, et j'apprécie.

Il tendit la main, en espérant qu'elle l'accepte. Quand elle la lui serra, il ressentit comme une décharge électrique parcourir son corps.

— Je suis Jayden Lattimore, connu aussi sous le nom du « fantôme ».

— Avec le masque que vous portez, je crois que j'aurais pu le deviner.

— Et vous êtes ? demanda-t-il sans lâcher sa main.

Sa bouche sensuelle dessina un très joli « o » qui lui fit rêver à bien d'autres choses.

— C'est un bal masqué, répondit-elle. Le but est de ne pas dévoiler son identité, me semble-t-il.

Un esprit vif et une langue bien pendue, songea-t-il avec un sourire en coin. Ces deux caractéristiques étaient en passe de devenir ce qu'il préférait chez une femme.

— Ne soyez pas cruelle, ma reine. Comment allons-nous faire connaissance si vous ne me dites pas qui vous êtes ? J'assiste à cette soirée tous les ans, et je suis sûr et certain de ne jamais vous y avoir vue. Donc, pardonnez-moi d'être tombé sous le charme de votre stupéfiante beauté au point de vouloir à tout prix découvrir votre identité.

Elle lui adressa un regard malicieux qui fit battre son cœur et couler son sang dans ses veines beaucoup plus vite.

— Mais si je vous la révélais, je n'aurais plus le plaisir de pouvoir vous observer en train d'essayer de deviner qui je suis. Je ne suis pas sûre de vouloir y renoncer dans le seul but de satisfaire votre curiosité.

— Croyez-moi, ma reine, en moi, il n'y a pas que la curiosité qui rêve d'être satisfaite. Plus sérieusement, poursuivit-il après une courte pause, j'aimerais beaucoup savoir qui se cache derrière ce joli masque.

— Pourquoi ?

Il plissa les yeux tout en réfléchissant à sa réponse. Elle était magnifique dans sa tenue rouge vif. Ce bustier qui remontait si joliment sa poitrine menue était une des raisons pour lesquelles il avait envie de mieux la connaître. Mais ce n'était pas la seule. À sa façon de le regarder, il percevait qu'elle n'était pas une femme comme les autres. Il se dégageait d'elle quelque chose de profond et de brillant qui l'attirait irrémédiablement.

— Je veux savoir qui vous êtes car je veux savoir par quel nom vous appeler quand nous sortirons ensemble.

— Vous me semblez un peu présomptueux, non ?

Il haussa les épaules.

— Confiant, plutôt. Vous êtes là depuis plusieurs minutes, et vous n'avez pas encore essayé de me fuir. Si je vous agaçais, je suis convaincu que vous me l'auriez fait comprendre. Par ailleurs, je ne harcèle pas les femmes. Si une femme me déclare qu'elle n'est pas intéressée, alors je laisse tomber. Si vous n'êtes pas intéressée, tout ce que vous avez à faire, c'est me le dire.

Voilà, la balle était dans son camp. Quoi qu'il se passe à présent, ce serait sa décision à elle. Il n'y avait plus à espérer qu'elle ait les mêmes intentions que lui.

— Ah, Jayden, te voilà.

Cette intrusion brisa le charme : la reine masquée retira sa main de la sienne, lui causant une douloureuse sensation de perte.

Jayden secoua la tête avant de regarder celle qui les avait interrompus. Malgré le loup et la perruque blonde qui dissimulait ses cheveux roux, il reconnut Morgan Grandin. C'était la sœur de son meilleur ami et ils avaient passé tant de temps ensemble étant enfants qu'aucun déguisement n'aurait pu le tromper. Il vit que Vic la suivait de près.

— Deux Grandin pour le prix d'un. Et toujours au bon moment, lança-t-il avec une pointe de sarcasme.

— Jayden, est-ce que je peux te parler une minute ?

Apparemment, Vic n'avait pas saisi qu'il n'était pas forcément le bienvenu. Pourtant, Jayden avait eu l'impression de se montrer très clair.

— Je suis un peu occupé, là, Vic. Si tu veux, on peut se voir un peu plus tard.

— C'est important, Jay, dit Vic en posant une main sur son épaule. Mais je ne te retiendrai pas longtemps.

Jayden tourna la tête vers sa belle inconnue, et constata avec dépit qu'elle s'en allait en compagnie de Morgan.

— Dépêche-toi de me dire ce que tu as à me dire, pour que je puisse reprendre où je me suis arrêté quand tu m'as si fâcheusement interrompu.

— Je comprends, Jay, elle avait l'air charmante, mais avec cette tenue flamboyante, tu la retrouveras facilement. Par ailleurs, j'ai vraiment besoin de ton aide.

Jayden soupira, résigné.

— Je t'écoute.

— Je pense avoir trouvé un moyen de pousser Ryan et Morgan dans les bras l'un de l'autre.

Jayden regarda son ami, partagé entre la surprise et l'amusement. Depuis que Vic avait trouvé l'amour en la personne de la délicieuse Aubrey, il semblait bien décidé à ce que tout son entourage connaisse le même bonheur que lui.

— Ryan et Morgan ? Vraiment ?

Ryan Carter était un très bon ami de Jayden. Même s'il savait que Ryan était quelqu'un de bien, ce dernier possédait des opinions très affirmées et une personnalité autoritaire. Étant donné le caractère farouche et indépendant de Morgan, Jayden n'était pas totalement convaincu que l'idée de Victor soit la meilleure qu'il ait jamais eue.

— Enfin, Jayden, c'est évident qu'ils ont tous les deux un faible l'un pour l'autre. Tu as vu la façon dont ils se chamaillent sans cesse ? Ce n'est pas une preuve, ça ? Et si ma sœur doit se mettre en couple avec quelqu'un, j'aime autant que ce soit avec un homme dont je sais qu'il la respectera.

— Qu'as-tu l'intention de faire, Vic ?

— Je vais envoyer à Morgan un message qu'elle supposera être destiné à Ryan. Quand elle me répondra, je lui dirai de ne pas y prêter attention, que le message n'est pas pour elle. Je la connais, avec sa curiosité proverbiale, elle viendra forcément me trouver pour me demander plus d'explications. Alors, lorsqu'elle s'approchera de nous, elle nous surprendra en grande conversation. Et de quoi serons-nous en train de parler ? Eh bien, de l'intérêt que Ryan lui porte, évidemment.

— Tu penses vraiment que ça va fonctionner ? demanda Jayden, dubitatif.

— J'en suis sûr.

Et, sans attendre, Vic sortit son téléphone de sa poche et tapa un court message.

Derrière Vic, Jayden observa Morgan revenir aussitôt en direction du bar, mais sans la reine masquée. Il soupira, déçu. En lui, cette inconnue avait attisé bien plus que de la simple curiosité, il le savait.

— OK, Vic. Voilà ta sœur, lança Jayden. Faisons vite ce que tu as manigancé, que je puisse reprendre le cours de ma soirée.

— Et retrouver la délicieuse dame en rouge ?

— Et toi, tu n'es pas pressé de retrouver ton Aubrey adorée ?

— Bien sûr que si.

Vic attendit que Morgan soit suffisamment près pour les entendre avant de commencer.

— Quel dommage que Ryan refuse de reconnaître la vraie nature de ses sentiments pour Morgan. C'est évident qu'il a un faible pour elle, et si elle y faisait un peu attention, elle s'en rendrait compte elle aussi.

— Quand on ressent une si forte attirance pour quelqu'un, ce n'est pas toujours facile de l'admettre, renchérit Jayden qui, dans son champ de vision, venait de voir Morgan s'arrêter net. Surtout quand on a peur d'être rejeté par l'autre.

Vic adressa un hochement de tête approbateur à Jayden avant de poursuivre.

— Tu as raison. Mais si ça continue comme ça, ils vont finir malheureux tous les deux, et ce sera un beau gâchis.

— Que veux-tu, on ne peut pas forcer les gens, Vic. Soit Ryan et Morgan se rendent compte tout seuls qu'ils sont faits l'un pour l'autre, soit ils passent à côté du bonheur de leur vie. Personne ne peut rien y faire.

Soudain, Morgan tourna les talons et retourna d'où elle venait. Quand elle fut suffisamment loin, Vic sourit. Apparemment, son plan avait fonctionné.

— Tant mieux si tu es content. Maintenant, hors de ma vue : j'ai mieux à faire.

Le corps de Jayden frémissait d'impatience à l'idée de retrouver la belle inconnue en rouge.

— Ne t'inquiète pas, Jay, c'est presque terminé. Encore une dernière petite chose et je te laisse tranquille.

Jayden posa son verre vide sur le comptoir du bar et adressa un regard méfiant à son ami.

— Que veux-tu encore ?

— Il faut que nous trouvions Ryan pour lui dire la même chose.

— J'ai l'impression d'être de retour à l'école primaire, quand on servait de messagers entre Ryan et Morgan.

— Ne sois pas si sarcastique, Jayden. L'amour est dans l'air. Il est là, qui flotte autour de nous. Il faut juste que nous l'aidions à se poser quelque part.

- 2 -

— Vous êtes vraiment sûrs de ce que vous dites ?

Jayden se tut, préférant laisser Vic répondre. C'était son plan après tout.

— Ryan, poursuivit Vic, personne ne connaît ma sœur mieux que moi. Ces airs agacés qu'elle prend en ta présence, ce n'est que de la frustration. Elle a vraiment un faible pour toi mais, comme elle est persuadée que ce n'est pas réciproque, ça la rend dingue.

Du coin de l'œil, Jayden perçut un éclair rouge. Il se tourna et aperçut sa mystérieuse beauté en train de se diriger vers l'autre extrémité de la salle.

— Hé, vous deux, excusez-moi un instant. J'ai un truc à faire.

Sans attendre l'accord de ses amis, il se précipita vers elle pour la rattraper.

— Vous voilà. Enfin je vous ai retrouvée.

Sa voix la fit s'arrêter, puis se retourner.

— Retrouvée ? Je n'avais pas remarqué que j'étais perdue.

— Je ne sais pas si vous étiez perdue, mais en tout cas, moi, je vous avais perdue.

Elle lui adressa un sourire sincère qui le réchauffa de l'intérieur et l'incita à faire un pas de plus vers elle.

— Accordez-moi cette danse, ô merveille des merveilles.

Elle l'observa sans rien dire pendant un moment qui lui parut interminable puis, alors qu'il avait presque abandonné tout espoir de voir son rêve le plus cher se réaliser, elle lui tendit la main. Il s'en empara, avant de l'attirer à lui.

La musique était lente et ils dansaient si serrés que la limite entre leurs deux corps n'était pas clairement définie.

— Vous ne m'avez toujours pas donné votre nom. Qui se cache derrière ce masque, ma très chère reine ?

— Un peu de mystère ne nuit jamais. Ce qui rend cette soirée si belle, c'est la possibilité qu'elle offre d'être tout ce dont on a envie. La seule chose qui compte, c'est qui je veux être en ce moment précis.

Il la regarda dans les yeux, légèrement étourdi. Ce n'était pas l'alcool, pourtant : il avait très peu bu. Non, il devait se rendre à l'évidence : cet effet grisant, c'était à sa seule cavalière qu'il le devait.

— Et qui voulez-vous être en ce moment précis, ma reine ?

Elle sourit, ce qui acheva de le conquérir. Il se sentait tomber inexorablement sous son charme, sans pouvoir lutter ni même résister.

— La femme qui danse avec vous.

Il resserra son étreinte, mais avec d'infimes précautions, comme s'il touchait quelque chose qui risquait de se casser à tout moment. Ce n'était pas parce qu'il la pensait trop fragile. Le désir qui brillait dans ses beaux yeux noirs lui disait au contraire qu'un peu d'ardeur ne lui ferait pas peur. Ce qu'il craignait, en réalité, c'était de faire éclater par ses gestes trop brusques la bulle qui les isolait et les protégeait du reste des danseurs.

Tout en la regardant, il fit lentement remonter sa main dans son dos, vers sa nuque, jusqu'à la glisser dans sa douce chevelure.

Dès que ses doigts entrèrent en contact avec son crâne, elle émit une légère vibration proche du ronronnement qui faillit lui faire complètement perdre la tête.

Son pouce effleura une de ses boucles d'oreilles. Dans la lumière, le bijou en rubis et diamants lança un éclair de feu et de glace mêlés. Les pierres dessinaient un inextricable motif. Jayden se raidit en pensant à leurs bras et jambes enchevêtrés de la même façon, avant de se reprendre. Il venait à peine de rencontrer cette femme. Sa réaction était un peu excessive, surtout pour quelqu'un comme lui, réputé pour sa placidité à toute épreuve.

— Vous êtes la créature la plus exquise du bal.

Elle lui sourit, et il dut se faire violence pour ne pas s'emparer de ces lèvres pulpeuses.

— Je suis déjà en train de danser avec vous. Pas besoin de me flatter.

Il posa la main à plat dans son dos et lui adressa le regard le plus intense dont il était capable.

— Je n'essaye pas de vous baratiner.

— Qu'essayez-vous de faire, alors, monsieur le fantôme ?

— Ceci.

Après ce simple avertissement, il posa sa bouche sur la sienne. Ce n'était qu'un chaste baiser : il n'avait pas envie que tout Royal aille raconter à sa mère que son benjamin avait encore fait des siennes en public. Malgré cela, il sentit sa chair s'embraser dès que leurs lèvres entrèrent en contact.

Il avait envie de plus, de bien plus et, en entendant le merveilleux gémissement qu'elle laissa échapper, il comprit qu'elle partageait son désir. Il était sur le point de l'embrasser avec beaucoup moins de retenue lorsque la musique s'arrêta et que la lumière devint légèrement plus vive. Il la sentit aussitôt s'écarter, comme si elle voulait se libérer de son étreinte.

— Je suis désolée, dit-elle. Je n'aurais pas dû.

— Pas dû quoi ? Me laisser vous embrasser ? Croyez-moi, ma reine, je n'ai aucun regret. Au contraire, tout ce dont je rêve, c'est de pouvoir recommencer.

Elle recula d'un grand pas. Il y avait, dans son regard, quelque chose qui ressemblait à de la panique.

— Excusez-moi. Il faut que j'y aille.

— Attendez, est-ce que j'ai fait quelque chose de mal ? Est-ce que je suis allé trop loin ?

Elle secoua la tête, et lui adressa un petit sourire crispé.

— Rien de tout cela. Il est juste temps que je m'en aille.

Alors qu'il s'apprêtait à faire un pas en avant, il sentit une main se poser sur son épaule. Quand il vit qu'il s'agissait de Vic, il voulut ignorer son ami. Mais il était trop tard. La mystérieuse inconnue avait disparu.

Jayden baissa la tête et ferma les paupières afin de s'efforcer de surmonter son agacement.

— Tu n'aurais pas pu trouver pire moment, Vic.

Lorsque Jayden rouvrit les yeux, il fut ébloui par un objet qui se trouvait par terre. En se penchant pour le ramasser, il le reconnut tout de suite. Tout comme Cendrillon, sa cavalière s'était arrachée à ses bras pour disparaître, mais elle avait aussi laissé quelque chose derrière elle.

— Qu'est-ce que c'est ? demanda la fiancée de Vic, Aubrey, dont Jayden se rendit seulement compte de la présence.

— L'unique indice dont je dispose pour découvrir celle qui se cachait derrière ce masque rouge.

Vic lui adressa un regard empreint de remords.

— Désolé, Jay, je n'avais pas l'intention de vous interrompre. Tout ce que je voulais, c'était te montrer à quel point notre plan avait fonctionné.

— Notre plan ? lança Jayden en croisant les bras. Je t'en laisse le seul crédit.

Vic se contenta de hausser les épaules et désigna un endroit éloigné de la salle où Ryan et Morgan discutaient en ayant l'air de s'entendre à merveille.

— C'était presque trop facile, dit Vic, qui semblait très fier de lui.

Jayden commençait à en avoir assez. Non pas qu'il ne veuille pas voir Morgan et Ryan heureux ensemble, bien au contraire. Non, ce qui le titillait, c'était la jalousie. Regarder deux de ses amis se murmurer des choses à l'oreille lui donnait furieusement envie d'être à leur place, avec sa belle inconnue, bien sûr. Malheureusement, l'arrivée intempestive de Vic ne lui avait même pas laissé le temps d'en caresser l'espoir.

— Tant mieux si tout se déroule comme tu le souhaitais, Vic, répliqua-t-il, cassant. Mais pour le reste, ne compte pas sur mon aide.

— Que se passe-t-il, Jayden ?

Jayden caressa le plus gros des rubis du bijou comme si la pierre était douée de pouvoirs magiques.

— J'ai ma Cendrillon à retrouver.

- 3 -

— Ce café, est-ce que tu vas le boire, ou te contenter de le fixer ? Parce que, si c'est juste pour le regarder, alors tu ferais mieux de me le donner.

Jayden sortit de sa rêverie pour voir son frère aîné, Jonathan, essayer de s'emparer de sa tasse.

— Jonathan, mon cher frère, est-ce que tu veux que je te montre ce qu'on désigne sous le terme de fratricide ?

Jonathan retira ses mains de la tasse de Jayden en lui adressant un sourire narquois.

— Toujours en train de broyer du noir à cause de ta mystérieuse inconnue ? Es-tu sûr, au moins, qu'elle ait existé ailleurs que dans ton imagination ? Tu avais peut-être juste abusé des cocktails…

— Tu peux demander à Vic et Morgan. Eux aussi, ils l'ont vue.

Jonathan sourit de plus belle, avant de se mettre franchement à rire.

— Qu'est-ce qu'il y a ? demanda Jayden, qui n'appréciait pas que son frère se moque ouvertement de lui, alors que d'ordinaire il s'agissait plutôt de l'une de ses prérogatives.

— C'est juste que c'est la première fois que je te vois prendre quelque chose autant à cœur. D'habitude tu es si nonchalant, si détaché de tout. Cette soirée a eu lieu il y a trois jours, et tu sembles toujours aussi obnubilé par cette mystérieuse femme en rouge.

Jayden ne pouvait accuser Jonathan de mentir. En temps normal, tout avait tendance à glisser sur lui. Ce qui rendait encore plus étrange le fait qu'il soit totalement obsédé par la reine du bal.

— Je ne trouve personne qui soit capable de me dire qui elle est.

Il sortit la boucle d'oreille de la poche arrière de son jean.

— Personne ne reconnaît non plus cette boucle. Cette femme semble s'être complètement volatilisée, constata-t-il, partagé entre le dépit et l'agacement.

Il soupira, avant de poursuivre :

— Dans une petite ville comme Royal, où tout le monde sait tout sur tout le monde, la retrouver ne devrait pourtant pas être si compliqué.

— Peut-être ne veut-elle pas qu'on la trouve, tout simplement, fit remarquer Jonathan.

Il y avait du bon sens dans ce que son frère venait de déclarer, mais se cantonner aux pensées rationnelles n'était pas le fort de Jayden.

— Dans ce cas, qu'elle me le dise en face. En attendant, je vais essayer d'aller voir Morgan et de la forcer à tout me raconter. Ma belle inconnue a affirmé qu'elles étaient amies, et je pense que Morgan doit savoir quelque chose. Je suis passé au ranch des Grandin mais elle n'y était pas, et elle n'a pas non plus répondu à mes coups de téléphone. Je vais donc lui rendre une petite visite surprise à sa boutique. Ça me paraît être le meilleur moyen de discuter avec elle.

— Tu veux discuter avec elle, ou l'interroger ?

Seigneur, comme son frère pouvait être énervant quand il s'y mettait.

— Un peu des deux, sans doute.

Jonathan secoua la tête en lui adressant un regard plein de pitié.

— J'espère que cette femme est digne de tous les efforts que tu déploies pour la retrouver. Parce que, à te voir dans cet état, j'ai peur que tu ne t'en relèves pas si, à la place d'une reine, tu découvres une souillon.

— Je l'espère aussi, Jonathan.

— S'il te plaît, arrête de faire comme si ta salade était bien plus intéressante que moi.

Zanai leva les yeux de son assiette. En face d'elle, son amie la regardait avec un sourire moqueur.

— Je ne vois pas ce que tu veux dire. Tu m'as invitée à déjeuner, et donc j'ai supposé que j'étais là pour manger.

— Évidemment, le déjeuner n'était qu'un prétexte, et ne me fais pas croire que tu ne l'avais pas compris. J'essaie de te raconter mes folles aventures avec Ryan et, visiblement, tu es ailleurs. Loin, très loin d'ici…

En effet, Zanai ne devait pas être très concentrée sur ce que lui confiait sa meilleure amie si une telle information lui avait échappé.

— Tu as couché avec Ryan ?

— Peut-être, ou peut-être pas. Il fallait écouter.

Zanai, contrite, baissa la tête.

— Je suis désolée, Morgan. J'ai vraiment du mal aujourd'hui. S'il te plaît, raconte-moi de nouveau, parce que je veux comprendre comment toi et ton ennemi mortel vous êtes retrouvés dans le même lit sans que cela ne se termine par la mort de l'un de vous deux.

— Je n'ai jamais dit qu'on avait couché ensemble. J'ai dit qu'on avait vécu des aventures. Alcoolisées. Très alcoolisées. Mais je ne te répéterai pas cette histoire tant que tu ne m'auras pas avoué à quoi tu rêves. À quoi, ou à *qui*…

Zanai ouvrit la bouche pour se justifier et pour démentir, mais avant qu'elle puisse prononcer le moindre mot, Morgan leva la main pour l'interrompre.

— Trois jours, Zanai. Cela fait trois jours que le bal masqué a eu lieu. Cela fait trois jours que Jayden Lattimore t'a embrassée au beau milieu de la piste de danse, sous mes yeux éberlués. Je suis ta meilleure amie. Si quelqu'un est censé recueillir tes confidences sur le sujet, c'est bien moi.

Zanai ferma brièvement les paupières et secoua la tête.

— Attention, Morgan, tu es en train de te transformer en l'une de ces vieilles commères qui sont déjà bien assez nombreuses comme cela dans cette ville.

— Si je me renseigne, ce n'est pas par goût du commérage, mais seulement parce que je me préoccupe de ton sort, figure-toi. Tu es quand même ma plus vieille amie.

— Je ne suis pas ta plus vieille amie, répondit Zanai en riant. Mon père a attendu que j'aie douze ans pour m'arracher à mon Brooklyn natal et décider que la famille devait s'installer au Texas.

— D'accord. Tu n'es pas ma plus vieille amie, juste la plus chère à mon cœur. Et en tant que telle, tu me dois bien des explications. Que s'est-il passé ? L'un des célibataires les plus riches et les plus convoités de Royal se met à t'embrasser, et l'instant d'après, tu t'enfuis si vite que tu perds l'une de tes boucles d'oreilles. Alors ?

Zanai reposa sa fourchette en soupirant. Elle avait essayé d'oublier ce qui s'était passé au bal, essayé d'oublier tout ce qui lui rappelait à quel point, comme elle l'avait toujours pensé, l'endroit n'était pas fait pour elle. Peine perdue…

— C'était… magique.

— Raconte-moi tout, ordonna Morgan, un sourire ravi aux lèvres.

— Jayden s'est montré drôle et gentil, et il est si beau que je n'avais d'yeux que pour lui.

— Ça ne m'étonne pas. Enfant, c'était déjà un grand charmeur.

Zanai la croyait volontiers. Pour être si irrésistible, Jayden avait dû s'entraîner dur, et depuis longtemps.

— Me trouver face à un homme comme lui a toujours été…

Morgan fronça les sourcils.

— Qu'entends-tu par un *homme comme lui* ?

Zanai ne répondant pas, Morgan insista.

— Zanai, dis-moi s'il te plaît en quoi Jayden diffère des autres hommes de cette ville ?

— Il est riche, il est beau, il fait partie des personnalités influentes de Royal.

— Chérie, est-ce que tu te rends compte que ton père est l'une des personnes les plus riches du coin ?

— Oui, Morgan. Mon père est très riche. Mais Jayden est issu d'une vieille famille de Royal. Pour la plupart des gens, nous appartenons à deux mondes bien distincts. Mon père n'a jamais pu s'acheter le prestige et le respect dont jouissent les Lattimore, et crois-moi, ce n'est pourtant pas faute d'avoir essayé.

— Ce que tu racontes n'a aucun sens, Zanai. Ça fait

quinze ans que tu vis à Royal. Tu es ici chez toi. Cesse de laisser tous ces snobs prétendre le contraire.

C'était beaucoup plus facile à dire qu'à faire. Depuis le jour de son arrivée, Zanai avait eu droit à des remarques témoignant qu'elle n'avait pas sa place ici. Entre les gens qui la traitaient comme une étrangère, et son père et sa belle-mère qui lui répétaient à longueur de temps qu'elle n'était pas à la hauteur, la vie n'avait pas toujours été facile pour elle.

— Je sais que tu ne perçois pas cela, Morgan. Ta beauté ainsi que la richesse, l'ancienneté et la respectabilité de ta famille, et aussi la couleur de ta peau, te permettent d'accéder à un certain statut dans cette ville. Pour les gens qui évoluent dans le même cercle que toi, peu importe tout l'argent que mon père peut gagner. Je reste cette Black de Brooklyn qui essaye de s'incruster dans leurs clubs. Jamais je ne pourrai me mesurer à eux.

Morgan balaya ses longs cheveux roux derrière ses épaules. C'était un geste qui ne trompait pas : elle était en colère. D'ailleurs, son visage s'était empourpré sous l'effet de l'énervement.

— Je me fiche complètement de ce que pensent untel ou untel. Tu es la meilleure chose qui soit arrivée à cette ville. Ta place est ici. Bien sûr, je ne suis pas aveugle : même si Royal est un endroit progressiste, cela reste le Texas, et je sais à quel point certains de nos concitoyens sont étroits d'esprit.

Les yeux de Morgan lançaient des étincelles. Elle était comme cela. Protectrice et batailleuse. Pour ceux qu'elle aimait, elle était prête à tout.

— Étant depuis toujours liée aux Lattimore – qui, au cas où tu ne l'aurais pas remarqué, ont la même couleur de peau que toi – j'ai été aux premières loges pour me rendre compte de quelles bassesses les gens sont parfois capables. Mais ces gens-là, il faut les ignorer. Ce qui compte, c'est toi. Et vu la façon dont Jayden t'a dévorée des yeux toute la soirée, j'ai l'impression qu'il aspire à faire de toi quelqu'un qui va compter dans sa vie. Donc, arrête avec ton complexe d'infériorité ridicule. Tout avait l'air merveilleusement bien parti entre vous : tu paraissais très à l'aise au début. Alors qu'est-ce qui t'a fait changer d'avis ?

— Tu as raison. Jayden est un charmeur. Mais pas seulement. Il y a chez lui une espèce de force tranquille tout à fait remarquable. Il ne semble pas se soucier de ce que pense le reste du monde, et ça, c'est tellement rare que c'est très appréciable. Susciter ainsi toute son attention, c'était une expérience… grisante.

— Pourquoi t'être enfuie, alors ?

— Jayden ne m'a pas reconnue au bal. Et même s'il avait deviné qui j'étais, je ne suis pour lui qu'une connaissance éloignée, l'amie d'une amie. On ne s'est jamais vraiment parlé tous les deux. Comme je te l'ai dit, je ne suis pas très douée pour socialiser. À part mes petits patients, peu de choses m'intéressent. Mon passe-temps favori, c'est la lecture. Avec moi, Jayden s'ennuierait à mourir. Alors quand il m'a embrassée, j'ai décidé de mettre un terme à ce qui n'avait pas encore commencé, pour que nos différences ne viennent pas tout gâcher par la suite. La plupart des habitants de cette ville pensent que je suis maladivement timide, voire coincée. Après ce baiser, je ne voulais pas que Jayden pense la même chose.

Morgan saisit la main de Zanai.

— Nous savons toutes les deux que tu n'es pas timide. Tu es réservée parce que des personnes vraiment méchantes ont dénigré tes centres d'intérêt et ton talent. Ce n'est pas ta faute. C'est la leur.

Elle serra la main de Zanai et lui adressa un sourire bienveillant.

— Tu as réagi de façon normale. Ce qui me préoccupe, c'est qu'en essayant de te protéger tu vas passer à côté de quelqu'un de formidable comme Jayden. Et plus important encore, tu vas le priver de l'opportunité de rencontrer quelqu'un d'aussi merveilleux que toi.

La chaleur et la gentillesse de Morgan parvinrent à dissiper les craintes de Zanai. Avoir une amie comme elle dans sa vie était une vraie bénédiction.

Elle était sur le point de le lui dire quand elle aperçut le sujet de leur conversation en train de pousser la porte du restaurant.

— Oh ! mon Dieu, Morgan. Est-ce que c'est toi qui as tout manigancé ?

— Manigancé quoi ?

Morgan se tourna brièvement, avant d'adresser un sourire radieux à Zanai.

— Morgan, insista-t-elle, est-ce que c'est toi qui as dit à Jayden de nous retrouver ici ?

— Non, pas du tout, répondit Morgan en secouant la tête. Mais j'aurais dû y penser. D'un coup, les choses vont devenir très intéressantes.

— Je ne crois pas, non, rétorqua Zanai, les dents serrées, en essayant de parler le moins fort possible.

Morgan allait dire quelque chose, mais elle n'en eut pas le temps, car Jayden se tenait déjà debout à côté de leur table, avec, aux lèvres, l'irrésistible sourire qu'il avait affiché pendant le bal. La seule différence, c'était que la moitié de son visage n'était pas dissimulée derrière un masque.

— Hello, les filles. Désolé d'interrompre votre repas, mais si Morgan avait quelques minutes à me consacrer, j'aurais un petit renseignement à lui demander.

Zanai se détendit légèrement. Il n'était pas là pour elle. Elle aurait dû être soulagée, et d'ailleurs, d'une certaine façon, elle l'était. Mais, plus que toute autre chose, ce qu'elle ressentait, c'était de la déception. Elle aurait aimé, se rendit-elle compte, qu'il la cherche partout.

Jayden enfila la main dans sa poche, puis la ressortit pour la tendre à plat devant Morgan.

— Saurais-tu, par hasard, à qui appartient ceci ?

Jayden fixait Morgan en attendant sa réponse. Dans ses yeux, il vit une petite lueur se mettre à crépiter. Il se prit alors à espérer. Peut-être allait-il bientôt retrouver sa Cendrillon.

— Oui, tout à fait.

Zanai, qui était en train de boire un grand verre d'eau, se mit à tousser.

— Est-ce que ça va, Zanai ? demanda-t-il par politesse.

Elle le regarda un long moment avant de répondre, ce qu'il trouva curieux.

— Oui, ça va. J'ai juste avalé de travers.

Il l'observa avec un peu plus d'attention. Avec ses longs cheveux noirs bouclés, sa peau à la fois foncée et lumineuse, il était difficile de ne pas s'incliner devant sa beauté. Une beauté qui l'interpellait, qui s'insinuait en lui, jusqu'à ce qu'il se sente totalement captif d'elle et incapable de faire quoi que ce soit d'autre que l'admirer.

Ce ne fut que lorsque Zanai baissa les yeux que le sortilège fut rompu. Jayden secoua la tête pour essayer de recouvrer ses esprits. Cela faisait une quinzaine d'années qu'il connaissait cette femme. C'était la première fois qu'il se sentait attiré par elle. La première fois qu'il remarquait à quel point la profondeur de ses yeux noirs était fascinante et à quel point son port de tête était gracieux.

Il avait toujours trouvé Zanai un peu trop froide à son goût. Presque à chacune des occasions où ils s'étaient vus, elle était plongée dans un livre, comme si elle ne voulait pas interagir avec les gens autour d'elle, comme si elle voulait instaurer une distance entre elle et le reste du monde. Sa tendance à être aussi sérieuse l'avait toujours laissé de marbre, donc à part « bonjour » et « au revoir », il ne lui avait jamais dit grand-chose.

Aujourd'hui, c'était différent. Elle ne le regardait pas de la même façon que d'habitude. C'était comme si elle le voyait enfin, et qu'enfin elle l'autorisait à la voir.

— Jayden, tu voulais savoir à qui appartenait cette boucle d'oreille, non ?

Jayden entendit à peine la voix de Morgan, tant il était captivé par le regard de Zanai. Il y avait entre eux une familiarité nouvelle, qui tranchait avec les rapports succincts et superficiels qu'ils avaient entretenus au fil des années. C'était si troublant qu'il avait du mal à se concentrer sur quoi que ce soit d'autre.

— Ah, oui…, répondit-il cependant, fermant les paupières pour se libérer de cette emprise. Pendant que nous dansions, elle…

En voulant observer le bijou, son attention fut attirée par un éclair lumineux au poignet de Zanai.

Elle portait un bracelet en rubis et diamants étrangement similaire à la boucle d'oreille qu'il tenait dans sa paume.

— C'était toi…

Cette dernière le regardait avec un mélange de crainte et d'incrédulité.

— C'était moi, qui ça ?

— Zanai, la femme en rouge, la mystérieuse reine, c'était toi.

Elle le fixait les yeux et la bouche grands ouverts, et Jayden comprit aussitôt qu'il ne se trompait pas. Elle tenta cependant de se ressaisir : elle secoua la tête et semblait prête à répliquer quelque chose, voire à démentir, mais quand il approcha la boucle du bracelet, ils surent tous les deux qu'il n'y avait rien à dire.

— Pourquoi t'es-tu enfuie comme cela ?

Il attendait sa réponse, mais elle paraissait incapable de formuler le moindre mot.

— Je ne me sentais pas bien et Zanai a eu la gentillesse de me raccompagner chez moi, intervint Morgan.

Sans quitter des yeux Zanai, qui avait l'air atterrée, il rétorqua :

— Il me semble pourtant t'avoir vue en compagnie de Ryan un peu plus tard dans la soirée. Mais peut-être est-ce que je me trompe… Je vais l'appeler pour lui poser la question, ajouta-t-il en faisant mine de sortir son téléphone de sa poche.

Morgan esquissa ce petit sourire nerveux qu'elle lui adressait déjà, enfant, quand elle jouait avec ses jeux vidéo sans lui avoir demandé la permission. Elle avait tenté quelque chose, mais cela n'avait pas fonctionné.

— Eh bien, s'inclina-t-elle, résignée, j'ai l'impression

que vous avez beaucoup de choses à vous dire, tous les deux. Je vais m'éclipser et vous laisser seuls.

Comme ils ne répondaient ni l'un ni l'autre, Morgan se leva en souriant et les regarda alternativement plusieurs fois.

— Je t'appelle un peu plus tard, Zanai.

Puis elle donna un petit coup de coude à Jayden.

— Tu as intérêt à bien te comporter avec elle.

Sans détacher les yeux de Zanai, il hocha la tête. Après sa fuite précipitée le soir du bal, il ne pouvait pas se permettre de la perdre de vue un seul instant. De toute façon, même s'il avait voulu détourner le regard, il n'en aurait pas été capable. Il y avait quelque chose chez elle qui l'aimantait. Quelque chose de primal, qui le remuait de l'intérieur, et qui le rendait extrêmement sensible au moindre de ses mouvements, même aussi infime qu'un battement de cils ou une respiration.

Il attendit quelques secondes après le départ de Morgan avant de s'asseoir en face d'elle.

— Jay… Jayden, bredouilla-t-elle. Tout ceci est une erreur.

Il leva la main pour, surtout, l'empêcher de poursuivre.

— L'unique erreur, c'est moi qui l'ai commise en te laissant t'en aller. J'ai besoin de savoir une seule chose, Zanai.

Elle déglutit, les yeux toujours écarquillés.

— Laquelle ?

— Pourquoi es-tu partie ?

Il l'observa en silence avant d'insister.

— J'ai besoin de savoir pourquoi tu as décidé de me fuir.

- 4 -

— Mr Lattimore, si vous vous joignez au Dr James, voulez-vous que je vous apporte le menu ?

Jayden détacha brièvement le regard du visage de Zanai pour se montrer poli et répondre à la serveuse qui s'était approchée de leur table.

— Non merci, répliqua-t-il. Je ne vais pas rester longtemps.

Quand ils furent de nouveau seuls, il tapota sur la table du bout des doigts en attendant que Zanai meuble le silence qui n'en finissait pas de durer.

— Comme je viens de le dire, je ne vais pas rester longtemps. Mais ça ne signifie pas que j'envisage de partir sans avoir eu ma réponse. Qu'est-il arrivé, il y a trois jours, Zanai ? Tu as passé la soirée à flirter avec moi, et après que je t'ai embrassée, tu t'es enfuie. À quel jeu jouais-tu ?

Elle ne portait aucun maquillage, mis à part un gloss rose qui lui rappela à quel point ses lèvres étaient une invitation au baiser. Simplicité et élégance étaient les deux mots qui la décrivaient le mieux. Elle était aussi belle au naturel que parée comme une reine. Comment était-il possible qu'il n'ait jamais remarqué auparavant à quel point elle était splendide ? Franchement, il aurait mérité des coups de pied aux fesses.

— Je ne jouais à aucun jeu.

Il leva un sourcil pour lui faire comprendre qu'il n'était pas dupe.

— D'accord, capitula-t-elle en posant les deux mains sur la table. C'était effectivement le cas, et je m'excuse de l'avoir fait à tes dépens. Je me suis laissé emporter, et après c'était trop tard.

— Emporter par quoi, exactement ? demanda-t-il en se penchant en avant. Je ne comprends pas bien ce que tu veux dire.

Elle fixa un point au hasard sur la table pour fuir son regard.

— Par la sensation d'être désirée, d'être convoitée, d'être considérée comme intéressante.

Elle haussa les épaules, et le regarda de nouveau. Il vit que ses joues s'étaient légèrement colorées sous l'effet de la gêne.

— D'habitude, les hommes comme toi ne regardent pas les femmes comme moi de cette façon. C'était très grisant d'être traitée ainsi et d'être l'objet de toutes ces attentions.

Il secoua la tête. Il y avait quelque chose qui le dérangeait dans son ton et cela l'agaçait de ne pas identifier de quoi il s'agissait.

— Les hommes comme moi, les femmes comme toi, de quoi est-ce que tu parles, Zanai ? On se connaît depuis des années.

— Oui, répondit-elle, mais durant tout ce temps, on n'a pas dû échanger plus d'une dizaine de mots. Même si nos meilleurs amis respectifs sont frère et sœur, on se connaît à peine, toi et moi. Jusqu'à ce que je me maquille, que je porte un masque et que j'enfile une longue robe rouge, tu savais à peine que j'existais.

Tu te rends compte : même en dansant avec moi, tu ne m'as pas reconnue.

Il se raidit sur sa chaise.

— Tu ne peux pas me reprocher ma légèreté sur la piste de danse pour ensuite te rabaisser. Ça n'a aucun sens, Zanai.

Elle mordilla sa lèvre inférieure, avant de l'humecter du bout de la langue, et il fut pris par l'envie soudaine de l'embrasser de nouveau.

— Je ne te reproche rien, et je ne me rabaisse pas non plus. J'expose un fait, c'est tout. Je ne suis pas ton type. Je ne suis pas le type de grand monde. Cela fait longtemps que je l'ai compris. L'espace d'une soirée, c'était agréable de me sentir « normale ». Je m'excuse de m'être laissé emporter. J'aurais dû réagir avant que tu ne m'embrasses.

Elle n'avait pas tort quand elle disait qu'elle n'était pas son type. C'était une intellectuelle, une chercheuse. Elle était très investie dans son travail, qui était prenant et difficile. Cela ne signifiait pas pour autant que les femmes intelligentes n'attiraient pas Jayden, bien au contraire. Mais le problème avec Zanai, c'était qu'avoir une vie sociale ne semblait pas l'intéresser.

Il avait toujours pensé que c'était parce qu'elle était timide mais, après avoir passé un peu de temps en sa compagnie au bal, il n'était plus certain que ce soit vraiment le cas. Peut-être se montrait-elle distante parce qu'elle pensait que, de toute façon, tout le monde allait la rejeter.

— J'accepte tes excuses si tu acceptes les miennes, déclara-t-il.

Elle fronça les sourcils, avant de lui adresser un regard interloqué.

— Et peux-tu me dire ce que tu as à te faire pardonner ? demanda-t-elle.

— De ne pas avoir vu à quel point tu étais magnifique jusqu'à il y a trois jours.

Elle écarquilla les yeux, puis cligna plusieurs fois des paupières. Il devait reconnaître que c'était assez satisfaisant de constater qu'il avait le pouvoir de la déstabiliser si facilement, elle qui était toujours si maîtresse d'elle-même, toujours si attentive, sérieuse et concentrée. Cela lui plaisait tant qu'il aurait aimé poursuivre ce petit jeu éternellement.

— Laisse-moi réparer mon erreur. Accepte de dîner avec moi, Zanai.

Elle ouvrit la bouche pour parler. Il lui fallut quelques tentatives avant de parvenir à articuler un son à peu près audible.

— Est-ce que tu es en train de me proposer un rendez-vous ?

— Tout à fait.

— Quand ?

Il se pencha et dégaina son fameux sourire, celui que sa grand-mère décrivait comme « plus suave que le sucre et le miel mêlés ».

— Le plus tôt sera le mieux. Ce soir.

Il était sur le point de se lever quand elle agrippa son bras pour le retenir. Malgré sa chemise à manches longues, il ressentit avec acuité la chaleur de ce contact.

— Jayden, tu ne peux pas m'inviter à dîner comme ça. Alors qu'on se connaît depuis quinze ans et qu'on ne s'est jamais intéressés l'un à l'autre. Ça n'a aucun sens.

Il faudrait qu'il se souvienne de ce spectacle : la calme et impassible docteure Zanai James agitée et hors de son élément. C'était délicieux à voir.

— Zanai, à seize ans, je n'aimais pas non plus les choux de Bruxelles. Ça ne veut pas dire que mes goûts n'ont pas évolué, maintenant que j'ai mûri, et que je suis un homme de trente et un ans. Tu es belle et intelligente, en plus d'être une professionnelle accomplie. Je ne vois pas pourquoi je ne pourrais pas m'intéresser à toi.

Elle secoua la tête.

— Tu as été attiré par un costume, Jayden. Pas par la femme qui le portait. Cette reine, ce n'était pas vraiment moi.

— Je n'y crois pas un seul instant.

Elle le fixa avec stupéfaction.

— Évidemment, répliqua-t-il, le costume, c'est ce qui a capté mon attention. Je ne pense pas avoir jamais vu spectacle plus magnifique que toi dans cette robe rouge. Mais c'est ta conversation et ton esprit qui m'ont donné envie de mieux connaître la personne qui arborait cette tenue.

Il plaça la main sur la sienne. Ce contact, pourtant bien innocent, suffit à mettre le feu aux poudres. Son désir s'embrasa.

— Je pense, poursuivit-il, que ce costume a été un révélateur pour toi. Un catalyseur, en quelque sorte. Il t'a donné la liberté de laisser s'exprimer ta vraie personnalité. Pour la première fois, la vraie Zanai est entrée en piste. Et pour être tout à fait franc, j'ai très envie de faire plus ample connaissance avec cette femme.

Il sourit de plus belle.

— Retrouvons-nous au Sheen, ce soir. La cheffe est

une amie. Je suis sûr qu'elle peut encore nous trouver une table, même si nous nous y prenons un peu tard.

— Est-ce que tu es vraiment sérieux ? demanda-t-elle, visiblement abasourdie. Tu as réellement envie de sortir avec moi ?

— Je suis on ne peut plus sérieux, dit-il en se forçant à afficher une mine sévère. D'ailleurs, est-ce que j'ai l'air de plaisanter ?

Après qu'il lui eut adressé un léger clin d'œil, sa bouche si sensuelle esquissa un petit sourire.

— Alors qu'en dis-tu ? insista-t-il.

— J'en dis que je suis d'accord…

— Je ne comprends toujours pas comment j'ai réussi à me laisser embarquer par toi dans cette histoire.

À l'autre bout du fil, Zanai entendit le petit rire de Morgan.

— Je n'étais même pas présente quand tu as accepté l'invitation de Jayden. Comment est-ce que ça pourrait être ma faute ?

— Si tu ne m'avais pas forcée à assister à ce stupide bal, on ne se serait jamais parlé, lui et moi.

— Faux, rétorqua Morgan, sûre d'elle. Tu es tout le temps chez moi ou avec quelqu'un de ma famille. Avec Jayden, vous auriez fini par vous parler un jour ou l'autre, c'est obligé. La seule différence, c'est qu'à cette soirée tu n'as pas pu aller te cacher dans ma chambre pour lui échapper.

— Je ne vois pas ce que tu veux dire. Je n'ai jamais cherché à échapper à Jayden. Ce n'est pas ma faute si on a si peu de points communs.

Certes, Jayden et elle avaient tous les deux des liens

forts avec la famille Grandin, mais cela ne faisait pas d'eux des amis pour autant. Ils étaient des amis d'amis, ce qui n'était pas du tout la même chose.

— En quinze années, Jayden m'a à peine remarquée. L'unique raison pour laquelle il s'intéresse à moi maintenant, c'est parce que tu m'as forcée à porter une robe qui me faisait une jolie poitrine.

Morgan poussa un lourd soupir, signe que Zanai commençait à abuser de sa patience.

— Au cas où tu ne le saurais pas, tu *as* une jolie poitrine. Même quand tu te dissimules sous un col roulé, ça se voit. Non, admets-le, la seule chose qui t'a rendue visible aux yeux de Jayden, c'est que tu l'as regardé dans les yeux et que tu lui en as dit un peu plus que ton habituel : « Salut, Jayden. » Tu lui as laissé voir ce que j'ai toujours su : que tu es quelqu'un de génial. Donc, arrête d'angoisser, sors et amuse-toi. Tu peux le faire. Et, surtout, tu as envie de le faire.

Zanai prit une longue inspiration puis expira lentement pour essayer de se calmer. Morgan avait raison. Elle en avait envie. Très envie.

Elle contempla de nouveau son reflet dans le miroir. La mode n'avait jamais été son fort. Elle ignorait les tendances. Néanmoins, elle devait reconnaître que la petite robe noire qu'elle portait, simple et droite, avec son encolure carrée et ses fines bretelles, mettait en valeur ses courbes modestes.

— Sois toi-même, et c'est tout, Zanai.

Si elle devait être elle-même, alors quelque chose manquait à sa tenue. Elle sortit un cardigan rouge de sa penderie et l'enfila. En s'observant dans la glace, elle se sentit aussitôt plus calme et maîtresse d'elle-même.

Ainsi, elle paraissait à l'aise, bien dans sa peau. Elle était élégante sans avoir l'air trop habillée. C'était mieux. Bien mieux.

Pour que ce rendez-vous ait une chance de se passer raisonnablement bien, il fallait en effet qu'elle soit elle-même. Elle-même, sans les aspects bizarres et réservés de sa personnalité, cela allait de soi. Non pas qu'elle ait honte de ces traits de caractère, mais force était de constater qu'ils faisaient souvent office de repoussoir. Or, se rendit-elle compte en souriant à son reflet, elle n'avait aucune envie de repousser Jayden.

Par ailleurs, les brefs moments où elle avait joué à la belle au bal costumé l'avaient épuisée. Ce n'était pas un rôle qu'elle pourrait tenir pendant toute une soirée. Ce soir, pour le pire ou pour le meilleur, Jayden Lattimore ferait la connaissance de la vraie Zanai James, quelle qu'elle soit.

— Morgan ?

— Oui.

— Merci de me forcer à trouver ma place dans le monde réel dans lequel nous vivons. Je sais qu'avec moi tu as du pain sur la planche, mais j'apprécie vraiment tout ce que tu fais pour moi. Quoi qu'il doive se passer, je ne regrette pas du tout d'être allée à cette réception. J'ai pu être Cendrillon le temps d'un bal. Qui n'en rêverait pas ?

— Voyez-vous ça ! s'exclama Jonathan en émettant un léger sifflement. Comme il est beau, mon petit frère.

Jayden venait d'entrer dans la cuisine, où se trouvaient Jonathan, appuyé contre l'îlot central en granit, mais aussi ses deux sœurs, Alexa et Caitlyn.

— Waouh !

Alexa avança vers Jayden et tourna autour de lui tout en le détaillant de la tête aux pieds.

— Tu arbores autre chose qu'un jean et des bottes de cow-boy ? Incroyable.

Elle observa d'un œil stupéfait la chemise unie, le blazer, le pantalon et les chaussures de ville qu'il avait enfilés.

— On peut savoir où tu vas, exactement ?

Jayden allait répondre quelque chose de spirituel mais, connaissant le sens de la repartie de son avocate de sœur, il préféra s'abstenir. Par ailleurs, elle avait des raisons d'être surprise : d'habitude, Jayden réservait ce genre de vêtements habillés aux mariages, aux enterrements et aux événements organisés par l'association des éleveurs du Texas.

Il travaillait pour le ranch familial. Au quotidien, sa tenue consistait donc en un T-shirt porté sous une chemise à carreaux ouverte, un jean et des bottes. Mais pour ce soir, hors de question qu'il s'habille comme tous les jours.

— Pour qui t'es-tu fait si beau ? demanda Caitlyn, qui s'était rapprochée à son tour.

— Tu es encore là, toi ? répliqua-t-il. Je croyais pourtant que tu avais une maison à toi. Avec l'homme qui va avec, d'ailleurs. Où se trouve Dev, au fait ?

— Il passe me chercher, il sera là dans quelques minutes, répondit-elle avec un grand sourire. Mais revenons à toi. Pourquoi ces efforts vestimentaires ?

Ce fut Jonathan qui répondit :

— Il a rendez-vous avec Zanai James.

— Zanai ? répéta Alexa en penchant la tête de côté

d'un air sceptique. L'amie de Morgan ? Tu sors vraiment avec elle ce soir ?

Jayden contourna ses sœurs et alla rejoindre Jonathan.

— Pourquoi cette question, Alexa ?

Elle haussa les épaules et échangea un regard entendu avec Caitlyn avant de se tourner vers lui.

— Ce n'est pas tout à fait ton type de femme, Jayden. Si ?

— Qu'est-ce que tu entends par là, exactement ?

Alexa n'avait pas froid aux yeux. Elle ne mâchait pas ses mots non plus, Jayden était donc certain qu'elle exposerait le fond de sa pensée en toute franchise. Mais pendant qu'il attendait que cette dernière réponde, il sentit quelque chose de sombre naître en lui : la certitude qu'il en voudrait beaucoup à quiconque oserait dire du mal de Zanai, même s'il s'agissait de sa propre sœur.

— Elle ne parle pas beaucoup et ne fait jamais rien qui puisse attirer l'attention sur elle. Elle est charmante, c'est certain, mais un peu réservée pour toi, non ?

Il sentit son corps se tendre en préparation d'une vive discussion, voire d'une dispute, qu'il n'avait pas envie d'avoir. En temps normal, il se serait contenté d'ignorer Alexa. Mais ce soir, ses remarques l'agaçaient tant qu'il ne pouvait les laisser passer.

— Attention à ce que tu dis, Alexa, la mit-il en garde.

Sa sœur leva les mains en signe de capitulation et avança vers lui.

— Hé, fit-elle d'une voix plus douce, ce n'est pas une attaque contre Zanai. C'est juste une constatation : d'habitude, tu ne sors pas avec des filles discrètes. Tu les aimes bruyantes, impétueuses et prêtes à tout pour s'amuser. Même si je connais peu Zanai, je suis certaine qu'elle n'est pas comme ça.

Jayden, calmé par ces explications, hocha la tête.

— Tu as raison, d'ordinaire elle est assez renfermée. Mais j'ai pu avoir un aperçu de la personne drôle qu'elle est. J'ai le sentiment que tout au fond d'elle-même se cache la vraie Zanai, une femme pleine de piquant, et tout sauf timide.

— Donc, ton plan, c'est de creuser jusqu'à trouver la vraie Zanai ? demanda Caitlyn.

— Oui, confirma-t-il. Je crois qu'elle a juste besoin que quelqu'un l'encourage et lui apprenne à s'amuser.

Son frère se mit à ricaner pendant que ses sœurs gémissaient à l'unisson.

— Et laisse-moi deviner, reprit Alexa, tu es ce quelqu'un ? Tu es celui qui va lui enseigner comment devenir l'une des femmes les plus cool de Royal ?

Il acquiesça. C'était exactement ce qu'il avait prévu.

— Vraiment ? continua Alexa d'une voix agacée, en secouant la tête. Qu'est-ce que c'est ? Une nouvelle version du mythe de Pygmalion ? On ne peut pas changer une personne comme ça, d'un claquement de doigts, Jayden. Et je ne suis pas sûre que Zanai ait envie de sortir avec un homme qui souhaite la transformer en une femme qui corresponde davantage à ses standards.

Il comprenait les arguments d'Alexa mais, dans son esprit, son plan ne lui avait pas paru aussi vain et égoïste.

— N'essaye pas de me faire croire que les femmes n'agissent pas de la même façon. Combien de fois est-ce que je vous ai entendues parler, Caitlyn et toi, d'amies à vous qui faisaient tout leur possible pour changer en mieux leur compagnon ?

Sa sœur plissa les yeux et pointa vers lui un doigt acéré comme une dague. S'il avait été intelligent – ce que de toute évidence il n'était pas puisqu'il essayait de tenir tête à ses deux sœurs à la fois – il se serait tu, il aurait emprunté les clés de voiture de son frère comme il avait l'intention de le faire et serait parti rejoindre Zanai. Mais aujourd'hui, visiblement, il avait choisi la stupidité.

— Laisse-moi te dire une chose, cher grand frère.

Il se raidit intérieurement. Quand Alexa commençait comme cela, c'était mauvais signe.

— Lorsqu'une femme essaye de faire changer un homme, il se prête volontiers au jeu, car il veut lui faire plaisir, et les améliorations portent souvent sur des critères extérieurs comme sa garde-robe ou son statut social. Là, ce dont tu parles, c'est de changer fondamentalement la personnalité de quelqu'un afin que ce quelqu'un soit digne de toi et corresponde à tes goûts. Ce n'est pas du tout la même chose.

Caitlyn acquiesça et se rapprocha de sa sœur.

— Alexa a raison, Jayden. Zanai n'est pas un morceau d'argile que tu pourrais modeler à ta guise. C'est une vraie personne. Si elle ne te plaît pas comme elle est, le mieux c'est sans doute que tu passes ton chemin. Sinon tu risques de la faire souffrir, car personne n'aime se sentir indigne ou pas suffisamment bien pour quelqu'un d'autre.

Il y avait quelque chose dans le ton de Caitlyn qui amena Jayden à s'interroger. Avait-elle personnellement fait l'expérience de ce dont elle parlait ? L'idée qu'on ait pu dénigrer sa sœur et mal la traiter lui était très pénible. Heureusement, maintenant Caitlyn avait Dev, qui la traitait comme une princesse.

Se rendait-il compte de l'hypocrisie de sa réaction ? Parfaitement. Mais c'était son droit en tant que frère aîné de se montrer protecteur envers ses plus jeunes sœurs quelles que soient les circonstances.

— Merci pour la petite leçon de morale, mesdames. Cependant, si je suis entré dans cette pièce, c'est uniquement pour récupérer les clés de la Bentley de Jonathan. Si je m'attarde ici avec vous, je ne serai pas à l'heure à mon rendez-vous.

Son frère lui lança ses clés, qu'il rattrapa au vol tout en se dirigeant vers la porte. Au moment où il s'apprêtait à quitter la cuisine, il entendit la voix d'Alexa.

— Zanai est une personne, Jayden, pas un projet. Tâche de t'en souvenir quand tu essayeras de changer son caractère pour qu'elle soit digne de toi.

Il fit semblant de ne pas entendre et poursuivit son chemin dans le couloir, puis jusque dans l'entrée. Alors qu'il sortait, il se demanda une seconde s'il ne ferait pas mieux de tout annuler. À ce moment précis, son téléphone vibra dans sa poche. C'était un message de Zanai.

Je pars. Hâte de te retrouver au restaurant.

Son estomac se contracta. Ses sœurs avaient raison. Cette femme était bien trop innocente pour quelqu'un comme lui. Mais l'idée qu'elle puisse l'attendre avec impatience flatta son ego d'une façon démesurée. C'était assez nul de sa part, il ne le niait pas. Mais ce qui aurait été encore plus nul, ç'aurait été de manquer cette occasion de passer un peu de temps avec la magnifique Zanai James.

Il tapa un message rapide avant de rejoindre la voiture de son frère.

Génial. Hâte de te voir moi aussi.

- 5 -

Zanai était tranquillement assise au bar du restaurant. Elle était légèrement en avance et la table réservée par Jayden n'était pas encore prête.

Aurait-elle fait preuve d'un peu trop d'empressement ?

On aurait presque pu la croire désespérée. Le rendez-vous n'avait pas encore commencé et elle se comportait déjà de façon étrange.

Une erreur. Tout ceci était une erreur.

Elle se leva, avec l'intention de quitter le restaurant et de disparaître avant l'arrivée de Jayden. Cependant, à l'instant où elle se tourna vers la porte, elle vit sa silhouette bien charpentée se découper en contre-jour dans l'entrée. Aussitôt, sans qu'elle ne puisse rien faire contre cela, ses pieds refusèrent d'obéir aux ordres pourtant insistants lancés par son cerveau.

— Zanai.

La voix de Jayden était une caresse. Elle n'y résista pas. Il la regarda longuement et elle sentit ses yeux effrontés passer en revue chaque partie de son corps.

— Tu es… magnifique.

Ce dernier mot flotta un moment dans les airs pendant qu'il continuait son inspection, en se léchant les lèvres avec ce qui ressemblait à de la délectation.

— M… merci.

Elle s'éclaircit la gorge, avec l'espoir de faire passer

son bredouillement pour la conséquence d'une quinte de toux inopinée et contenue avec peine, plutôt que pour la manifestation de la nervosité qui la dévorait.

— J'espère que ça ne fait pas trop longtemps que tu m'attends.

Elle secoua la tête.

— Je suis arrivée il y a à peine cinq minutes. Je suis d'une ponctualité maladive, donc il ne faut pas t'inquiéter.

Il ne répondit pas. Pas verbalement en tout cas. À la place, il la scruta de bas en haut une nouvelle fois, d'un air avide. Et si elle ne se faisait pas de fausses idées, c'était elle qui semblait le mettre à ce point en appétit.

Zanai n'avait pas eu beaucoup d'hommes dans sa vie. Elle était sortie avec quelques-uns, mais elle n'avait jamais connu de relation sérieuse. Quoi qu'il en soit, c'était la première fois qu'un homme la regardait avec un tel désir. La sensation était si puissante que Zanai ressentit un léger étourdissement.

— Mr Lattimore, c'est un plaisir de vous revoir dans notre établissement, dit un employé en costume qui rompit le charme en s'approchant. Votre table est prête. Si vous et madame voulez bien me suivre…

Jayden se contenta de hocher la tête, et posa la main dans le dos de Zanai. C'était un geste banal, qu'il avait sans doute répété des milliers de fois avec toutes les femmes de sa connaissance sans y prêter attention. Pour Zanai en revanche, c'était tout sauf anodin, et ce contact électrisant produisit comme un court-circuit dans son cerveau.

L'employé du restaurant les installa à l'écart, dans un endroit tranquille où la lumière tamisée renforçait l'impression d'intimité. C'était une bonne chose. Zanai n'avait surtout pas envie que toute la ville se mette à bruisser de folles rumeurs à propos de ce qui se passait entre Jayden et elle.

Aussitôt assise, elle s'adressa de vifs reproches. Il ne se passait rien du tout entre eux. Jayden était fasciné par une robe, un maquillage et une jolie coiffure. Sans cela, il se lasserait vite d'elle, comme tout le monde avant lui.

— Tout va bien ?

Elle commença par percevoir sa voix, puis ce fut la chaude sensation de sa large paume enveloppant sa main. La tiédeur bienfaisante traversa sa peau, pénétra jusqu'à son sang et se diffusa dans l'ensemble de son corps. C'était un peu comme boire un bon thé fumant après une journée particulièrement froide.

— Oui, répondit-elle en faisant un effort pour se ressaisir. Pourquoi est-ce que tu me poses la question ?

Il détailla longuement son visage avant de se prononcer.

— Je ne sais pas. Par rapport au bal, je te trouve différente.

Les drapeaux rouges que sa peur avait essayé d'agiter pour la mettre en garde se mirent à claquer au vent. Elle s'y attendait. Toute personne normalement constituée aurait tôt ou tard fait cette remarque.

— Le bal était une illusion. Parée d'une superbe robe, j'ai dansé avec le prince convoité par toutes les jeunes filles à marier de Royal. Mais aux douze coups de minuit, le sort lancé par ma marraine la fée a cessé d'opérer et je suis redevenue pauvre souillon. C'est ainsi que les choses se passent dans les contes de fées. Pourquoi es-tu si surpris ?

Elle attendit le silence gêné qui ne manquait jamais de s'installer dès que les gens comprenaient qu'elle ne maîtrisait pas tout à fait ni les codes ni l'art de la conversation. Mais à sa grande surprise, Jayden n'eut aucun mouvement de recul. À la place, il se contenta de hocher la tête.

Au début, elle crut qu'il était d'accord avec elle, et une légère tristesse remplaça la douce allégresse qui l'avait habitée toute la journée. Mais quand ses iris noirs se firent espiègles et que ses lèvres esquissèrent un sourire malicieux, elle se rendit compte qu'il n'était pas du tout de son avis.

— C'est n'importe quoi !

Elle écarquilla les yeux, mais pas tant à cause de la virulence de son exclamation que de son attitude. Il s'était en effet penché en avant et, tout en la fixant, il caressait doucement sa main.

— Qu'est-ce qui est n'importe quoi, au juste ? demanda-t-elle en essayant de se concentrer sur tout sauf cette main délicieusement captive de la sienne.

— Que tu sois redevenue souillon. Ce que j'ai vu en toi le soir du bal ne peut pas être une illusion. Je crois au contraire que c'était la vraie Zanai James qui, enfin, réussissait à s'échapper de la prison où tu la tiens enfermée depuis beaucoup trop longtemps.

Elle avait passé de longues années à apprendre à conserver un visage impassible en toutes circonstances. Mais dans cette situation particulière, sous le regard pénétrant de Jayden, elle éprouvait toutes les peines du monde à ne rien laisser paraître de sa stupeur.

— Tu sais, Jayden, si je ne te connaissais pas, je pourrais presque penser que tu es docteur en psychologie, toi aussi. L'analyse que tu viens de proposer est vraiment d'une grande finesse. C'est remarquable.

— Moque-toi ! Mais de ton côté, tu y vas également avec tes gros sabots. Cette tactique d'autodénigrement ne peut tromper personne.

— Et pourtant, il faut te rendre à l'évidence : je ne suis pas la femme avec laquelle tu as passé une partie de la soirée au bal masqué. Et ce pour la simple raison qu'elle n'existe pas.

Il se cala dans son siège, mais sans cesser de passer son pouce sur le dos de sa main. Elle s'était habituée à ce contact léger et régulier, qu'elle trouvait maintenant très apaisant.

— Désolé de le dire, mais je ne suis absolument pas d'accord.

Il sourit plus franchement, et elle ne put s'empêcher de sourire à son tour.

— Vraiment ?

— Vraiment. En fait, pour ma part, je pense que cette femme existe pour de bon. Je crois même qu'elle correspond à qui tu es réellement. Je ne comprends pas bien pourquoi, mais il semblerait que tu t'efforces de donner une image de toi qui n'est qu'une pâle copie de ce que tu es pour de vrai.

Elle feignit un geste d'impuissance.

— On dirait que tu m'as percée à jour. Comment allons-nous occuper le reste de la soirée si tu as découvert tous mes petits secrets au bout de dix minutes ?

Il se pencha vers elle, et lui adressa un sourire canaille, avant de porter la main de Zanai à sa bouche et de l'embrasser délicatement.

— Ne t'inquiète pas.

Ses yeux brillaient d'une passion contenue et elle dut se rappeler qu'ils se trouvaient dans un endroit public tant l'intensité de son regard était l'étincelle susceptible de mettre le feu aux poudres.

— Je trouverai bien une idée, j'en suis certain.

Elle déglutit à grand-peine, afin de se débarrasser de ce nœud dans la gorge qui l'empêchait de prononcer le moindre mot.

— Ta théorie, selon laquelle il y aurait une princesse qui vivrait en moi et que je garderais prisonnière, est infondée. Au risque de te décevoir, je suis banale, prévisible et ennuyeuse.

— Et si c'était toi qui te trompais ? demanda-t-il avec une conviction qui ébranla Zanai. Par ailleurs, je tiens à préciser que je ne pense pas qu'il y a une princesse en toi. Ce que je pense, c'est que tu es une reine. Point.

En tous les cas, Jayden était doué pour dire à une femme ce qu'elle voulait entendre, car même Zanai ne pouvait nier qu'elle aurait eu très envie que tout ceci soit vrai.

— Une reine qui n'ose pas encore s'affirmer, poursuivit-il, mais une reine quand même.

Elle ouvrit la bouche pour protester, mais il ne la laissa pas parler.

— Écoute d'abord ce que j'ai à dire, ensuite tu pourras contester ma théorie si tu le souhaites. Selon moi, si la reine s'est révélée le soir du bal, c'est parce que ton côté altier et majestueux a eu l'opportunité de s'exprimer librement. À partir de ce moment-là, la réalité a éclaté au grand jour et tout le monde, à commencer par moi, n'a pu être que subjugué.

Zanai devait reconnaître qu'elle préférait l'hypothèse de Jayden à la sienne. Néanmoins, en aucun cas elle ne pouvait y souscrire. Elle se connaissait trop bien pour cela.

— Si je comprends bien, parce que je portais un habit de reine et que je me sentais reine, les gens m'ont traitée comme telle ? Très séduisant, comme théorie, mais je n'y crois pas. Trop tiré par les cheveux.

— Pourtant c'est la vérité. Et si tu me laisses faire, je suis certain de connaître un moyen pour que Sa Majesté puisse réapparaître.

Elle secoua la tête. Ce qu'il était en train de dire n'avait aucun sens. Cependant, ses mots avaient éveillé quelque chose en elle, quelque chose de suffisamment vif et piquant pour qu'elle s'y attarde. Là où il y avait eu une réserve silencieuse brûlait désormais un espoir nouveau. Un espoir qu'elle n'était pas certaine de pouvoir ignorer longtemps, surtout si Jayden continuait de la regarder avec ce sourire irrésistible et ces yeux ardents.

Elle s'éclaircit la gorge.

— J'ai bien peur que tu ne sois très déçu à la fin de cette soirée.

— J'en doute, répliqua-t-il.

Il était un bloc de conviction et d'assurance. Jayden était certain de ce qu'il avançait. Il ne jouait pas.

— Et après le dîner, j'ai prévu de te convaincre de m'accompagner chez moi afin que je puisse te prouver à quel point j'ai raison.

Elle le fixa avec stupeur. Ce n'était pas parce qu'elle se sentait offensée. Au contraire. Elle était tentée par sa proposition et elle espérait secrètement qu'il voyait juste.

— Quel spectacle magnifique. Il y a beaucoup d'étoiles ce soir.

Jayden était appuyé contre la rambarde du balcon de l'appartement qu'il possédait dans le centre de Royal, observant Zanai en train de scruter le ciel.

— J'adore la vie au ranch. Le grand air, le travail manuel, les tâches éreintantes : j'ai tout ça dans le sang. Mais j'aime aussi beaucoup les nuits en ville. C'est un spectacle que je trouve très apaisant.

Zanai sourit de façon délicieuse.

— J'ai eu énormément de mal à me faire au calme de la nuit quand j'ai quitté Brooklyn pour m'installer ici. C'est même la chose à laquelle j'ai mis le plus de temps à m'habituer. Je n'arrivais pas à dormir à cause du chant des criquets.

Elle contemplait toujours le ciel, mais Jayden vit son sourire disparaître peu à peu.

— Nous avons emménagé ici peu de temps après la mort de ma mère. Je pense que la vraie raison de mes insomnies, c'était cela plutôt que les criquets, mais quand même… Ces vilaines petites bêtes m'empêchaient de dormir. C'est pour ça que, à chaque fois que mon père partait en voyage d'affaires, je le suppliais de m'emmener avec lui. À Tokyo, Paris ou Londres, je retrouvais ce bruit de fond continu qui m'apaisait.

— Je ne savais pas que tu avais tant voyagé.

— C'est vrai que j'ai vu du pays. Et c'est en partie pour cela que je ne me suis jamais liée avec personne à Royal, à part Morgan. Je n'étais pas souvent là. Je voulais toujours être avec mon père. À l'époque, il ne s'était pas encore remarié, alors il était d'accord pour que je l'accompagne.

— Et l'école, alors ?

— Ses affaires commençaient à bien marcher. Il

n'était pas aussi riche que maintenant, mais il pouvait se permettre d'engager des professeurs particuliers pour sa fille. De cette façon, même à l'étranger, je pouvais étudier.

Elle le regarda. Même si elle se forçait à sourire, il vit l'ombre qui avait soudain obscurci ses traits.

— Ce n'était pas si horrible que ça, contrairement à ce que tu as l'air de penser. À dix-huit ans, j'avais déjà fait le tour du monde et j'avais appris à parler de nombreuses langues étrangères sans avoir eu besoin pour cela d'ouvrir le moindre livre. À dire vrai, la seule chose qui me manquait vraiment en voyage, c'était Morgan.

Debout dans le clair de lune, elle était d'une beauté à couper le souffle. Mais ce qui touchait le plus Jayden, c'était cette grâce stoïque dont elle faisait preuve pour lui cacher sa tristesse. Cela lui donna envie de chasser les nuages sombres qui planaient au-dessus d'elle.

Il plaqua derrière son oreille une mèche de cheveux rebelle qui voletait dans la douce brise nocturne.

— Avec un peu de chance, j'arriverai à te convaincre qu'il n'y a pas que Morgan qui vaille le coup dans cette ville.

Elle se tourna vers lui. Son regard transperça ses lignes de défense et s'insinua jusqu'à des parties secrètes de lui qu'il n'avait jusqu'ici dévoilées à aucune femme. D'habitude, ce qu'il recherchait chez les femmes, c'était avant tout la distraction. Ses rapports avec le sexe opposé étaient toujours restés superficiels, mais avec Zanai il sentait déjà qu'ils étaient entrés dans une autre dimension, plus profonde et sérieuse.

— Ah oui ? Et en dehors de Morgan, peux-tu me dire ce qu'il y a d'intéressant dans cette ville ?

— *Ce* qu'il y a d'intéressant, je ne sais pas, mais *qui* il y a d'intéressant, en revanche, oui, je peux. Morgan est ton amie. Avec un peu de veine, il reste une petite place dans ta vie pour un nouvel ami comme moi.

Elle laissa échapper un rire cristallin, ce qui conféra à ses traits une douceur qu'il n'avait pas encore eu le loisir d'observer depuis le début de la soirée.

— Nous nous connaissons depuis quinze ans. Cela exclut que tu puisses être pour moi un *nouvel* ami.

— Nous nous sommes très peu vus au cours de ces quinze années, Zanai. Nous avons des connaissances communes, mais nous ne pouvons pas nous considérer comme amis. Reconnais-le, nous ne nous sommes jamais laissé la chance d'apprendre à nous connaître. Je pense que ce serait amusant d'essayer maintenant.

Elle regarda de nouveau vers l'horizon, comme si elle avait besoin d'une pause ou d'instaurer un peu de distance. Il comprenait très bien. Si elle ressentait le même désir et la même force d'attraction que lui, il était sans doute plus prudent de rompre le charme de temps en temps.

— L'amusement semble être un des moteurs de ton existence. À Royal, tu as la réputation d'être quelqu'un qui sait profiter de la vie.

Elle se tourna vers lui et le fixa un instant, avant de baisser légèrement les yeux. Il savait que ce n'était pas fortuit. Tout ce que Zanai faisait ou disait était toujours calculé et intentionnel. Ses mots étaient soigneusement choisis et pesés. Même quand elle portait un masque, ses paroles étaient aussi précises que le scalpel d'un chirurgien. Il ne fallait donc pas ignorer ce regard, malgré sa brièveté. Le docteur James était en train de le jauger.

— Ma chère, j'assume pleinement cette réputation. Dans cette ville, je pense même être la personne qui sait le mieux profiter de la vie. D'ailleurs, si tu veux, je peux t'apprendre comment faire.

— Donc, tu ne me proposes rien de sérieux. Tout ce que tu veux, c'est t'amuser, c'est bien ça ?

Il s'approcha, car il avait vu dans ses prunelles quelque chose d'indéfinissable qui lui donnait envie d'être tout près d'elle. Il leva la main, la posa sur sa joue, et la caressa doucement. C'était un geste qu'il avait accompli des centaines de fois. Mais quand Zanai ferma les yeux et s'appuya contre sa main, tout lui parut absolument neuf.

Il savait depuis le début qu'avec elle rien ne serait comme avec ses autres conquêtes. C'était en partie dû au fait qu'ils avaient des amis communs : les Grandin. Pour cette raison, il devait procéder avec prudence. Il n'avait aucune envie que Morgan lui en veuille parce qu'il avait brisé le cœur de sa meilleure amie.

— Zanai, je ne suis pas un play-boy. Je ne cherche pas à multiplier les aventures et je ne me comporte pas mal avec les femmes. Si je faisais ça, ma grand-mère, ma mère et mes sœurs ne me le pardonneraient pas, et crois-moi, je ne souhaite vraiment pas déchaîner leur colère. Mais quand je rencontre une femme qui me plaît et qu'elle a envie de s'amuser un peu, alors je fais tout pour qu'on passe ensemble le meilleur moment possible.

Elle lui adressa un sourire amusé et, au grand soulagement de Jayden, la tension baissa d'un cran.

— Es-tu proche des femmes de ta famille ? Le peu que je vous ai vus tous ensemble, j'ai toujours eu l'impression que vous vous entendiez très bien.

— Oui, nous sommes tous extrêmement soudés. Mes grands-parents, mes parents, mon frère, mes sœurs et moi.

Parfois, c'était un peu les Lattimore contre le reste du monde. Heureusement, ces liens très forts ne les empêchaient pas d'avoir des amis proches, comme les Grandin par exemple ; mais au sein du cercle familial, le soutien mutuel et inconditionnel était de rigueur, dans toutes les circonstances de l'existence.

— Même si mon frère et mes sœurs peuvent se montrer très pénibles, je ne pourrais pas envisager ma vie sans eux. Mais tu as des sœurs, donc je suis sûr que tu sais de quoi je parle.

— Je ne dirais pas exactement ça.

La distance qu'il vit dans ses yeux éveilla aussitôt son inquiétude.

— J'ai quinze ans de plus que mes demi-sœurs.

— Tes « demi-sœurs » ? Qui fait encore ces distinctions de nos jours ?

Ce ne fut qu'après avoir parlé qu'il se rendit compte que ses mots avaient pu paraître insensibles. Il aurait aimé changer de conversation au plus vite, mais le voile de tristesse qui assombrissait le regard de Zanai l'en empêcha.

— Ma belle-mère, par exemple.

Elle avait répondu sur un ton neutre et détaché, mais il ne se laissa pas abuser par cette feinte indifférence.

— Vous ne vous entendez pas, ta belle-mère et toi ?

Elle détourna pudiquement le regard.

— Ce n'est pas ce que tu crois. Nous ne sommes pas des ennemies mortelles, loin de là. C'est juste que je n'ai jamais été sa priorité. Je lui rappelle constamment qu'il y a eu une première Mrs James avant elle, et elle n'aime pas du tout jouer les seconds rôles. Mon père et elle sont centrés sur la famille qu'ils ont fondée ensemble. Je n'ai jamais vraiment trouvé ma place dans ce cercle.

De nouveau, son ton était très neutre, comme si elle était en train de commander un sandwich plutôt que d'évoquer les aspects dysfonctionnels de sa famille.

— À t'entendre, on a l'impression que c'est ta faute. Je me souviens d'avoir entendu Morgan dire que tu avais perdu ta mère à l'âge de douze ans et que, un an après, ton père s'était déjà remarié. Les adultes de ton entourage auraient dû voir à quel point c'était difficile pour toi.

Elle changea de jambe d'appui, posa ses avant-bras sur la rambarde et serra fort les mains, dans ce qui semblait être une tentative pour contenir les émotions susceptibles de faire surface.

Ce n'était pas une conversation facile. Jayden se montrait indiscret, il en avait parfaitement conscience. Mais ce besoin qu'il ressentait de la connaître, de tout savoir d'elle, le poussait à insister.

— Je ne pense pas qu'il y ait une intention de me mettre à l'écart. Je suis quelqu'un d'un peu particulier et ma belle-mère n'a jamais réussi à me comprendre. J'étais une enfant très effacée et je n'accordais aucune attention aux choses auxquelles, selon Estelle, ma belle-mère, une fille de mon âge aurait dû s'intéresser. C'était plus simple pour elle de me laisser dans mon coin avec mes livres et de s'employer à faire de ses filles des créatures parfaitement intégrées dans la société.

— Tu as dû avoir une enfance très solitaire.

Il se tourna et appuya son dos contre la rambarde pour mieux regarder Zanai. Elle affichait toujours cet air impassible.

— C'est vrai, mais grâce à cette solitude, j'ai appris comment exister quand on est invisible aux yeux de tous. Morgan est la seule personne qui m'ait jamais vue et aimée pour qui je suis vraiment. Je ne sais pas ce que je serais devenue si elle n'avait pas été là pour me répéter qu'il était tout à fait possible et autorisé de préférer la lecture aux sorties.

— Et Sanford, que dit-il de tout cela ?

Son père était un requin de la finance qui avait amassé autant d'argent que certaines des plus anciennes et riches familles de Royal.

— Pas grand-chose, répondit-elle. Sa vie serait plus facile si je rentrais aussi bien dans le moule social que mes sœurs. Il ne s'est jamais montré très tolérant vis-à-vis de la fillette sensible et renfermée que j'étais, celle qui voulait qu'on la laisse tranquille avec ses livres. Il ne me comprend pas. Il ne comprend ni mes centres d'intérêt, ni mes choix de carrière…

— Attends, l'interrompit Jayden. Tu as un doctorat. Comment cela pourrait-il être un problème pour lui ? Sanford me semble être quelqu'un qui aime se mettre en avant. J'imagine donc qu'avoir un enfant docteur doit être pour lui une grande source de fierté.

— Si j'étais le bon type de docteur, il serait peut-être fier, oui.

— Comment ça, le bon type ?

Elle soupira, et lui adressa un petit sourire triste en le regardant dans les yeux.

— Je suis docteure en psychologie, et pas en médecine. Donc, pour lui, je ne suis pas un vrai docteur. Et même en tant que psychologue, que j'aie choisi d'être thérapeute plutôt que chercheuse est synonyme d'échec intellectuel à ses yeux.

Instinctivement, Jayden serra les poings. Que quelqu'un ose traiter Zanai de la sorte le mettait hors de lui. Il suffisait pourtant de parler cinq minutes avec elle pour prendre la mesure de son intelligence. Que son propre père refuse de le reconnaître lui semblait un non-sens absolu.

En même temps, ce n'était pas non plus une surprise. Sanford James avait une forte personnalité, et il ne paraissait pas connaître la demi-mesure. Il avait des opinions très tranchées et n'hésitait jamais à dire ce qu'il pensait. Il y avait même quelque chose chez lui qui pouvait laisser supposer qu'il se considérait comme au-dessus de tout, des lois comme du reste du monde.

Les quelques fois où Jayden l'avait croisé, il avait été loin d'être séduit par le personnage, qui l'avait laissé plutôt froid. Assez curieusement, apprendre qu'il se montrait si dur et injuste vis-à-vis de Zanai le faisait bouillir.

— Tu es une brillante psychologue et ton père devrait être fier de ce que tu as accompli. Le travail que tu réalises à la clinique, ces soins que tu prodigues aux enfants issus de milieux défavorisés, c'est très important, Zanai. Ne laisse personne te dire le contraire.

Elle haussa les épaules.

— Ces reproches qu'il m'adresse ne datent pas d'aujourd'hui, et je ne pense pas qu'il y ait un moyen d'y changer quoi que ce soit. Je m'y suis faite. Ça ne m'atteint plus.

Elle lui adressa un grand sourire.

— Mais ne parlons plus de tout ça. Avant que la conversation ne dévie, tu n'étais pas en train de me dire que tu maîtrisais comme personne l'art de savoir profiter de la vie ?

Il lui rendit son sourire.

— J'ai compris, tu préférerais changer de sujet. Je m'excuse, je ne voulais pas gâcher l'ambiance…

— Ne t'inquiète pas. Je suis contente d'avoir pu te parler de tout ça. Je n'ai pas souvent l'occasion de me confier à propos de questions aussi intimes à quelqu'un d'autre que Morgan. Néanmoins, je mentirais si je prétendais que je ne suis pas intriguée par ta proposition de me faire passer un bon moment. Si elle tient toujours…

— Évidemment. Mais avant toute chose, je veux être sûr qu'on soit bien sur la même longueur d'onde tous les deux.

— Laisse-moi deviner.

Elle lui adressa un regard si intense qu'il se sentit brûler de l'intérieur.

— C'est juste pour s'amuser et tu ne veux surtout pas t'engager ?

En effet, c'était ce qu'il avait prévu de dire. Comme toutes les fois où il s'était retrouvé dans cette situation avec d'autres femmes. Néanmoins, entendre ces mots de la bouche de Zanai lui procura une sensation étrange, presque déplaisante.

— Ne t'inquiète pas, poursuivit-elle. Je suis une grande fille. Je cherche moi aussi à m'amuser, et c'est tout.

Elle n'avait pas du tout parlé sur un ton froid. En fait, la chaleur de son regard et son grand sourire firent bouillir le sang de Jayden dans ses veines. Mais au fond de lui, il aurait voulu être celui qui donne à Zanai envie de plus. Parce qu'il avait conscience qu'elle recelait en elle quelque chose de spécial, comme un trésor que tout homme serait chanceux de pouvoir posséder.

Il était sur le point de le lui dire, quand il se rappela que Zanai était la meilleure amie de la sœur de son ami d'enfance. S'il n'y prenait pas garde, la situation pourrait vite devenir très compliquée.

Il la regarda dans les yeux, bien décidé à vivre l'instant présent et à passer à l'action. Dans l'absolu, il aimait autant rester prudent et lui laisser supposer qu'il n'y avait rien à attendre de lui plutôt que lui donner de faux espoirs. Mais quand il se pencha vers elle et posa ses lèvres sur les siennes, il sut que les choses ne seraient pas aussi simples que cela.

Au début, elle se montra hésitante. Pour certains hommes, cela aurait pu passer pour un manque d'expérience. C'était peut-être le cas. Il ne se souvenait pas l'avoir jamais croisée en galante compagnie. Néanmoins, il interpréta cette retenue comme de la prudence. Comme si, pour une raison qui lui échappait, elle ne voulait pas se donner entièrement.

Et il n'était pas d'accord. Pas depuis qu'il avait goûté au contact de sa peau contre la sienne. Ce qu'elle consentait à lui offrir, ce n'était pas assez.

Il passa un bras autour de sa taille pour l'attirer contre lui, avant de poser la main à la base de son cou. Il attendit un instant qu'elle s'habitue à sa présence et, comme elle ne montrait aucun signe d'inconfort, il la serra encore plus fort et l'embrassa avec davantage de fougue.

Il contrôlait parfaitement la situation jusqu'à ce qu'elle noue les mains autour de son cou et l'attire si près d'elle qu'on aurait à peine pu glisser une feuille de papier entre eux. Et quand elle gémit, comme si elle était en train de vivre l'expérience la plus délicieusement décadente de son existence, il perdit complètement pied. Il voulait sentir plus, goûter plus de l'exquise créature qu'il tenait entre ses bras.

Au prix d'un effort surhumain, il se détacha d'elle. Aussitôt, ses poumons, longtemps privés d'air, se gonflèrent.

— Jusqu'où exactement veux-tu aller dans l'amusement ce soir, Zanai ? demanda-t-il.

Il passa dans ses beaux yeux un brûlant éclair de défi qui embrasa l'air déjà chaud de la nuit texane. Il ne put s'empêcher de lui adresser, en retour, un sourire coquin et entendu. Ce regard, il y avait déjà eu droit au bal masqué, et il était ravi de le retrouver.

— Jusqu'où tu voudras bien m'emmener.

Rien que cela ! La femme qu'elle cachait au reste du monde venait de faire irruption devant lui. Parfait : il mourait d'envie de faire plus ample connaissance avec elle.

Son envie se traduisit par une érection qu'il ne parvint pas à contenir. Tant pis pour les bonnes manières, il se moquait bien que le trouble qu'elle avait fait naître en lui soit évident. Il désirait même qu'elle prenne pleinement conscience de l'effet qu'elle produisait sur lui.

Il posa les mains sur ses hanches, avec ce qu'il fallait de pression pour qu'elle comprenne qu'il ne voulait pas qu'elle bouge, et pour qu'elle se fasse à l'idée de ce qui allait se passer ensuite si, comme il l'espérait, elle en avait autant envie que lui.

Quand elle plaqua son bassin contre le sien et frotta son entrejambe contre son sexe durci, il leva un sourcil.

— Si madame veut s'amuser, alors elle va s'amuser.

- 6 -

Zanai, qu'est-ce que tu es en train de fabriquer au juste ?

Si elle avait eu la réponse, la question aurait cessé de tourner en boucle dans sa tête.

Sa soirée avait gentiment commencé par un charmant dîner dans l'un des restaurants les plus en vue de la ville, et sans qu'elle se rende compte de rien, elle se retrouvait maintenant assise torse nu à califourchon sur Jayden Lattimore, qui lui-même avait le visage enfoui entre ses seins.

En soi, ce n'était pas une mauvaise chose, mais ce n'était pas ce à quoi elle s'attendait au départ.

En parlant de Jayden Lattimore, il devait avoir remarqué que son esprit était ailleurs, car il choisit ce moment précis pour inonder son cou de baisers piquants. Il la mordilla doucement, et ce contact électrisant produisit des spasmes dans l'ensemble de son corps. Par réflexe, elle poussa ses hanches en avant afin d'accroître la friction que son sexe réclamait avec autorité.

— Une légère impatience, à ce que je vois…

Le terme « impatience » n'était pas assez fort. Zanai n'était même pas nue – pas complètement en tout cas – et son corps était déjà en feu. Elle voulait désespérément éteindre les flammes qui la dévoraient. Le seul problème, c'était que Jayden semblait bien décidé à entretenir ce brasier et à faire durer son supplice.

Si elle était plus experte, plus coutumière de ce genre de situation, elle aurait peut-être su comment lui dire ou lui faire comprendre de cesser cette torture et de passer à l'étape suivante. Malheureusement, elle manquait d'expérience en matière de séduction. Elle avait déjà fait l'amour, bien sûr, mais cela ne concernait pas seulement l'acte physique en lui-même. C'était quelque chose de tout à fait différent et elle n'y connaissait rien.

Par ailleurs, il y avait un autre problème : ce que Jayden lui faisait était si délicieux qu'elle n'avait pas non plus envie de précipiter les choses.

Terrible dilemme…

Il souleva sa robe et la roula autour de ses hanches, ce qui exposa sa chair brûlante à la fraîche caresse de l'air, et la fit frissonner de plaisir et d'envie. Il attisa son désir en glissant ses doigts dans sa petite culotte en soie, et peu s'en fallut qu'elle ne se laisse emporter par l'extase.

Elle poussa un petit gémissement désespéré et elle le vit sourire. Être responsable de sa perte semblait le combler. Zanai était quelqu'un de fier, elle évitait autant que possible de se retrouver en position de faiblesse. Mais alors que Jayden la caressait de façon si intime et impudique, elle oublia sa fierté pour ne plus penser qu'au plaisir qui, par vagues, déferlait en elle.

Il se montrait d'une habilité redoutable. En expert, il maîtrisait ses effets, dosait l'intensité de ses caresses, imprimait un rythme allant crescendo, jusqu'à ce que l'orgasme la cueille. Sous l'effet conjugué de la surprise et du plaisir, elle cria son nom, puis se laissa aller aux douces sensations qui se déchaînaient en elle.

Lorsqu'elle reprit ses esprits, elle eut presque honte. Elle ferma les yeux, et essaya de reculer pour se libérer de cette étreinte. *Vite, se rhabiller. Reprendre une posture un peu plus digne.*

— Ne fais surtout pas ça.

La voix autoritaire de Jayden lui fit ouvrir les paupières et elle fut comme hypnotisée par l'étincelle brûlante qui brillait au fond de ses prunelles.

— Tu n'as pas à avoir honte. Tout dans ce moment est magnifique, y compris la façon dont tu t'es abandonnée entre mes bras.

Zanai réprima un soupir. Chacune des paroles et chacune des attitudes de Jayden le rendaient un peu plus désirable et excitant. Comment réussissait-il ce tour de force ?

Sans réfléchir, elle plaqua ses lèvres sur sa bouche et fit glisser sa paume le long de son torse, jusqu'à ce que ses doigts atteignent la boucle de sa ceinture. Elle allait l'ouvrir quand il posa la main sur la sienne. Aussitôt, elle suspendit son geste.

— Tu n'as pas envie que je… ?

— Si, bien sûr que si.

Sa respiration était laborieuse, comme si parler était une souffrance.

— Mais pas ce soir. J'étais sérieux quand j'ai déclaré que je voulais aider la reine en toi à s'épanouir et à s'affirmer. Je vais te traiter comme une reine jusqu'à ce que tu finisses par accepter que tu en es une.

Elle avait entendu et compris chacun des mots qu'il avait prononcés, et pourtant, elle ne parvenait pas à le croire. À part Morgan, personne à Royal ne lui avait jamais accordé beaucoup d'attention, et surtout pas sa propre famille.

— Pourquoi est-ce si important pour toi, Jayden ? Qu'est-ce que cela t'apportera d'« aider la reine en moi à s'épanouir », comme tu dis ?

Il enroula la main autour de sa nuque et l'attira vers lui, avant de l'embrasser avec fougue et avidité.

— Oh ! la réponse est très simple, docteure. Ma démarche est assez égoïste. Dans mon propre intérêt, je veux que tu sois tout ce que tu t'es sentie suffisamment libre d'être au bal. L'ardente créature avec laquelle j'ai dansé est la femme la plus sexy que j'aie jamais vue, et je veux qu'elle revienne, afin de lui faire tout ce à quoi mon esprit lubrique a pensé quand nous étions sur la piste de danse.

Zanai sentit son corps s'enflammer et son pouls s'accélérer. Elle était troublée – plus que troublée, même – par ce qu'elle venait d'entendre, et cela ne la dérangeait pas. Cependant, des sirènes d'alarme étaient en train de retentir dans sa tête : laisser Jayden entrer dans son existence était dangereux. Elle avait tout orchestré avec précaution dans sa vie de manière à obtenir ce qu'elle désirait le plus : terminer ses études, passer son doctorat, fonder une clinique dédiée à la santé mentale et destinée à ceux qui, traditionnellement, n'avaient pas accès à ce type de soins. Et c'était tout.

Il n'y avait qu'un seul problème : Jayden se retrouvait désormais inclus dans la liste des choses qu'elle voulait obtenir. Mais surtout, elle savait que le désir féroce qu'il déchaînait en elle signifiait que, pour lui, elle risquait de mettre tout le reste en péril.

- 7 -

Zanai se tendit et s'immobilisa au beau milieu du couloir en entendant la voix de son père et de sa belle-mère. D'habitude, à cette heure-ci, elle avait déjà quitté la maison, mais à cause de la soirée passée en compagnie de Jayden Lattimore et de la courte nuit qui s'était ensuivie, elle avait éteint son réveil à plusieurs reprises.

À vingt-huit ans, elle n'avait aucune raison de craindre les commentaires désobligeants de sa famille. Théoriquement, elle faisait ce qu'elle voulait, et gérait son temps comme elle l'entendait. Mais avec un père comme Sanford James, qui semblait désapprouver absolument tout ce qu'elle entreprenait, elle préférait toujours partir avant qu'il ne se réveille.

Bien consciente qu'elle ne pouvait pas passer toute la journée debout dans ce couloir, elle lissa d'une main sa jupe longue et de l'autre se cramponna à la lanière de son sac. Les épaules basses, elle poursuivit son chemin en direction de la porte d'entrée.

Elle venait de dépasser la salle à manger quand son père l'appela.

Zanai marqua un temps d'hésitation. Elle avait très envie de faire comme si elle n'avait pas entendu Sanford.

— Je sais très bien que tu m'as entendu, jeune fille.

Elle détestait quand il l'appelait « jeune fille » car, de

sa part, c'était fait à la fois pour l'infantiliser et instaurer une distance formelle. Elle le savait, et son père aussi.

Elle tourna les talons, et pénétra dans la salle à manger. Sanford et son épouse, Estelle, étaient assis à la grande table qui occupait le centre de la pièce.

— Père, Estelle, bonjour.

Ils ne levèrent ni l'un ni l'autre la tête à son entrée, concentrés sur leur petit déjeuner. Ils ne répondirent pas immédiatement non plus. Et comme d'habitude, le silence donna envie à Zanai de se balancer d'un pied sur l'autre d'un air gêné.

— Tu es rentrée bien tard hier soir, dit finalement son père, occupé à couper ce qui se trouvait dans son assiette.

Sanford James ne posait jamais de questions. Il faisait des remarques sur un ton qui obligeait les gens à s'expliquer. Nuance.

— Je travaillais.

Elle s'efforça de parler d'une voix neutre, en espérant que son père n'y verrait que du feu.

— La clinique a besoin d'argent. Il a donc fallu que je tente de convaincre un potentiel donateur, hier soir.

Sanford leva lentement les yeux jusqu'aux siens, et son regard froid et dur la transperça comme un poignard.

— Toi et ta satanée clinique. Tu es la fille de Sanford James. Je n'aime pas que tu sois obligée de mendier auprès de ces espèces de snobs que sont les vieilles familles de Royal. Pour qui est-ce que cela me fait passer ?

Elle secoua la tête, agacée et peinée.

— Papa, nous en avons déjà parlé. Mon travail à la clinique n'a rien à voir avec toi ou tes affaires.

— C'est là que tu te trompes, intervint Estelle. C'est

une clinique pour les indigents. Pour un homme du statut de ton père, il n'est pas bon que sa fille côtoie la lie de la société tous les jours.

Zanai foudroya Estelle du regard. D'habitude, elle s'efforçait de l'ignorer. Déchaîner l'ire de sa belle-mère signifiait toujours risquer aussi de déclencher celle de son père. Ce matin, cependant, elle ne semblait pas capable de maîtriser la colère qu'elle sentait bouillonner en elle.

— Être pauvre n'est pas un crime, Estelle. Je travaille avec des enfants innocents qui sont des autistes, et non pas des criminels. Il n'y a aucune raison qu'ils soient punis simplement parce qu'ils ne sont pas nés riches ou qu'ils n'ont pas fait un beau mariage.

Estelle la regarda en clignant des yeux, l'air ouvertement choquée. Zanai éprouva une pointe de fierté avant de se rendre compte de ce qu'elle avait fait.

— Ne parle pas à ta mère de cette façon, Zanai.

— Estelle n'est pas ma mère. Elle est ta femme.

Les mots lui avaient échappé avant qu'elle ne puisse les retenir, et elle se demanda ce qui lui arrivait ce matin.

Ces quelques heures passées en compagnie de Jayden lui étaient déjà montées à la tête et avaient éveillé la suspicion de son père, ce qui n'était jamais une bonne chose.

— Ne parle pas d'Estelle en ces termes. Elle a consenti à de gros sacrifices pour s'occuper de toi.

Ce n'était pas exactement l'analyse de Zanai. Le seul moment où Estelle avait prêté attention à elle, c'était quand cette dernière essayait de devenir Mrs Sanford James. Après avoir obtenu ce qu'elle voulait, elle avait tout bonnement ignoré et délaissé Zanai.

— Père, je ne veux me fâcher avec aucun de vous

deux. Tout ce que je demande est que mon choix de travailler à la clinique soit respecté. C'est là que je suis le plus utile.

— C'est à moi et à moi seul de décider où tu es le plus utile.

La voix de Sanford emplit la grande pièce et fit tout trembler, depuis le lustre en cristal jusqu'à la vaisselle en argent.

— Tu dois utiliser tout le talent que tu possèdes pour m'aider à entrer dans les bonnes grâces des huiles de la région. Si tu ne fais pas ceci, tu ne sers à rien.

Zanai avait trop souvent entendu ces mots pour être choquée par le degré de cruauté qu'ils contenaient. Cela ne les rendait cependant pas moins blessants.

Elle déglutit, et toute sa combativité et son allant s'évanouirent d'un coup. Elle se contenta de hocher la tête et de dire « Oui, père » d'une voix éteinte, avant de tourner les talons et de quitter la maison, honteuse.

Si seulement elle pouvait posséder les qualités dont Jayden semblait la penser douée, songea-t-elle en prenant place au volant de sa voiture. S'il y avait bien un moment où il aurait été utile que se montre la reine qui existait en elle, c'était maintenant. Mais, malheureusement, son absence fit craindre à Zanai ce qu'elle soupçonnait depuis le début : cette reine était le pur produit de l'imagination de Jayden.

— Hello, beauté. Comment se passe cette journée ?

Zanai sourit en entendant la voix chaude de Jayden dans son téléphone.

— Elle a commencé un peu difficilement, mais soudain elle est beaucoup plus agréable.

— Ravi de te l'entendre dire. Et j'ai très envie de croire que c'est moi seul qui suis responsable de cette amélioration.

Il pouvait le croire puisqu'il s'agissait de la pure vérité. Après cette conversation pénible avec son père et Estelle, elle avait été incapable de se concentrer et elle n'avait réussi à faire que la moitié de ce qu'elle aurait dû. Mais le simple fait d'entendre la voix de Jayden chassa les nuages gris qui obscurcissaient sa journée.

— Tu ne manques pas de confiance en toi, on dirait.

— Bien sûr que non, répliqua-t-il. Je suis le fils de Ben et Barbara Lattimore : comment pourrais-je manquer de confiance en moi dans ces conditions ?

— Tu es irrécupérable, se moqua-t-elle gentiment. Tu le sais, n'est-ce pas ?

À l'autre bout du fil, le rire de Jayden fut comme une chaude et moelleuse couverture dont on s'enveloppe les soirées d'hiver.

— J'ai déjà entendu pire comme critique.

Elle le croyait volontiers. Mais avec le détachement dont il faisait preuve en toutes circonstances, elle doutait que quelque jugement que ce soit ait jamais pu l'affecter.

— Que puis-je faire pour vous, Mr Lattimore ?

— Vous allez droit au but, docteure. Ça me plaît.

Elle aimait beaucoup être capable de cette franchise et de cette audace avec lui, mais elle ne l'aurait jamais admis. Non qu'elle ne souhaite pas qu'il sache qu'elle appréciait l'effet qu'il lui faisait, ce n'était pas cela. C'était juste qu'elle ne voulait pas qu'il découvre à quel point elle était pitoyable quand il était question de se montrer franche et directe avec quelqu'un comme son père.

— Si tu quittes ton travail à une heure raisonnable ce soir, aurais-tu envie de dîner avec moi au ranch ?

— Tu veux dire, avec ta famille ?

Une légère panique s'empara d'elle. Elle avait toujours entendu raconter que les Lattimore étaient des gens charmants. Mais après son expérience malheureuse avec sa propre famille ce matin, l'idée d'avoir à affronter un autre cercle familial, même bienveillant, ne la séduisait guère.

— Pas la peine de prendre cette voix terrorisée, ce n'est pas ce que tu imagines. Si tu as envie de dîner avec l'ensemble du clan Lattimore, je suis en mesure d'arranger ça. Mais ce que j'avais en tête, c'était quelque chose de plus intime. Si tu as la possibilité de ne pas arriver trop tard, il fera encore assez clair pour manger dehors.

Alors que Jayden lui exposait ses plans, Zanai sentit sa nervosité s'évanouir d'un coup. Oh ! bien sûr, elle éprouvait toujours une tension, mais d'un tout autre type. Cette dernière était causée par l'idée de passer un moment en tête à tête dans un endroit tranquille en compagnie d'un certain Jayden Lattimore.

— Je viens de voir mon dernier patient. Si tu me laisses faire un saut chez moi pour me doucher et me changer, je peux te rejoindre dans une heure.

Il poussa un petit gémissement satisfait et elle ne put s'empêcher de pouffer comme une gamine.

— Je te promets que tu ne le regretteras pas, dit-il.

Il n'avait pas besoin de le préciser. Elle savait sans l'ombre d'un doute qu'elle allait apprécier chaque minute passée à ses côtés.

- 8 -

Le ranch de la famille Lattimore était noyé sous un océan de verdure qui s'étendait à perte de vue. Au volant de sa voiture, Zanai remonta lentement l'allée qui menait à la maison en admirant le jardin paysager. Il était coloré, luxuriant, et pour tout dire somptueux. Tout ce luxe n'était pas sans rappeler la propriété où elle-même vivait. Néanmoins, le style plébiscité par Sanford et Estelle était ostentatoire et froid – presque muséal –, tandis que la demeure des Lattimore, même vue de l'extérieur, semblait accueillante et vivante, comme si ses habitants prenaient vraiment le temps de profiter de ce que pouvait leur offrir leur richesse.

Elle ralentit et se gara devant la maison, tout en priant pour se comporter de façon suffisamment normale pour ne pas gâcher la soirée que Jayden avait prévue.

Elle ne s'était toujours pas remise du moment qu'ils avaient passé dans son appartement. Tout en elle aspirait à reprendre là où ils s'étaient arrêtés. Comment aurait-il pu en être autrement ? Elle ne s'était jamais sentie autant désirée de toute son existence.

La vie sexuelle de Zanai – si on pouvait l'appeler ainsi d'ailleurs – était un fiasco. Pendant ses études, elle avait fréquenté quelques hommes, mais elle n'avait jamais rien ressenti d'aussi intense que ce qu'elle avait éprouvé avec Jayden.

Chez lui, absolument tout, depuis sa manière de la regarder comme si elle était la femme la plus sexy de la planète jusqu'à sa façon de provoquer un embrasement général de son être dès qu'il la touchait, était électrique et addictif.

Il avait suffi de quelques minutes dans ses bras pour qu'elle ne puisse penser à rien ni à personne d'autre. Et c'était un problème. Si ses caresses produisaient un effet aussi puissant sur elle sans qu'ils aient encore fait l'amour, dans quel état se trouverait-elle quand, enfin, leur union serait totale ?

Malgré tout, elle ne souhaitait qu'une seule chose : qu'ils franchissent ce palier d'intimité. En avoir à ce point envie l'inquiétait, d'ailleurs. Si elle se sentait déjà dépendante de lui, que se passerait-il quand Jayden et elle seraient pour de bon amants ?

Avec lui, ce ne sera jamais « pour la vie », Zanai. Ce qu'il veut, c'est juste s'amuser. Tu ferais mieux de t'en souvenir, avant d'avoir le cœur brisé.

Comme si c'était un signal, l'objet de ses pensées apparut sur le seuil et vint à sa rencontre, alors qu'elle était encore assise dans sa voiture.

— Hello, beauté.

Il émanait de son visage un charme facile et décontracté – évident – auquel Zanai semblait incapable de résister.

À combien de femmes avant elle avait-il adressé ce sourire nonchalant ? ne put-elle s'empêcher de se demander, écartelée entre le bonheur et la souffrance. Combien de femmes connaîtraient ce plaisir simple mais intense après elle ?

— Je parie que tu dis ça à toutes les filles que tu invites ici.

Il se pencha et, par la vitre baissée, l'embrassa rapidement sur les lèvres.

— Pari perdu. C'est la première fois que j'invite quelqu'un au ranch.

Stupéfaite, elle se demanda s'il s'agissait d'un mensonge destiné à la flatter. Pendant ce temps-là, il serra sa main dans la sienne et lui adressa de nouveau ce sourire fripon qui sut aussitôt réchauffer toutes les parties froides et sombres de son être.

Il a dû s'entraîner dur pour parvenir à ce résultat. Il est impossible d'avoir un sourire aussi dévastateur sans des années et des années de pratique.

— Mon frère et mes deux sœurs sont à la maison, et les connaissant, ils vont tout faire pour me casser les pieds. Nous allons donc devoir dîner sur la terrasse de mon cottage. Suis-moi avec ta voiture.

Elle le regarda monter dans son pick-up, puis s'engagea derrière lui dans l'allée gravillonnée. Ils arrivèrent à destination au bout de quelques minutes.

En pénétrant à l'intérieur, Zanai prit le temps d'admirer en détail le cottage, qui alliait modernité et rusticité. Murs en bois brut, immense écran plat suspendu, grand canapé d'angle au milieu de la pièce et œuvres d'art harmonieusement réparties. Ce bel espace ouvert était à la fois chaleureux et élégant.

— De l'extérieur, la maison principale paraît immense. Il n'y a pas assez de place pour toute la famille ?

Tout en lui tenant la main, il la caressait du pouce, ce qui empêchait Zanai de se concentrer sur autre chose que les endroits où leurs peaux étaient en contact.

— Nous avons chacun notre chambre, bien sûr. Mais grâce à mon cottage, je peux me permettre d'être égoïste et de te garder pour moi tout seul. Allez, viens, je ne t'ai pas encore montré mon endroit préféré : la terrasse, à l'arrière.

Elle le suivit jusqu'à une vaste terrasse carrée. Le sol en bois était d'une chaude couleur acajou, et à trois des quatre angles se trouvaient placés des fauteuils moelleux garnis d'une multitude de coussins. Dans le quatrième angle était installé un grand gril qui aurait davantage eu sa place dans un restaurant que chez un particulier.

— On dirait que quelqu'un ici aime le barbecue, lança-t-elle.

Jayden lui adressa un sourire empli de fierté. Dans son regard brillait une étincelle. Son enthousiasme et son excitation semblaient à leur comble.

— Je suis texan, très chère. Faire cuire de la viande directement sur la flamme est notre spécialité.

Elle acquiesça et désigna le gril.

— Tu maîtrises ce monstre, ou bien c'est juste de la déco ?

Il resta un instant bouche bée, comme faussement offusqué, avant de placer la main sur son cœur.

— Vous m'offensez, madame ! Je descends d'une longue lignée de grilleurs de viande. Je suis peut-être un bon à rien dans une cuisine mais, devant un barbecue, j'assure comme un chef.

— Tu as des preuves de ce que tu avances, ou bien est-ce que je dois te croire sur parole ?

— Toi, tu cherches vraiment la bagarre, c'est ça ? Au lieu de dire des bêtises, assieds-toi là et regarde faire l'artiste.

Elle obéit, amusée.

— Il semblerait que monsieur ait confiance en ses talents.

Il haussa les épaules.

— C'est parce que je suis un génie dans tout ce que j'entreprends.

Il lui vola un baiser, avant de disparaître à l'intérieur de la maison. Seule, elle ne put s'empêcher de sourire, malgré sa volonté de garder la tête froide. Jayden était de nature joueuse, soit. Mais cela ne signifiait pas qu'elle devait le laisser se jouer d'elle.

Reste légère et drôle, Zanai. Amuse-toi sans prendre les choses au sérieux. C'est la seule façon de t'en sortir indemne.

— Sur tout ce que j'ai de plus cher, je jure que c'était le meilleur barbecue que j'aie jamais mangé.

— Je t'avais bien dit que mes talents étaient insurpassables.

Il la regarda se caler dans son siège, la main posée sur son estomac.

— Ça faisait longtemps que je n'avais pas eu le ventre aussi plein. Vraiment, Jayden, tu es très doué.

— Je sais.

Elle rit et il fut heureux de constater qu'elle avait compris qu'il plaisantait. Parfois ses manières confiantes et nonchalantes étaient perçues comme de l'arrogance. Mais à voir le regard amusé de Zanai, il pouvait dire avec certitude qu'elle ne se méprenait pas. Elle avait très bien saisi qu'il ne faisait qu'être lui-même.

— Je ne pense pas pouvoir bouger.

— Merveilleux, ça signifie que j'ai dignement tenu

mon rôle d'hôte ce soir. Reste assise et détends-toi pendant que je débarrasse la table.

Elle essaya de se lever, sans doute dans l'intention de l'aider.

— Non ! la mit-il en garde. Tu es mon invitée, et je ne te laisserai pas lever le petit doigt.

Il effectua une petite révérence, et ajouta :

— Mon seul désir, c'est de vous servir, ma reine.

Il se dépêcha de débarrasser la table, rincer les plats, remplir et lancer le lave-vaisselle. Il ne voulait pas passer un seul instant de trop loin de Zanai mais, s'il ne nettoyait pas un minimum, Josie, l'employée de maison de la famille, ne le lui pardonnerait jamais.

Alors que le lave-vaisselle commençait sagement à faire son travail, il sortit deux bières du frigo et retourna sur la terrasse, pour enfin retrouver Zanai.

Depuis quand passer quelques minutes loin d'elle était devenu un supplice ? Il avait beau réfléchir, il ne parvenait pas à mettre le doigt sur un moment précis. Tout ce qu'il savait, c'était que, dès qu'il était séparé d'elle, il se sentait anxieux, agité.

L'idée d'être aussi attaché à une femme ne collait pas bien avec sa personnalité. Sa personnalité « normale », « habituelle », en tout cas. Mais Zanai James l'avait changé. Il n'était pas prêt à admettre qu'il faisait plus que s'amuser avec elle. Cependant, il n'était pas stupide au point d'ignorer qu'il avait déjà du mal à se passer d'elle.

Il la trouva debout, près du pavillon de jardin, au centre duquel se trouvait un foyer.

— Il fait un peu frais, ce soir. Si tu veux, on peut s'installer là, et j'allume un feu.

Au son de sa voix, elle se tourna.

— Ne te sens pas obligé de te donner tout ce mal pour moi.

— Comme je te l'ai dit, mon seul désir est de te servir. Et ce n'est vraiment pas compliqué, ne t'inquiète pas.

Jayden la rejoignit à côté du pavillon de jardin, situé quelques marches en contrebas de la terrasse. Puis il lui tendit les bières et s'activa pour allumer le feu.

Très vite, de petites flammes commencèrent à réchauffer l'atmosphère fraîche de la nuit. Il put alors s'asseoir près d'elle, et prit la bière qu'elle lui tendait tout en se calant confortablement parmi les coussins.

— Alors, comment s'est passée ta journée à la clinique ? demanda-t-il.

Elle le regarda d'un air interdit, et il se demanda s'il avait commis un impair en lui parlant de son travail.

— Ne te sens pas obligé de faire ça, répliqua-t-elle.

— Obligé de faire quoi ?

— De me poser des questions sur mon travail comme si ça t'intéressait.

— Je ne comprends pas… Pourquoi est-ce que cela ne devrait pas m'intéresser ? Tu as construit cette clinique à partir de rien et tu permets à des enfants souffrant de pathologies mentales ou neurologiques de bénéficier de soins que leurs parents n'auraient pas eu les moyens de payer sinon.

Elle but une grande gorgée de bière, sans doute pour éviter de répondre tout de suite plutôt que par soif.

— C'est vrai, finit-elle par dire. Mais rares sont les gens qui ont envie d'évoquer le métier de psychologue clinicien au cours d'une soirée cosy au coin du feu.

Il glissa ses doigts entre les siens, et posa leurs deux mains entrelacées sur sa cuisse.

— Zanai, tu aurais pu choisir de te consacrer aux riches filles à papa qui considèrent la thérapie comme un accessoire de mode. Au lieu de cela, tu t'attaches à une catégorie de patients très spécifique dont, souvent, personne ne se préoccupe. Malgré le niveau de vie globalement élevé de Royal, il y a encore quelques franges de la population qui vivent dans la pauvreté. J'ai bien remarqué que tu avais fait construire ta clinique dans le quartier le plus défavorisé de la ville, où 90 % des habitants sont noirs ou métisses.

Il ne mentait pas. La clinique se trouvait aux limites de l'agglomération, loin du centre huppé et coquet. S'installer dans ce secteur ne pouvait qu'avoir été intentionnel.

— Et ce n'est pas seulement ça, poursuivit-il. Tu sais très bien que, pour la communauté noire, la question de la santé mentale reste un tabou. Beaucoup d'entre nous souffrent de pathologies diverses sans jamais se faire soigner, car dans les mentalités traîne encore la fausse croyance selon laquelle, les psychologues, ce n'est pas pour nous.

Quand elle écarquilla les yeux, il comprit qu'il avait de nouveau tapé en plein dans le mille.

— C'est précisément la raison pour laquelle j'ai choisi de devenir psychologue. J'ai eu l'occasion de constater par moi-même les effets désastreux du manque de suivi psychologique dans notre communauté.

— Quelquefois, c'est un problème d'accès aux soins. Mais parfois, c'est parce que les gens ont honte et peur de se retrouver stigmatisés.

Il se pencha vers elle, et pressa ses lèvres sur les siennes, suffisamment fort pour se laisser enivrer par sa saveur délicieuse, puis, étourdi, il recula en caressant sa main.

— De toute évidence, Zanai, tu es dévouée à tes patients, en plus de te sentir investie d'une mission. Comment ne pourrais-je pas m'intéresser à ton travail, alors qu'il est si important pour nos concitoyens, et pour toi ?

Il remarqua une légère distance dans son regard, comme une brume masquant le vif éclat dont ses yeux avaient brillé toute la soirée.

Elle changea de position, retira sa main de la sienne pour se mettre à triturer l'étiquette de sa bouteille de bière.

— Mon travail est très important pour moi à cause de toutes les raisons que tu as énumérées. Mais il l'est aussi parce que ma mère est morte à cause d'une pathologie mentale non diagnostiquée.

Sa voix et son attitude étaient très détachées, comme si elle était en train d'exposer un cas clinique sans aucun rapport avec sa vie personnelle et familiale.

Peu importait à Jayden qu'elle semble si distante : il lui paraissait évident qu'elle avait besoin de tout son soutien.

Alors il le lui accorda.

Il passa un bras autour de ses épaules et l'attira tout contre lui.

— Ma mère était extrêmement belle, généreuse et gentille. Elle aimait vraiment la vie. Mais les rapports compliqués qu'elle entretenait avec mon père l'ont durement et profondément marquée.

Elle fit une courte pause avant de reprendre son récit.

— Elle m'aimait et elle était la meilleure des mères. Mais en analysant a posteriori les choses d'un œil professionnel, je me rends compte qu'elle a traversé de nombreux épisodes dépressifs. Ma tante Jane l'a suppliée de se faire soigner, et quand ma mère a refusé, elle a supplié mon père de tenter à son tour de l'en persuader. Malheureusement, il était trop occupé à bâtir son empire. Il pensait qu'avoir une épouse sous traitement serait pour lui une source d'embarras et aurait un impact négatif sur ses affaires.

De petits tremblements commencèrent à parcourir Jayden sans qu'il puisse dire si les vibrations venaient de lui ou de Zanai. Que ce soit l'un ou l'autre, il la serra plus fort en faisant de son mieux pour qu'elle comprenne qu'il était là pour elle.

— Quand j'avais onze ans, ma mère a eu un accident de voiture et a été blessée au dos. Les lésions n'étaient pas graves au point de la rendre handicapée, mais les médecins lui ont prescrit des antidouleurs assez puissants pour la soulager.

Elle bougea de nouveau, mais pour se blottir davantage contre lui. Il passa la main de haut en bas sur son bras pour tenter de l'apaiser.

— Elle est devenue dépendante à ces médicaments, et comme ils lui étaient prescrits, personne n'a voulu reconnaître qu'il y avait un problème. Bien sûr, elle disait qu'elle les prenait pour soulager ses douleurs chroniques mais, avec le recul, je suis certaine qu'elle en avait surtout besoin quand elle traversait des épisodes dépressifs.

Zanai baissa les yeux.

— Un an plus tard, elle a succombé à une surdose médicamenteuse, accidentelle selon les causes officielles. Mais la façon dont se sont déroulés les jours précédant sa mort me laisse penser que ce n'était peut-être pas un accident. Elle n'arrêtait pas de me répéter qu'elle m'aimait. Que je n'étais en rien responsable des choix erronés qu'elle avait pu faire dans sa vie.

— Tu crois qu'elle s'est suicidée ?

— Tu veux la vérité ? souffla-t-elle, comme si elle se libérait enfin d'un lourd poids. Je n'en sais rien. Je ne le saurai jamais. Comme sa mort a été déclarée accidentelle, sa compagnie d'assurances nous a versé trois millions de dollars. Les deux tiers sont allés dans un trust qui a payé mes études et m'a aidée à fonder la clinique, tandis que mon père a empoché le million restant. Il a bâti son empire sur la mort de sa femme.

Décidément, plus Jayden en apprenait sur Sanford James, moins il l'aimait, alors qu'au départ il ne l'estimait déjà pas spécialement.

— Perdre ma mère de cette manière m'a laissée avec beaucoup de questions sans réponses à propos de ma propre santé mentale. Alors, quand les filles de mon âge apprenaient à être à l'aise en société, je lisais tout ce que je pouvais trouver au sujet de la dépression et des autres pathologies mentales.

— Parce que tu voulais être sûre que tu ne souffrais pas toi-même de certains symptômes.

Le silence s'installa. Il ne s'agissait pas néanmoins d'un silence gêné, mais au contraire d'un silence empli de compréhension, de compassion, de besoin mutuel.

Alors qu'il la serrait plus fort contre lui, elle passa les bras autour de sa taille comme s'il était une ancre. Il fut heureux de constater que, d'instinct, elle avait su qu'elle pouvait s'accrocher à lui.

— Je suis désolée.

Elle murmura ces mots le visage blotti contre sa poitrine, et même s'ils avaient été prononcés à voix très basse, ils réussirent à s'enrouler autour du cœur de Jayden.

— Pourquoi est-ce que tu t'excuses, au juste ?

— Je m'excuse d'avoir gâché la soirée. Tu me demandes comment s'est passée ma journée de travail et j'enchaîne sur ma famille dysfonctionnelle. J'imagine que maintenant tu réalises à quel point je ne suis pas douée pour les sorties en amoureux. Je ne maîtrise pas du tout les codes du rendez-vous galant. Ni aucun code de la vie en société, d'ailleurs.

— Zanai, regarde-moi.

Elle obéit, se redressa et planta son regard profond dans le sien. Il y vit de la douleur. Non pas une blessure béante, mais une souffrance chronique, comme si elle la portait depuis très longtemps, au point d'en éprouver une grande lassitude.

— Surtout ne t'excuse jamais d'être ce que tu es. Tu es quelqu'un de tout à fait normal. Il n'y a personne d'autre au monde avec qui je voudrais être en cet instant. C'est toi que je veux, et rien de ce que tu pourras me dire au sujet de ton passé n'y changera quoi que ce soit.

Elle l'observa, comme si elle désirait passer en revue chaque centimètre carré de son visage. De toute évidence, elle essayait de le comprendre, et de deviner pourquoi il avait l'air d'avoir à ce point envie d'être avec elle. Il voyait d'innombrables questions traverser ses grands yeux noirs, et cela le mettait hors de lui que des gens l'aient mal traitée au point qu'elle ne saisisse pas pour quelle raison l'on pouvait rechercher sa compagnie.

— Tu es obligé de dire ça, sinon ta petite expérience ne fonctionnerait pas.

Une colère froide s'empara de lui et il se dégagea de son étreinte. À ses sourcils froncés, il vit qu'elle était prise de court. Il s'en moquait.

— Zanai, s'il s'agissait d'une simple expérience, je m'efforcerais de te transformer en quelque chose que tu n'es pas.

Elle haussa les épaules, alors que le doute paraissait vaciller dans ses yeux.

— Ce n'est pas ce que tu es en train de faire ?

Il secoua la tête. Il était sincère quand il avait dit à sa sœur qu'il ne tenterait pas de changer Zanai. Mais apparemment, il devait s'expliquer un peu mieux si ces deux femmes – qui étaient des femmes qu'il respectait éminemment – semblaient penser le contraire.

— Je ne cherche pas à te changer pour faire de toi quelqu'un que tu n'es pas, Zanai. J'essaie de faire en sorte que s'exprime ce que je vois déjà en toi. La force, la beauté royale, la capacité à entreprendre le changement, à aider ceux qui ont besoin d'aide et à rendre visibles ceux qui sont invisibles, à parler pour ceux qui sont sans voix. Voilà ce que je vois en toi, Zanai. Ce que je veux, c'est t'honorer et te célébrer pour celle que tu es vraiment. Je veux me réchauffer à ton soleil, je veux m'éclairer à ta lumière. Donc, s'il te plaît, cesse de me comparer à tous ces idiots qui se sont employés à étouffer cette lumière.

Son expression était indéchiffrable, et Jayden craignit qu'elle ne se dérobe à lui en se perdant dans ses pensées.

La seule solution, c'était un baiser. Si elle refusait de

l'écouter, alors peut-être parviendrait-il à lui transmettre ce qu'il ressentait pour elle par le toucher.

Au départ, il avait prévu que ce baiser soit pour Zanai quelque chose de rassurant. Cependant, les choses ne se passèrent pas exactement ainsi. Dès que ses lèvres entrèrent en contact avec sa bouche satinée et pulpeuse, la douceur et la retenue furent oubliées.

Sa saveur était à la fois sucrée et acidulée, avec ce qu'il fallait d'épices pour qu'il s'enflamme.

Il s'arracha à sa bouche dans un effort désespéré pour reprendre le contrôle de lui-même. Il était en feu et, s'il se laissait aller, il risquait de la déshabiller dans les minutes à venir et de lui faire l'amour à l'endroit même où ils se trouvaient.

Elle méritait mieux que cela.

Et lui aussi.

Sa peau marron avait pris une teinte un peu rosée, très lumineuse. Elle semblait peiner à reprendre son souffle et il ne fut pas peu fier de constater que, à cause de son baiser, elle avait l'air de se trouver dans le même état d'égarement que lui.

— Vous n'êtes vraiment pas n'importe qui, Mr Lattimore.

— En effet, répliqua-t-il. Maintenant, si tu pouvais en convaincre mon frère et mes sœurs, je t'en serais éternellement reconnaissant.

Elle lui adressa un sourire de conspiratrice en se penchant vers lui.

— Désolée, mais je ne leur en dirai rien. C'est pour ton bien : je ne voudrais pas que tu te laisses dévorer par un ego devenu démesuré.

Que répondre à cela ? De toute façon, il était trop

hypnotisé par son sourire et par sa présence pour débattre de quoi que ce soit. Il se consumait de désir pour elle et ne pouvait penser à rien d'autre, mis à part au fait que, de toute évidence, il ne la laissait pas insensible non plus.

- 9 -

— Allez, crache le morceau. Je veux tous les détails.

Zanai leva les yeux du magazine de mode qu'elle était en train de feuilleter et plissa les paupières en direction de sa meilleure amie pour tenter de comprendre ce que cette dernière attendait d'elle.

— De quoi est-ce que tu parles, au juste ? demanda-t-elle.

— Tu es sortie avec Jayden Lattimore presque tous les soirs de cette semaine et tu ne m'as pas appelée une seule fois pour me raconter.

Saisissant enfin, Zanai hocha la tête.

— C'était super, répondit-elle sans développer davantage.

Morgan s'extirpa de derrière le comptoir pour suspendre l'affichette « Fermé » à la porte de son magasin, puis elle alla s'asseoir à côté de Zanai sur le petit canapé installé dans un coin de la boutique.

— C'est tout ? Tu fréquentes le célibataire le plus convoité de Royal, et tout ce que tu trouves à dire, c'est : « C'était super » ?

— C'était vraiment super, rétorqua Zanai en haussant les épaules. Jayden est un parfait gentleman. Un vrai prince charmant.

— Et c'est pour cette raison que tu sembles si

détachée ? Tu as du mal à croire qu'il soit réel, c'est ça ?

Zanai poussa un lourd soupir, referma la revue et la posa sur la petite table.

— C'est un charmeur. Il sait comment s'y prendre pour que les gens se sentent bien en sa compagnie, surtout les femmes. Rien de tout cela n'est réel.

Elle repensa à la soirée qu'elle avait passée avec lui à son cottage quelques jours plus tôt. Cette nuit-là lui avait pourtant paru bien réelle. Depuis la nourriture délicieuse et la conversation jusqu'au soutien et à l'empathie qu'il lui avait témoignés quand elle avait évoqué les circonstances de la mort de sa mère, chaque seconde avait été extrêmement tangible. Et cela la terrifiait.

Morgan secoua la tête et leva les bras au ciel dans un geste d'emportement.

— Mais non, tu ne peux pas penser une chose pareille ! Je connais Jayden. Jamais il n'a amené la moindre femme chez lui, au ranch. Et pourtant, toi, il t'y a invitée. Pourquoi est-ce que tu ne veux pas admettre que tout ceci est authentique ?

Parce que si ce que je suis en train de vivre avec Jayden est bien réel, alors cela signifie que ça peut se terminer, et donc me faire souffrir.

Elle avait déjà fait l'expérience de perdre quelqu'un d'important dans sa vie. Elle ne voulait pas recommencer avec Jayden. Donc si elle avait l'intention de se protéger, ce qui était le cas, elle ne pouvait pas prendre les avances de Jayden au sérieux.

— Je ne définirais pas Jayden comme un beau parleur. Mais il ne cherche rien de sérieux. Il s'est montré très clair à ce sujet. Nous profitons juste l'un de l'autre. Nous sommes dans le moment présent. Nul besoin de compliquer les choses en essayant de savoir si Jayden éprouve des sentiments sincères pour moi ou s'il a des intentions me concernant.

Morgan était assise, bouche bée, les yeux écarquillés. Son incrédulité était évidente et, d'une certaine façon, compréhensible. Mais Zanai ne pouvait pas le lui donner à entendre, pas alors qu'elle savait pertinemment qu'elle finirait en pleurs dans les bras de son amie lorsque Jayden se serait lassé de son dernier jouet.

— Tu es incroyable. Il n'y a que toi pour faire comme si Jayden n'était qu'une vulgaire piquette quand il est un grand cru classé et que toutes les jeunes femmes célibataires de Royal rêveraient d'être à ta place. Comment peux-tu faire à ce point preuve de détachement ?

— Je ne me laisse pas gouverner par mes émotions, c'est tout. Ce n'est pas la même chose qu'être détachée, Morgan.

Une étincelle passa dans les yeux de son amie.

— Donc ça signifie que tu as bien des sentiments pour lui ?

Évidemment. Surtout après cette soirée sur sa terrasse.

Elle avait trouvé cela merveilleux de pouvoir, l'espace d'un moment, déposer son fardeau entre ses bras. Cependant, quand elle était rentrée seule chez elle ce soir-là, il lui avait tant manqué qu'elle avait eu du mal à trouver le sommeil.

Cette addiction qui grandissait en elle, et qui

réclamait à cor et à cri qu'elle satisfasse ce besoin qu'elle avait de lui, c'était précisément ce qu'elle devait combattre. Parce que devenir dépendante d'un homme qui ne pourrait jamais l'aimer comme elle le demandait était un jeu de dupes. Un jeu qui avait détruit sa mère, mais qui ne la détruirait pas, elle.

Jamais.

Jayden entra dans le *diner* de Royal avec une grosse envie de burger. Certes, il aurait pu s'en faire un lui-même à la maison, ou bien demander au chef à domicile qui travaillait à temps plein pour sa famille de lui en préparer. Mais il avait besoin de sortir de chez lui et de parler à quelqu'un de ce qui était en train de se passer avec Zanai.

Il fouilla du regard l'intérieur du restaurant, et, à son grand soulagement, constata que son ami Ryan était assis au fond de la salle.

En quelques enjambées, il alla s'asseoir auprès de celui qu'il connaissait depuis de longues années. Avec ses cheveux blonds et ses yeux bleus, n'importe qui lui aurait donné le bon Dieu sans confession. Mais cela aurait été commettre une grave erreur : Ryan était tout sauf un enfant de chœur. En ce moment précis, c'était pourtant à lui et à personne d'autre que Jayden avait envie de parler, précisément parce que personne n'était aussi franc et naturel que lui.

— Salut, Ryan, merci d'avoir accepté de me retrouver ici.

Les mots de Jayden furent accueillis par un grognement. Plus amusé que vexé, Jayden sourit.

La serveuse leur apporta une tasse café et prit

rapidement leur commande. Une fois qu'ils furent seuls, Ryan regarda Jayden avec une légère impatience.

— Est-ce que tu vas te décider à me dire pourquoi je suis ici plutôt que tranquillement installé dans mon ranch ?

Il ne changera décidément jamais, songea Jayden.

— J'avais besoin de conseils.

— Et c'est moi que tu viens voir ? Tu dois être désespéré. Et Vic, alors ?

Jayden secoua la tête en entendant le nom de son meilleur ami.

— Non, pas cette fois-ci. Pas maintenant, en tout cas. Vic et Morgan sont toujours fourrés l'un avec l'autre, et si je raconte à Vic ce qui se passe, sa sœur sera au courant en moins de temps qu'il n'en faut pour le dire.

Ryan se redressa, comprenant que la situation était sérieuse.

— J'ai traîné pas mal avec Zanai James, ces derniers temps.

— Traîner ? C'est un euphémisme pour « sortir avec » ou bien pour « coucher avec » ? J'ai besoin d'une petite clarification.

Le rire de Jayden n'amadoua pas Ryan, qui le fixait en attendant sa réponse.

— « Sortir avec », dit Jayden. Et un peu plus que ça. Mais nous n'avons pas encore couché ensemble, même si je suppose que ça ne va pas tarder.

Ryan fit un petit moulinet de la main pour encourager Jayden à développer.

— Les choses sont en train de devenir assez sérieuses, en plus d'être plutôt torrides, et j'aurais besoin de ton avis. Tu penses que tu peux m'accorder un moment ?

Le visage de Ryan s'adoucit légèrement, comme si le besoin de parler que ressentait Jayden l'agaçait moins tout à coup. Il poussa un gros soupir et s'appuya contre le dossier de son siège.

— Qu'est-ce qui se passe, Jayden ?

— Moi… Cette femme…

— Si vous sortez ensemble, je suppose que c'est plutôt quelque chose de positif, non ?

Jayden ne savait pas quoi répondre. Il n'avait aucune expérience des relations sérieuses.

— Je me sens bien avec elle, en tout cas.

Ryan le regarda en hochant la tête comme s'il réfléchissait intensément.

— Et c'est ça le problème, n'est-ce pas ? Tu te sens bien avec elle, et tu ne sais pas quoi en penser.

— En fait… oui, c'est ça, concéda-t-il.

Il était surpris par la finesse inhabituelle de Ryan.

— C'est étrangement bien vu de ta part, ne put-il s'empêcher de faire remarquer.

— Ce n'est pas parce que je choisis la plupart du temps d'ignorer ostensiblement l'absurdité des gens que je suis aveugle, Jay.

Jayden recula et observa son ami avec un mélange d'incrédulité et de suspicion.

— D'accord, continua Ryan en tendant les mains devant lui avant de les poser sur la table, je ne suis peut-être pas un si fin observateur que ça. Disons plutôt que, dernièrement, j'ai fait quelque chose de vraiment stupide, qui m'a poussé à réfléchir à des sujets auxquels, d'habitude, je ne perds pas mon temps à penser.

Jayden ne put masquer son amusement. Ceci ressemblait davantage au Ryan qu'il connaissait, si habitué à faire les choses à sa façon qu'il prêtait rarement attention à ce qui se passait autour de lui.

— Tu veux m'en parler ?

Ryan lui adressa un regard acéré qu'il trouva plus comique qu'il ne l'aurait dû. Cela faisait peut-être de lui un mauvais ami, mais ça le rassurait de ne pas être la seule personne à se remettre en question en ce moment.

— Non, je ne préfère pas, répondit Ryan en croisant les bras dans un geste de défense. À dire vrai, même si je le voulais, je ne le pourrais pas. Je suis moi-même en plein questionnement, donc je ne suis vraiment pas sûr de pouvoir te donner les conseils que tu attends de moi.

Ils se turent pendant que la serveuse amenait leurs plats. Une fois qu'ils furent de nouveau seuls, Jayden considéra son ami d'un air ennuyé.

— Je ne sais pas du tout ce qui se passe, mais si tu as besoin d'en discuter, n'hésite pas : je suis là. Tu le sais, n'est-ce pas ?

Ryan haussa les épaules avec désinvolture, mais Jayden vit dans son regard qu'il était touché par sa proposition.

— Merci, Jay, marmonna-t-il en enfournant en même temps une bouchée de nourriture comme s'il ne voulait pas que Jayden l'entende. J'apprécie. J'aimerais bien pouvoir t'aider moi aussi.

Jayden aussi aurait aimé pouvoir bénéficier de

son aide, mais de toute évidence il allait devoir régler ses problèmes seul, et rapidement, car les choses étaient en train d'échapper à son contrôle. Au début, il pensait que ce serait Zanai qui changerait à son contact. C'était même ce qu'il souhaitait. Il ne s'attendait pas du tout, en revanche, à ce que ce soit lui qui soit transformé au contact de Zanai.

À court d'idées utiles, il attaqua son repas. Il ne servait à rien de continuer de réfléchir à quelque chose qui le dépassait totalement.

Bien sûr, Jayden. Ignore le problème, et fais comme s'il n'y en avait aucun. C'est une méthode qui a fait ses preuves, non ?

— Voici votre livraison, madame.

Zanai regarda Jayden qui venait de lui tendre un sac de nourriture et sourit. Sa journée avait commencé avec une montagne de travail et des rendez-vous avec des patients qui s'étaient enchaînés sans la moindre pause. Dans ces conditions, elle n'avait eu d'autre choix que d'annuler le déjeuner prévu avec Jayden.

Il n'avait pas lâché l'affaire pour autant : il s'était présenté à la clinique avec un repas à emporter acheté en ville. Après lui avoir remis le sachet, il l'embrassa sur la joue et lui demanda de l'appeler quand elle rentrerait chez elle.

Émue par tant de gentillesse, elle ne comprit pas tout de suite qu'il avait l'intention de partir.

— Tu ne vas pas manger avec moi ?

— Tu es occupée, et je ne voudrais surtout pas te distraire de ton travail. Je souhaitais juste m'assurer que tu t'alimentes correctement pour tenir le coup le reste de la journée.

Elle en resta sans voix. Un homme qui n'avait pas besoin d'accaparer l'attention d'une femme, et qui savait s'effacer devant ses besoins. Était-elle en train de rêver ?

Il venait de tourner les talons pour se diriger vers la porte quand il lui adressa par-dessus son épaule un clin d'œil qui la désarma plus encore que cette livraison inattendue.

— Au fait, est-ce que tu es libre ce week-end ? demanda-t-il.

— Oui. Tu veux faire quelque chose ?

— Peut-être bien… On en reparlera au téléphone, dès que tu auras le temps de m'appeler.

L'excitation et l'impatience s'emparèrent d'elle. À tel point qu'elle refusa que sa raison lui dise qu'il ne fallait pas se mettre dans des états pareils pour si peu. Tout ce que cet homme avait fait, c'était lui apporter à manger et lui faire promettre de lui téléphoner le plus vite possible. Mais plus elle passait de temps avec Jayden, plus elle se rendait compte que c'étaient toutes ces petites choses qu'elle aimait particulièrement chez lui.

— Ça te dirait de partir en voyage demain ?

Si elle n'avait pas été au volant, elle aurait regardé son portable pour s'assurer d'avoir bien entendu.

— Où ça ?

Depuis qu'ils avaient commencé à se fréquenter, Jayden s'arrangeait toujours pour qu'ils puissent s'appeler quand elle rentrait du travail, afin qu'elle ne se sente pas seule pendant le trajet.

La clinique ne se trouvait qu'à trente minutes en voiture de chez elle, ce qui n'était pas suffisant pour qu'elle se sente seule et abandonnée de tous en conduisant ni qu'il puisse lui arriver quoi que ce soit. Néanmoins, cela lui faisait toujours plaisir d'entendre sa voix.

— À New York. On pourrait aller au théâtre, se balader et ensuite se faire un dîner sympa.

Elle fronça les sourcils, avant d'esquisser un sourire.

— Jayden Lattimore, ton intention serait-elle de m'amadouer en me faisant boire et manger ?

— Tout à fait. Après une journée comme celle-ci, tu as bien mérité un peu de bon temps. La question est la suivante : vas-tu me laisser faire ?

Elle sourit plus franchement.

— Absolument.

— Génial !

Son excitation lui réchauffa le cœur. De plus en plus, le voir ou le savoir heureux suffisait à son bonheur.

— Retrouve-moi au ranch à la première heure demain matin, et on partira directement.

— Avec plaisir.

Elle hocha la tête et se sourit à elle-même, portée par l'espoir de vivre un moment exceptionnel. Ses attentes étaient élevées mais, à entendre le ton de sa voix, Jayden avait bien l'intention de lui faire vivre un week-end inoubliable. Le regarder passer la journée du lendemain à se démener pour ne pas la décevoir promettait d'être assez amusant.

À dire vrai, il n'avait plus rien à lui prouver. Il avait

déjà dépassé ses attentes, et de loin, en lui apportant son déjeuner à la clinique. Ce qu'il lui proposait là ne serait que la cerise sur le gâteau.

Alors qu'ils poursuivaient leur conversation et réglaient les derniers détails de leur voyage, elle se demanda comment elle avait fait jusqu'ici pour vivre sans Jayden, qui la traitait comme jamais personne ne l'avait traitée.

- 10 -

— Tu es originaire de New York : je n'arrive pas à croire que tu aies l'air de découvrir cette ville pour la première fois.

Zanai se mit à rire alors qu'ils tentaient de regagner leur hôtel en fendant la foule dense qui se pressait aux abords de Times Square.

— Je suis de Brooklyn. Ça n'a rien à voir avec ce que tu appelles New York.

— Ce que j'appelle New York ? Je ne comprends pas bien ce que tu entends par là.

Elle lâcha son bras pour prendre sa main.

— Pour les touristes, le quartier où nous nous trouvons en ce moment même, c'est ce qu'ils nomment « New York City ». Ceux qui comme moi sont nés et ont grandi ici parlent de « Manhattan ». Et quand on est de Brooklyn, on ne vient à Manhattan que lorsqu'on y est obligé. Il y a beaucoup trop de gens ici, dont la plupart sont des touristes, comme toi.

Il pressa doucement sa main, avant de lui sourire.

— Donc, si je comprends bien, Brooklyn, c'est un peu le Far West de New York.

Elle secoua la tête.

— Non, puisque Brooklyn se situe à l'est de Manhattan.

Sa réponse faussement sérieuse eut l'effet escompté : Jayden éclata de rire.

— Manhattan est absolument magnifique, continua-t-elle, mais c'est aussi un endroit chaotique et bruyant. Devoir supporter toute cette agitation au quotidien peut vite devenir usant. Parfois, on a envie d'une atmosphère un peu plus tranquille.

Il acquiesça, et lâcha sa main pour qu'elle puisse la première pénétrer dans le hall de l'hôtel.

Il attendit qu'ils soient sortis de l'ascenseur pour poursuivre la conversation.

— Je comprends que cette ville puisse être épuisante à la longue. Parfois on a besoin de faire une pause et de respirer.

À l'aide de la carte magnétique, il ouvrit la porte de la chambre, puis, en parfait gentleman, s'effaça pour, de nouveau, la laisser passer devant lui.

Presque aussitôt, elle remarqua qu'il y avait quelque chose de bizarre. Une lumière tamisée reproduisait artificiellement le vacillement de la flamme d'une bougie. Au centre de la pièce se trouvait une petite table carrée sur laquelle étaient posés un seau à champagne et deux flûtes en cristal.

— Qu'est-ce que tu as manigancé, Jayden ?

Quand elle se tourna, Zanai le vit, debout, l'air décontracté, les jambes écartées et les mains dans les poches. Faussement innocent.

— Tu travailles dur et, d'après ce que j'ai pu constater, tu prends rarement le temps de penser à toi. Je voulais juste être sûr que tu profites de ce week-end pour le faire. Sans compter qu'à force de passer le plus clair de mes journées avec mes vaches, mes chevaux, et leurs parfums respectifs, j'ai parfois des envies de choses un peu plus… raffinées. Et il faut toujours écouter ses envies, n'est-ce pas ?

Quelque chose dans le ton qu'il avait employé la fit frissonner. Le sous-entendu était subtil, mais il laissait entrevoir d'alléchantes possibilités pour la nuit qui s'annonçait.

Elle le fixa dans les yeux. Son regard était si intense que plus elle y plongeait, plus elle en était captive.

Ce fut quand elle parvint à s'en détacher au prix d'un immense effort qu'elle remarqua les pétales de rose disséminés sur le sol, et qui traçaient un chemin depuis la petite table jusqu'à la chambre à coucher.

— Tu as sorti le grand jeu, semble-t-il.

Il s'approcha.

— Je te l'ai déjà dit : une reine mérite ce qu'il y a de mieux. Mangeons, et ensuite nous verrons ce que la nuit nous réserve.

Son regard posé sur elle était si pénétrant qu'il en était difficilement supportable. En réalité, ses yeux n'étaient pas seulement posés sur elle. Ils la transperçaient et voyaient celle qu'elle était vraiment, dans son absolue vérité, c'est-à-dire une femme apeurée et seule qui avait construit des murs autour d'elle pour tenir le monde à l'écart.

— Que célèbre-t-on, alors ?

Elle se dirigea vers la table, prit les flûtes et désigna la bouteille de la tête. Jayden continua de la regarder un moment avant d'aller déboucher le champagne.

Il ne la quitta des yeux que le temps nécessaire pour remplir les verres. Dès qu'il eut remis la bouteille dans le seau empli de glace, il recommença à la regarder.

— Comme toujours, c'est *toi* que nous célébrons.

Il fit doucement tinter son verre contre le sien avant de boire une petite gorgée, puis de reposer sa flûte sur la table.

— Zanai, pas la peine d'être si nerveuse. J'ai imaginé cette petite mise en scène parce que j'ai pensé que ça te ferait plaisir. Mais cela ne signifie en rien que j'attends en retour que tu couches avec moi. Que nous passions la nuit à grignoter devant la télé ou bien à nous donner du plaisir jusqu'à ce que nous soyons trop fatigués pour bouger, tout m'ira. Ce sera à toi et à toi seule de décider.

Il pencha la tête, comme s'il réfléchissait à quelque chose. Quelle que soit la conclusion à laquelle il était parvenu, son expression s'adoucit légèrement. Néanmoins, la tension sexuelle qu'il tentait de contenir était palpable : dans son regard, sur ses traits, dans son attitude et même dans l'air qui flottait autour de lui.

Il tendit la main pour caresser sa joue, ce qui arracha à Zanai un soupir pâmé qu'elle ne put contenir.

— Qu'est-ce qui est en train de passer dans ta jolie tête, dis-moi ?

Elle inclina le visage pour appuyer sa joue contre sa paume. À son contact, sa nervosité s'apaisa d'un coup. Si elle pouvait rester dans cette position sans penser à rien, elle serait sans doute en train de vivre le plus beau moment de son existence.

— J'ai adoré chaque instant que nous avons partagé, toi et moi. D'ailleurs, à chaque fois que tu me touches, un grand feu me dévore… donc, le problème, ce n'est vraiment pas que je n'ai pas envie de toi.

— Qu'est-ce que c'est, dans ce cas ? Parce que je vois de l'hésitation dans ton regard. Moi aussi, j'ai très envie de toi, mais je ne veux surtout pas te forcer. Ça ne me procurerait ni joie ni plaisir. Explique-moi, alors, ce qui te retient.

Elle déglutit et ferma un instant les yeux pour trouver en elle la force de continuer.

— Ça va sans doute te paraître immature et un peu idiot, mais j'ai juste peur qu'après les choses changent entre nous.

Il fronça les sourcils d'un air incrédule.

— Tu dis que je suis une reine, Jayden.

Elle but une gorgée de champagne en espérant y puiser du courage.

— Mais en vérité, les seuls moments de ma vie où j'ai pu me sentir comme une reine sont ceux que nous avons passés ensemble.

— Et tu imagines que, une fois que j'aurai obtenu ce que je veux, tout ceci prendra fin.

Lorsqu'elle l'entendit prononcée à voix haute, cette hypothèse lui parut ridicule. Elle ne pouvait pourtant la chasser de son esprit.

— Je ne pense pas que ce soit ton intention, répondit-elle d'une voix à peine audible, mais je mentirais si je disais que ce n'est pas ma plus grosse peur.

Elle s'attendait à voir Jayden en colère à l'idée de ne pas obtenir ce que, de toute évidence, il voulait, d'autant que c'était ce qu'elle voulait elle aussi.

Ses yeux brillaient mais, à la place de la colère, c'était toujours du désir qu'ils exprimaient. Un désir mêlé de bienveillance qui sut apaiser les craintes de Zanai.

— Zanai, j'ai envie de toi. Je n'ai rien fait pour le cacher et, bien sûr, tu t'en es rendu compte. Mais si je te traite comme une reine, ce n'est pas dans le but de t'attirer dans mon lit. J'aime vraiment passer du temps en ta compagnie. Et je suis sincère.

Il retira sa main de sa joue, s'approcha davantage et prit le verre de champagne qu'elle tenait pour le déposer sur la petite table.

— Je ne vais pas te raconter d'histoires et prétendre que je suis prêt à m'engager pour toujours, mais quoi qu'il se passe entre nous, une nuit ne sera sans doute pas assez. Et même si je suis certain que découvrir ton corps est une expérience que je vais adorer, cela ne changera en rien nos rapports ni ma façon de te traiter, tout simplement parce que tu es et tu resteras à jamais une reine, indépendamment de moi.

Il l'attira à lui et posa délicatement ses lèvres sur les siennes. On aurait dit qu'il avait peur qu'elle se dérobe mais, étant donné l'effet que lui faisait ce simple contact, il n'y avait aucun risque que cela se produise. Au contraire, pour rien au monde elle n'aurait voulu que ces divines sensations prennent fin.

Pour s'en assurer, elle commença par poser les paumes à plat sur le torse de Jayden. Avec délice, elle sentit ses muscles tendus sous sa chemise, qu'elle aurait voulu arracher d'un coup.

Ses mains poursuivirent leur chemin pour venir se nouer sur sa nuque. Elle se colla alors à lui dans une tentative pour abolir tout l'espace qui pouvait faire obstacle entre leurs deux corps.

Il l'accueillit volontiers entre ses bras, et fit glisser ses mains jusqu'à sa taille pour la plaquer contre lui avec une fougue à laquelle elle était à présent habituée et sans laquelle elle ne s'imaginait plus vivre.

Elle l'embrassa avec plus de passion, comme si elle

avait désespérément besoin de sentir sa saveur. La timidité et la retenue qui l'avaient accompagnée toute son existence semblaient avoir disparu. Il ne restait plus que l'instinct et le besoin, contre lesquels elle n'aurait lutté pour rien au monde.

Elle enfouit sa langue dans la bouche de Jayden et prit le temps de le savourer. Il poussa un grognement si guttural qu'elle en perçut les vibrations contre son buste.

Elle recula légèrement et mit fin à leur baiser. Elle leva les yeux vers Jayden. Son besoin maladif de se cacher avait disparu lui aussi. Elle voulait que Jayden la voie. Qu'il voie non seulement son corps, mais aussi son cœur et son âme, où se tapissaient les sentiments qu'elle n'osait pas exprimer.

Pas encore en tout cas.

Elle essaya péniblement d'emplir d'air ses poumons qui brûlaient et, en haletant, dit :

— Nous portons… beaucoup trop de vêtements.

Il ne commit pas l'affront de lui demander si elle était sûre d'elle. La façon dont elle s'accrochait à lui comme si sa vie en dépendait devait trahir son désir. Si ce n'était pas le cas, elle serait heureuse de lui faire comprendre ce qu'elle avait en tête en commençant à le déshabiller. Car elle le voulait nu et tout à elle.

— Trésor, c'est un problème qui peut être résolu facilement.

Encore ce sourire nonchalant, aguicheur et… irrésistible.

D'ailleurs, elle n'y résista pas, et en moins de temps qu'il en fallut pour le dire, elle le débarrassa de sa chemise et, plus vite encore, ôta sa robe.

Elle se tint face à lui, en sous-vêtements de dentelle,

exposée et presque nue, mais au lieu de se sentir vulnérable, elle en éprouva de la puissance.

Jayden semblait incapable de détacher ses yeux d'elle, comme s'il voulait mémoriser chaque centimètre carré de sa chair.

— Si tu continues de me regarder comme ça toute la soirée, ça risque rapidement de devenir frustrant et pour toi et pour moi.

— Vois-tu, répliqua-t-il en attrapant sa main et en la prenant dans ses bras forts, tu as deux fois tort. Premièrement, je pourrais me contenter de t'admirer toute la nuit et j'en tirerais quand même un plaisir inouï. Mais tu te trompes aussi sur mes intentions, car je suis bien décidé à passer à l'action, et vite.

Elle frissonna. Ce n'était pas juste de la bravade, une déclaration destinée à prouver sa virilité et son ardeur. C'était une promesse. La promesse d'un bonheur intense et partagé dès qu'ils s'enlaceraient.

En le contemplant, elle ne put s'empêcher de sourire. Parce que, pour la première fois de sa vie, elle était prête à se laisser aller et à s'abandonner totalement.

Prête à ne penser à rien d'autre qu'à l'instant présent.

Jayden luttait pour garder la mainmise sur son désir. Ils avaient quitté le coin salon de leur suite pour la chambre, au centre de laquelle trônait un immense lit.

Leurs mains et leurs membres étaient partout, en train d'arracher les vêtements qu'il leur restait. Dès l'instant où il avait posé les yeux sur Zanai, Jayden avait su avec certitude qu'il se brûlerait à sa flamme.

Il s'arracha à son étreinte, car il avait besoin de ralentir quelque peu les choses. Il avait passé trop de temps à rêver de ce moment, à fantasmer sur les sensations qu'il éprouverait en la sentant enfin nue contre lui.

Il n'avait eu qu'un avant-goût des transports dont elle était capable quand il l'avait fait jouir en la caressant le soir où il l'avait invitée à son appartement. Mais un avant-goût, c'était presque pire que rien du tout, car cela pouvait rendre fou. Il était bel et bien devenu fou, mais la folie qu'il avait combattue de toutes ses forces n'avait rien à voir avec la colère, et tout à voir avec le besoin viscéral qu'il ressentait au plus profond de son être.

Il calma leur frénésie de baisers, pour boire lentement à ses lèvres comme il se serait délecté d'un nectar rare et précieux. Lorsqu'elle manifesta son mécontentement et réclama plus de passion, il recula, savourant le petit gémissement dépité qu'elle laissa échapper.

Il embrassa ses lobes d'oreilles, puis glissa lentement jusqu'à son cou offert et si tentant. Il le mordilla du bout des dents et constata avec plaisir qu'il la faisait frissonner.

Il passa ses mains avides sur ses flancs et dans son dos, et parvint sans aucune difficulté à dégrafer son soutien-gorge. Lorsqu'il découvrit sa poitrine qui semblait attendre avec impatience qu'il lui accorde toute l'attention qu'elle méritait, son projet initial de faire durer les choses pour mieux profiter de Zanai s'évapora dans les airs.

Il attrapa l'arrière de ses cuisses et la souleva jusqu'à ce que ses jambes soient nouées autour de sa taille, afin de la porter jusqu'au lit. Dès qu'elle fut allongée, il l'embrassa, en traçant une ligne partant de ses lèvres pleines et allant jusqu'à son décolleté. Il fut tenté de continuer son chemin lorsque les mamelons dressés de Zanai le détournèrent de son but ultime.

Après un petit coup de langue, Zanai se cambra, comme pour en réclamer davantage. Si elle en voulait plus, il allait lui en donner plus. Et même plus que cela encore. Il alterna les coups de langue, les baisers et les caresses. Quand les gémissements qu'elle émettait intensifièrent son propre plaisir, il descendit le long de son torse et de son ventre, jusqu'à ce que sa bouche arrive à son sexe.

Un simple effleurement de son clitoris provoqua des spasmes qui attisèrent le désir de Jayden. C'était la première fois que les réactions d'une partenaire l'excitaient à ce point. Il n'osa pas réfléchir à tout ce que cela impliquait car, s'il l'avait fait, il aurait peut-être été tenté de mettre assez de distance entre eux pour reprendre le contrôle de lui-même. Mais il n'était pas prêt à s'éloigner d'un seul millimètre de ce corps si affolant.

Zanai était si douce, si torride, si réactive. Ses réponses à ses sollicitations étaient aussi enivrantes que la sensation de sa chair contre la sienne.

Avec lenteur, il dessina des petits cercles à l'entrée de son sexe du bout des doigts, pendant qu'il augmentait la pression de sa bouche sur son clitoris. Quand il glissa un doigt en elle, la bouffée de chaleur qui l'envahit lui arracha un grognement. Il ressentit comme une décharge électrique dans son bas-ventre en imaginant cette délicieuse tiédeur autour de son sexe douloureux à force d'être gonflé.

Impatient de connaître ce bonheur, il ajouta un deuxième doigt, et les remua en elle avec ardeur. Encouragé par les petits cris de plaisir qu'elle émettait, il redoubla d'efforts, bien décidé à la faire jouir au moins une fois avant de satisfaire son envie de la pénétrer.

Elle bougeait le bassin pour accompagner le mouvement de ses doigts et de sa langue. Il ajouta alors un troisième doigt et adora le moment où elle l'empoigna avec possessivité par les cheveux pour qu'il s'approche encore plus d'elle. Quand son corps se raidit et que le son de sa voix éraillée déchira le silence, il éprouva une satisfaction sans pareille.

Il recula sans attendre. En temps normal, il l'aurait serrée dans ses bras pour la contempler pendant qu'elle reprenait doucement ses esprits. Mais là, il s'empressa d'aller chercher les préservatifs qu'il avait emportés dans ses affaires en songeant à cet instant.

Une fois le préservatif en place, il alla retrouver Zanai sur le lit et prit sa bouche tout en se positionnant sur elle. C'était le seul sursis qu'il pouvait lui accorder, étant donné la façon dont son corps parfait l'attirait et semblait l'aspirer.

Il la pénétra lentement et, peu à peu, sentit sa chaleur l'envelopper.

— Oh ! Zanai, comme c'est bon.

Le pur délice de ce moment lui fit se demander comment il avait pu tenir si longtemps. Depuis le début, il avait pensé qu'entre eux non seulement les choses se passeraient bien, mais aussi et surtout que le sexe serait fantastique. Comment aurait-il pu en être autrement alors que le simple fait de la voir remuait quelque chose d'indéfinissable mais de pourtant bien réel et tangible en lui ?

Il essaya de rester immobile un temps, afin de savourer leur union à sa juste valeur, mais Zanai choisit cet instant pour le solliciter. Elle le serra contre elle pour lui demander de bouger, et alors il fut absolument incapable de résister.

Chaque coup de bassin qu'il donnait étant meilleur que le précédent, il s'abandonna à leur désir mutuel. Il allait et venait en elle de plus en plus profondément, jusqu'à abolir les limites séparant leurs deux corps.

Chaque caresse, chaque contact, chaque gémissement rapprochaient davantage Jayden d'un orgasme qu'il avait de plus en plus de mal à repousser, malgré son envie de faire durer les choses le plus longtemps possible.

Il regarda Zanai et, dans ses yeux, vit quelque chose qui ressemblait à du défi. Alors il reconnut l'étincelle superbe et altière qu'il avait admirée dans les prunelles de la mystérieuse reine rencontrée au bal.

Il passa les bras autour de son cou, l'attira plus près de lui, l'incita à croiser ses longues jambes autour de son bassin, et se servit du poids de son corps pour les faire pivoter ensemble et changer de position.

Il avait adoré mener la danse. Il avait supposé que c'était ce que souhaitait Zanai. Il semblait cependant avoir fait erreur, car le long soupir qu'elle exhala en se laissant glisser autour de son sexe dressé pour elle lui offrit un démenti explicite.

— Prends ce que tu veux, ma reine.

— J'en ai bien l'intention.

Il ne put s'empêcher de sourire.

Alors qu'elle se mouvait avec concentration et avec une forme de gravité, il se sentait de plus en plus près de succomber. Il s'abandonna au va-et-vient décadent de ses hanches et à la chaleur de son corps qui le baignait. Quand leurs regards entrèrent en contact, il se rendit compte que ce qu'ils partageaient en ce moment même était bien plus que du simple plaisir physique.

La contemplation du sourire affirmé et presque arrogant qui illuminait son visage emplit toute son âme de joie. Et lorsqu'elle le regarda et lui adressa un rapide clin d'œil, juste avant de se contracter autour de lui, il fut perdu. La libération de Zanai entraîna la sienne, et il leva les hanches pour aller à sa rencontre.

Il en voulait plus. Plus de contact, plus de plaisir. Plus de tout. Il craignait l'orgasme qui menaçait de s'abattre sur lui autant qu'il l'attendait. À la recherche de sensations plus violentes, il plaça rapidement Zanai sous lui. Le rythme effréné de ses va-et-vient arracha à sa belle amante des cris sensuels qui s'insinuèrent en lui et chamboulèrent tout ce qu'il pensait savoir sur lui-même. À sa grande stupéfaction, il était en train de se sentir devenir un autre homme, entièrement façonné par Zanai.

Et peu importait que cette idée soit effrayante, il ne pouvait s'empêcher de s'y accrocher comme si Zanai était en train de l'appeler par son nom. Les petits bruits qu'elle ne cessait d'émettre précipitèrent sa chute. Il bascula définitivement de l'autre côté – celui de la jouissance ultime – et, comme secoué par un séisme, il eut l'impression de voler en éclats et d'exploser en une infinité de morceaux, sans être certain de pouvoir retrouver sa forme et son unité un jour.

Alors que son corps luttait pour revenir à la normalité et qu'un tiède alanguissement gagnait tous ses membres, il se rendit compte qu'il se moquait bien que les morceaux épars de son âme ne se réassemblent jamais. Être brisé par le plaisir avec cette femme était une satisfaction telle qu'il se serait volontiers laissé réduire en poussière par elle si cela signifiait éprouver de nouveau de telles sensations.

Il se laissa tomber sur le lit et attira Zanai tout contre lui. Alors qu'elle l'enlaçait, il fut gagné par une sensation de plénitude telle qu'il poussa un très long soupir.

Oui, il était gravement atteint. Cela aurait dû le terrifier. Mais au lieu de la peur, la seule chose qu'il ressentait, c'était une profonde satisfaction.

— À notre retour demain, est-ce que tu seras pressée de rentrer ou est-ce que tu pourras me consacrer encore un peu de temps ?

Confortablement allongée sur le lit moelleux, Zanai admirait Jayden qui se tenait debout au milieu de la chambre, nu sous la serviette de bain qui ceignait sa taille.

— Désolée, qu'est-ce que tu viens de dire ? J'étais un peu distraite. Par toi et ta serviette…

La lueur coquine qui passa dans ses yeux le rendit encore plus sexy.

— Mon corps serait donc capable de te distraire ? Je saurai m'en souvenir ! Mais, sérieusement, tu seras pressée de rentrer chez toi dimanche soir ?

Elle secoua la tête.

— Non, pas particulièrement. Je n'ai rien de spécial à faire. Pourquoi ?

Il ne répondit pas tout de suite, ce qui l'inquiéta légèrement. Alors elle insista.

— Pourquoi est-ce que tu me poses la question ?

Il désigna son téléphone, posé sur la commode.

— Mon frère vient de m'envoyer un message. Mes parents organisent un repas, ce qui n'était pas prévu au départ, et puisque tu vas devoir passer au ranch pour récupérer ta voiture, tu pourrais rester grignoter un morceau.

Elle ne s'attendait pas du tout à cette proposition.

— Oh là là, Jayden, si nous apparaissons ensemble à un repas organisé par tes parents, cela va d'un coup rendre les choses beaucoup plus officielles entre nous. Tu es sûr que tu as envie de présenter une extraterrestre comme moi à ta famille ?

— Zanai, répondit-il d'une grosse voix qui emplit la pièce et vint percuter de plein fouet sa poitrine, l'empêchant presque de respirer. Tu n'as rien d'une extraterrestre, et j'aimerais bien que tu ne dises plus jamais des bêtises pareilles. Au cas où tu ne l'aurais pas encore remarqué, j'ai un faible pour toi, et cet autodénigrement me peine parce que je sais à quel point tu te trompes.

— Jayden, je plaisantais, c'est tout.

Non, elle ne plaisantait pas.

— Non, je ne crois pas.

Elle le regarda prendre une grande inspiration avant de poursuivre.

— Je ne sais pas si c'est juste toi qui souffres d'un gros complexe d'infériorité ou si c'est ton père qui fait tout pour te forcer à croire que tous les habitants aisés de Royal sont d'affreux snobs qui ne peuvent que te mépriser et t'ignorer. Quoi qu'il en soit, c'est n'importe quoi, et il faut que tu arrêtes tout de suite.

Il avait parlé d'un ton âpre et autoritaire. En toute logique, elle aurait dû trouver cela agaçant. Au lieu de ça, elle se sentait protégée et défendue, et cela lui fit chaud au cœur.

— Tu es quelqu'un de tout à fait normal, continua-t-il.

Et il n'y a vraiment rien chez toi qui pourrait m'empêcher de vouloir te présenter à mon entourage. Ma famille est loin d'être parfaite. Néanmoins, je peux t'assurer que nous sommes tous des gens très ouverts et accueillants. C'est presque une insulte que tu puisses penser le contraire.

Il ferma les yeux un instant, et elle le vit s'efforcer de respirer plus lentement pour retrouver son calme.

— Zanai, tu es belle, gentille, forte et déterminée. Pour toutes ces raisons, ma famille va t'adorer et sera honorée de ta présence au repas qu'elle organise demain.

Tout en prenant la mesure de ce que Jayden venait de dire, Zanai se redressa lentement, pour se retrouver en position assise dans le lit, calée contre les oreillers. Elle affichait un large sourire qui n'avait rien à voir avec la perspective d'une invitation mais tout à voir avec l'homme qui se trouvait face à elle.

— Merci, Jayden.

Elle essaya de ne pas paraître trop béate.

— Je serais vraiment ravie d'assister à ce repas.

— Très bien. Nous sommes censés atterrir aux alentours de midi. Ce qui signifie que les côtelettes devraient être cuites et la bière bien fraîche à notre arrivée au ranch. Les agapes vont durer toute la journée et même se prolonger dans la soirée, donc si tu as des vêtements pour lundi, tu n'auras qu'à rester dormir au cottage.

— Jayden, peu importe que ça se finisse tard. Je serai en mesure de rentrer. C'est ridicule que je te chasse de chez toi.

Il rit.

— Qui te parle de me chasser de chez moi ? Je n'ai pas l'intention de te laisser seule dans mon cottage. Et si tu me fais le plaisir de passer la nuit en ma compagnie, je serai un homme comblé : je pourrai passer la journée à me régaler de la cuisine de ma chère maman et la nuit à te faire l'amour.

Elle était sur le point de lui faire remarquer qu'elle ne trouvait pas forcément heureux qu'il mette sur le même plan le sexe avec elle et les petits plats de sa mère, quand il vint la rejoindre au lit, où il l'enlaça. Aussitôt, elle perdit toute capacité à prononcer des phrases construites.

— Tu es sûr que je peux rester ? Je n'ai pas envie que ta mère pense que je suis une traînée prête à corrompre son fils chéri.

— Corrompre, tu dis ?

Seigneur, ce sourire coquin qui rehaussait les coins de sa bouche sensuelle était comme une drogue, dont l'effet était aussi puissant sur son esprit que sur son corps.

— J'aime beaucoup ce mot.

— Ça ne m'étonne pas de toi. Mais malgré ton penchant évident pour la débauche, j'ai l'intention de faire bonne impression auprès de ta famille.

— Si tu insistes.

Ils rirent ensemble. Ce fut alors qu'elle se rendit compte qu'il lui était de plus en plus facile de baisser sa garde avec lui. C'était agréable, elle devait l'avouer. Mais en même temps, elle ne pouvait s'empêcher de se demander combien de temps cela allait durer.

Il se coucha sur elle, et sentir son poids et sa chaleur tout contre sa peau l'emplit de bonheur.

Elle aurait voulu attribuer cette étrange sensation qui partait de sa poitrine et se diffusait dans l'ensemble de son corps au sentiment d'enveloppement que cette position lui procurait. Mais au fond d'elle-même, elle savait que ce n'était pas cela.

Elle avait trop peur de nommer ce qu'elle pensait reconnaître, alors elle se concentra sur le moment présent, c'est-à-dire sur la bouche de Jayden qui embrassait son cou. Elle poussa un petit soupir d'aise.

— Tu es vraiment un être à part, Jayden Lattimore.

Il lui adressa un sourire radieux tout en faisant remonter sa main le long de sa cuisse.

— Surtout, ne l'oublie jamais.

- 11 -

— Tu es sûr que ta famille ne t'en voudra pas si tu amènes une invitée qui n'était pas prévue et qu'ils ne connaissent pas ?

— Zanai, pour ma mère, tu seras une bouche supplémentaire à nourrir, et plus elle en a, plus elle est heureuse. Ça me dépasse un peu, mais faire à manger aux gens semble suffire à son bonheur.

— Ce n'est pas une réponse, Jayden.

Il ricana tout en franchissant le portail du ranch familial.

— Si tu connaissais ma mère, tu saurais que, si, c'est bel et bien une réponse. Ma famille est au courant que tu viens, Zanai. Je les ai prévenus. Et je leur ai dit qu'ils avaient intérêt à bien se tenir s'ils ne voulaient pas que mon terrible courroux se déchaîne contre eux.

Elle essaya de garder son sérieux mais, au bout de quelques secondes, elle éclata de rire. Jayden était la personne la plus calme et décontractée qu'elle ait jamais rencontrée. Pour être honnête, elle ne le pensait pas capable de se mettre vraiment en colère.

— Cesse de t'en faire. Tout va bien se passer. Et je suis quasi certain que les Grandin vont se montrer à un moment de la journée.

Cela la rassura. Même si Morgan ne lui avait rien laissé entendre de la sorte, Zanai ne lui en voudrait pas si elle faisait une apparition surprise, bien au contraire. Elle savait que, en présence de son amie, elle se sentirait plus à l'aise.

— Prête ?

Elle hocha la tête. Elle s'apprêtait déjà à ouvrir sa portière quand Jayden lui adressa un regard contrarié.

— Pour qui est-ce que tu vas me faire passer auprès de ma mère ? Elle m'a appris à ne jamais laisser une femme ouvrir elle-même sa porte de voiture.

Elle ne put s'empêcher de sourire.

— Donc, si tu te montres galant, c'est uniquement parce que ta mère peut te voir ?

Il l'embrassa rapidement avant de lui rendre son sourire.

— Bien sûr que non. Je suis bien trop égoïste pour ça. Si je le fais, c'est pour avoir le plaisir de tenir ta main pendant que je t'aide à descendre.

— Attention, un jour la supercherie éclatera au grand jour.

Il lui vola de nouveau un baiser.

— Je suis un malin : ça m'étonnerait.

Jayden lui adressa un clin d'œil, et les battements de son cœur s'accélérèrent.

Il sortit de la voiture et en fit rapidement le tour pour venir ouvrir sa portière. Il avait raison : le courant électrique qui parcourut Zanai quand leurs mains entrèrent en contact en valait la peine.

Dès qu'elle fut debout, Jayden prit sa main pour la poser sur son avant-bras, avant de lui sourire une nouvelle fois.

— C'est parti, déclara-t-il.

Elle hocha la tête, surprise de ne pas ressentir cette

appréhension et cette gêne qui d'habitude s'emparaient d'elle quand elle s'apprêtait à rencontrer des inconnus.

Elle savait qui étaient les Lattimore, bien sûr. Même s'il y avait beaucoup de grosses fortunes au Texas, rares étaient les familles noires possédant les moyens et le prestige de ces derniers.

Il aurait été impossible de ne pas les connaître au moins de réputation. Mais même si le père de Zanai faisait partie des personnes de couleur les plus riches de la ville, les James n'avaient pas vraiment eu l'occasion de fréquenter le clan Lattimore jusqu'à présent.

Ils gravirent les marches du perron afin d'entrer dans la grande maison. La première chose qui frappa Zanai fut son côté accueillant et chaleureux.

Dès le jour où Jayden l'avait invitée à son cottage pour dîner, elle avait perçu que cette demeure possédait une âme. Il ne se trouvait pas de colonnes de marbre à l'entrée. À la place, il y avait un vaste auvent avec une balancelle suspendue à chaque extrémité, comme pour inviter visiteurs et habitants à venir s'asseoir et se détendre.

Elle avait tout de suite vu qu'il s'agissait d'un endroit où vivait une famille aimante et bienveillante. En pénétrant dans la maison, et en découvrant les tons bordeaux et marron du décor, elle comprit que ses occupants avaient recherché le confort et l'harmonie plutôt qu'à faire étalage de leur richesse.

Ils traversèrent rapidement la grande et lumineuse cuisine, dont l'immense plan de travail était occupé par une multitude de plats recouverts d'aluminium. En effet, malgré la présence de Zanai, les invités ne mourraient pas de faim, songea-t-elle, amusée.

Ils franchirent ensuite une porte coulissante qui menait à un impressionnant patio en brique et pierre. Il était simple mais élégant, tout comme le mobilier réparti dans tout l'espace.

Jayden se dirigea directement vers l'endroit où se trouvaient ses parents, à l'autre extrémité du patio, près du gril. Zanai n'avait jamais été présentée à Ben et Barbara Lattimore, ni au frère et aux deux sœurs de Jayden, même si, bien entendu, elle savait qui était qui.

Alors qu'ils approchaient, Barbara, une sexagénaire bien en chair arborant une magnifique chevelure grise parsemée de quelques mèches encore noires, sourit de toutes ses dents, qui étincelaient.

Cet accueil suffit à mettre Zanai à l'aise. Être présenté à des gens riches et puissants n'était pas toujours un exercice facile. Parfois certains d'entre eux se montraient distants et méfiants vis-à-vis des étrangers. Mais l'exubérance que Zanai discerna dans les yeux de cette femme la fit se sentir comme chez elle avant même qu'elles aient échangé le moindre mot.

Barbara tapota le bras de son mari pour attirer son attention. C'était un homme solidement charpenté, très grand, avec des cheveux poivre et sel coupés très court. S'il le souhaitait, il devait pouvoir se montrer très impressionnant. Mais quand il se tourna pour voir qui lui désignait son épouse, il sourit aussi amicalement qu'elle.

— Maman, papa, j'aimerais vous présenter une amie à moi. Il s'agit du Dr Zanai James. Zanai, mes parents, Ben et Barbara Lattimore.

Zanai tendit la main, mais Barbara ignora son geste pour lui donner une accolade, rapide mais chaleureuse.

— Bonjour, Mr et Mrs Lattimore. Je vous remercie de m'accueillir dans votre belle maison.

— Écoutez, jeune demoiselle, dit le père de Jayden sur un ton sévère que contredisait son large sourire, pas de cérémonie entre nous. Appelez-nous Ben et Barbara, je vous en prie.

— Il a raison, enchaîna cette dernière. Nous sommes ici entre amis. Donc, allez vous chercher une assiette, remplissez-la copieusement et, dès que nous en aurons fini avec ces côtelettes, je viendrai vous rejoindre.

Zanai leur rendit leurs sourires.

— Avec plaisir.

— Grand-père et grand-mère sont par ici ? demanda Jayden. J'aimerais leur présenter Zanai.

Son père secoua la tête et un voile de tristesse obscurcit son regard.

— Ton grand-père était un peu agité, alors grand-mère l'a accompagné à l'étage pour qu'il se repose un peu. S'il se sent mieux, ils redescendront tous les deux.

Jayden acquiesça, puis se dirigea vers la longue table rectangulaire où étaient disposés d'autres plats.

Pendant qu'ils remplissaient leurs assiettes, Zanai observa Jayden. Il émanait de lui un bonheur tranquille. Il était déjà quelqu'un de décontracté par nature, mais ici il semblait se sentir encore plus à son aise que d'habitude. Une fois qu'ils se furent copieusement servis, ils se dirigèrent vers une table de pique-nique où se trouvaient assis le frère aîné de Jayden, ses deux sœurs et leurs conjoints respectifs.

— Zanai, voici mon frère Jonathan et l'élue de son cœur, Natalie. Ensuite, voici ma sœur Alexa et sa moitié, Jackson. Et enfin, Caitlyn et son galant, Dev. La compagnie, je vous présente le Dr Zanai James.

— Comme ça, tu es docteure ? demanda Alexa, une pointe de malice dans les yeux. Ça signifie donc que tu es intelligente, n'est-ce pas ?

Sans attendre la réponse de Zanai, elle poursuivit :

— Dans ce cas, explique-moi un peu ce que tu fabriques avec cet énergumène.

Zanai ne put cacher son amusement.

— Eh bien, il me fait rire. C'est une qualité qui n'a pas de prix.

Jonathan écarquilla les yeux, tout en tendant la main à Zanai.

— Tu entends ça, Jay ? Elle a vraiment l'air de penser que tu es bon à quelque chose. C'est la première fois que j'entends une chose pareille.

Il adressa un clin d'œil à Zanai avant de lui serrer la main.

— Je suis Jonathan, le frère aîné de Jayden, celui des deux qui a été gâté par la nature. C'est un plaisir de faire enfin ta connaissance.

— Jonathan n'a pas tout à fait raison, intervint Alexa. On se connaît déjà un peu, puisqu'on t'a aperçue à plusieurs reprises avec Morgan. Néanmoins, je ne pense pas que l'un d'entre nous ait eu la chance de pouvoir parler avec toi.

Royal était une petite ville, même Zanai ne pouvait pas y passer complètement inaperçue.

— Je suis assez casanière. Parfois, sortir me demande un effort.

— Je comprends tout à fait, répliqua Caitlyn en

lui tendant la main à son tour. Sortir et voir des gens requiert une énergie que je n'ai pas toujours.

Caitlyn désigna une place sur le banc à côté d'elle. Zanai, qui avait tout à coup le sentiment d'avoir rencontré son alter ego, accepta bien volontiers l'invitation. Jayden s'installa en face d'elle, entre Alexa et Jonathan.

— Tu n'as pas pitié de moi maintenant que tu vois ce que j'ai à subir tous les jours ? demanda Jayden.

Non, à vrai dire, la pitié n'était pas ce Jayden lui inspirait.

Au contraire, elle l'enviait.

Alors même que ses frère et sœurs se moquaient de lui, l'amour qui les liait tous était absolument évident. Zanai n'avait jamais rien connu de tel, même quand sa mère était encore en vie. C'était ainsi que les membres d'une famille se comportaient les uns vis-à-vis des autres lorsqu'ils s'aimaient. Elle aurait tant voulu connaître cela chez elle, songea-t-elle avec un pincement au cœur. Cependant, sa tristesse ne fut que fugitive, car regarder les Lattimore se chamailler avec tendresse était un spectacle qui faisait chaud au cœur.

Je pourrais y prendre goût.

À cette pensée, un frisson la parcourut. C'était peut-être agréable de se retrouver immergée au sein d'une famille chaleureuse, mais en aucun cas elle ne devait s'y habituer. Elle ne pouvait pas se le permettre. Jayden voulait s'amuser, s'offrir un peu de bon temps avec elle, et rien de plus. Oublier ceci serait une erreur fatale.

Comme s'il sentait son malaise, Jayden lui adressa un regard interrogateur et préoccupé. « Est-ce que tu vas bien ? » semblait-il vouloir lui demander en silence.

Non, elle n'allait pas bien. Tout ce qu'elle avait toujours

rêvé d'avoir et qu'elle n'avait jamais eu se trouvait là, juste devant ses yeux. La vie lui avait déjà appris que ce type de bonheur n'était pas pour elle. Pourtant, il ne tiendrait qu'à elle de… Non, il fallait chasser cette idée, et vite. Sa raison lui hurlait de partir tant qu'elle le pouvait encore, tant qu'elle pouvait encore se protéger.

Elle prit une grande inspiration, s'efforça de sourire et hocha la tête, en espérant convaincre Jayden que tout allait bien. Et se convaincre elle-même.

Elle décida d'ignorer les sirènes d'alarme qui retentissaient à ses oreilles, et, d'un geste résolu, planta sa fourchette dans la salade de pommes de terre qui se trouvait dans son assiette et qui, elle en était certaine, se révélerait la meilleure qu'elle ait jamais dégustée. Elle paierait pour cela, elle n'en doutait pas. Mais pour l'instant, sans songer aux conséquences de ses actes, elle allait goûter au bonheur simple de partager la table d'une famille unie et sincère.

Le ciel était en train de s'assombrir. D'habitude, Jayden, comme tous les amoureux des grands espaces, adorait le spectacle du soleil couchant. Mais ce soir, l'astre, en disparaissant peu à peu sous la ligne d'horizon, lui rappelait que la journée tirait à sa fin et que le lendemain allait bientôt arriver. Le lendemain, c'est-à-dire le moment fatidique où Zanai allait le quitter pour retourner travailler.

Et, non, il ne voulait pas de cette séparation.

— À quoi penses-tu, petit frère ?

La voix de Jonathan s'insinua dans son esprit, et détourna son attention de Zanai, qui était en train de discuter avec ses sœurs.

— À rien.

— Ta jolie psychologue est peut-être prête à croire tout ce que tu racontes, mais pas moi. Donc, je répète ma question : à quoi est-ce que tu penses ?

Bien que Jonathan lui mène parfois la vie dure, il excellait dans le rôle de grand frère. Il avait toujours été là pour lui, il l'avait toujours soutenu. S'il y avait quelqu'un à qui Jayden pouvait se confier, c'était bien lui. Sans compter que les déboires sentimentaux qu'il avait connus avant de trouver l'amour auprès de Natalie faisaient de lui l'interlocuteur idéal.

— Franchement, je ne sais pas.

— Cette femme t'a à ce point déboussolé ?

— En fait, on passe du bon temps ensemble, Jonathan, c'est tout. Mais je te mentirais en disant que je veux que ça se finisse bientôt. Il y a chez Zanai un je-ne-sais-quoi qui me donne envie de ne jamais rester trop loin d'elle.

Jonathan passa un bras autour de son cou et l'attira à lui pour lui administrer quelque chose se situant entre l'accolade et le coup de tête.

— Alors continue. Agis comme d'habitude et fais-toi plaisir. Ne te pose pas trop de questions.

Son frère avait raison. D'ordinaire, Jayden était du genre à laisser venir les choses comme elles se présentaient. Mais dans ce cas précis, pour une raison qui lui échappait encore, il refusait d'attendre les bras croisés. C'était sans doute parce que, s'il n'entreprenait rien, cela pourrait signifier que ces moments avec Zanai qu'il appréciait plus qu'il n'aurait dû allaient finir par prendre fin.

Il donna une franche accolade à son frère.

— Merci, Jonathan.

— Pas de problème, et si tu as besoin de parler, n'hésite pas, je suis là.

Jayden se libéra de l'étreinte de son frère et se dirigea vers Zanai. Il désigna de la tête l'autre extrémité du patio et elle quitta la compagnie de ses sœurs pour l'y rejoindre.

— Prête à partir ?

Elle lui adressa un petit sourire.

— Non, en fait. Je passe un très bon moment. Mais il se fait tard, et il serait sage d'aller me reposer un peu. Sinon, demain, je risque d'être un vrai zombie.

— Je suis sûr que, même en zombie, tu resterais magnifique. La reine des zombies.

Tandis qu'elle riait, il prit sa main. Ils restèrent ainsi, les doigts entrelacés, pendant qu'ils disaient au revoir à tout le monde puis tout en regagnant la voiture de Jayden.

— Alors, tu t'es vraiment amusée ?

Elle tourna vers lui un visage plein de tendresse.

— Oui, vraiment. Ta famille est incroyable. Merci de m'avoir invitée. Je ne m'étais pas rendu compte à quel point j'avais besoin de journées comme celle-ci.

— Tu passes ton temps à aider les gens qui en ont besoin. Tu mérites bien un jour de repos et de détente à l'occasion.

Une fois à la voiture, au lieu d'ouvrir sa portière, elle pivota pour le fixer au fond des yeux. Bien que la nuit soit tombée, il vit une flamme brûler dans son regard. Une flamme qui lui donna tout à coup très chaud.

— Il faut vraiment que tu arrêtes de me regarder comme ça, Zanai.

— Comment, comme ça ?

Il était incapable de dire si l'expression innocente qu'il

lisait sur son visage était sincère ou bien feinte. Quoi qu'il en soit, cela ne fit qu'attiser son désir pour elle, et il fut tenté de la prendre dans ses bras sur-le-champ.

— Comme si tu voulais quelque chose que je meurs d'envie de te donner.

Au début, il crut l'avoir choquée. C'était la seule façon d'expliquer sa bouche légèrement entrouverte. Mais alors ses yeux glissèrent jusqu'au cou de Zanai et virent son pouls qui tressaillait juste sous sa peau.

Ce fut plus fort que lui : il tendit la main et caressa cette zone, à la recherche d'autres preuves de ce désir qui semblait s'être emparé d'eux.

Sans réfléchir, il posa ses doigts sur sa nuque et l'attira à lui pour plaquer ses lèvres sur les siennes. Ils étaient dehors, à la vue de tous ceux qui auraient eu envie de venir se dégourdir les jambes dans l'allée. Mais le feu qui grandissait en lui était trop fort pour qu'il se préoccupe de ces détails.

Ce fut encore plus vrai quand Zanai plaça ses mains à plat sur ses épaules puis les fit remonter le long de son cou avant de se coller tout contre lui.

C'était un geste audacieux pour quelqu'un d'aussi réservé que Zanai, et l'idée qu'elle puisse être excitée au point d'oublier où elle se trouvait lui fit un effet spectaculaire. Il sentit son sang se mettre à bouillir dans ses veines et son sexe se raidir davantage.

L'étincelle du départ avait donné naissance à un gigantesque incendie. Si Jayden avait été raisonnable, il aurait battu en retraite, et aurait mis autant de distance que possible entre leurs deux corps embrasés. Cependant, son esprit était trop grisé par les vapeurs du désir pour être pragmatique. Au lieu de lâcher Zanai, il agrippa ses hanches dont les courbes naturelles semblaient être faites pour tenir parfaitement dans ses mains et la plaqua contre lui afin qu'elle sache l'effet qu'elle lui faisait.

Elle laissa échapper un long gémissement qui réchauffa l'atmosphère fraîche de la nuit. Il l'embrassa avec davantage de sauvagerie, et la fit reculer jusqu'à ce qu'elle heurte sa voiture. Il retira ses lèvres de sa bouche pour l'embrasser dans le cou et derrière l'oreille.

— Tu n'imagines même pas à quel point j'ai envie de toi, Zanai.

Sa voix était rauque, comme s'il avait bu ou crié pendant très longtemps.

— En fait, je pense que si, répondit-elle en frottant son bassin contre son sexe.

Surpris par son effronterie, il se demanda s'il n'était pas allé un peu trop loin et s'il ne devrait pas faire machine arrière. Ce fut alors qu'elle enroula une de ses mains autour de son cou tandis qu'elle plaçait l'autre sur sa taille comme pour souder davantage leurs deux corps.

Quand il la regarda dans les yeux, il y vit un feu qui devait ressembler à celui qui brûlait en lui. Sa peur d'être allé trop loin s'évapora aussitôt.

Ce n'était plus la femme réservée qui se protégeait en se coupant du reste du monde. C'était la reine fougueuse avec laquelle il avait eu l'immense plaisir de danser au bal masqué.

Il l'avait parfois aperçue durant les moments passés en compagnie de Zanai. Mais ce soir, c'était la première fois qu'il la voyait apparaître spontanément.

— Ma belle, on ferait mieux de bouger d'ici, car où qu'on se trouve, j'ai très envie de sentir ta peau nue contre ma peau nue.

Elle gémit, passa les deux bras autour de son cou et moula son corps contre le sien.

— Crois-moi, Jayden, je n'attends que ça.

Il enfouit son visage dans son cou et mordilla doucement sa chair. Il sourit lorsqu'il sentit les frémissements qui la parcouraient.

— J'adorerais que ce soit là, tout de suite, dit-il en la plaquant contre sa voiture. Je suis sûr que tu serais magnifique, nue sur la carrosserie. Mais ma famille est un peu trop proche de nous à mon goût, alors, pour cette petite expérience, nous allons devoir attendre un autre soir.

— Tu me mets des idées affriolantes en tête et, ensuite, tu ne vas pas jusqu'au bout. Quel sadisme !

— Docteur James, j'ai l'impression que je vous ai corrompue.

— Sans aucun doute.

Il se pencha pour l'embrasser de nouveau, car il avait besoin de sentir sa saveur délicate et sucrée.

— C'est bon à savoir, mais étant donné que je ne suis pas exactement préparé, il va falloir remettre ça à plus tard.

— Si tu veux parler de préservatifs, j'en ai.

Il l'embrassa encore, avant de sourire.

— Comme c'est mignon de ta part.

Elle lui rendit son sourire, et cette candeur calma un instant le feu qui menaçait de le dévorer.

— Je suis très heureux d'apprendre que tu es préparée… et prévoyante. Mais je ne parlais pas de préservatifs. Comme je te l'ai souvent répété, tu es une vraie reine. Te faire l'amour ne peut s'accomplir ni à la sauvette, ni à la légère. À chaque fois que j'aurai cet immense privilège, je tiens à te montrer à quel point je mesure ma chance. Donc, même si j'en meurs d'envie, je vais refréner mes ardeurs, te conduire jusqu'à mon cottage et t'adorer comme tu le mérites.

Il vit la déception assombrir son beau visage. Il ne pouvait nier que, au fond de lui, cela lui faisait plaisir. Bien sûr, l'idée que ses désirs ne soient pas comblés lui était insupportable mais, si elle se montrait aussi impatiente, cela voulait dire qu'à New York la magie avait bien opéré entre eux comme il en avait eu l'impression et qu'elle avait autant hâte que lui de renouveler l'expérience.

— Ne t'en fais pas, ma reine. C'est une bonne chose.

Elle haussa les épaules et le regarda en penchant la tête sur le côté, comme si elle essayait d'analyser ses paroles.

— Je ne vois pas en quoi ce serait une bonne chose d'attiser mon désir pour ensuite me laisser en plan.

Il crispa ses mains sur ses hanches et laissa échapper un gémissement plaintif. Il était très compliqué de l'entendre parler de son désir tout en essayant de contrôler le sien.

— J'ai bien l'intention de satisfaire toutes tes envies. Mais pas là tout de suite, c'est tout. Par ailleurs, est-ce que tu te rends compte que, au lieu de pinailler à côté de ma voiture, on pourrait déjà être à mon cottage, en train de s'adonner à ce qui est devenu mon activité favorite ?

Elle lui adressa un sourire coquin.

— Ah oui, et qu'est-ce que c'est, au juste, que cette activité favorite ?

— Te donner du plaisir.

Il avait répondu sans hésiter une seule seconde, ce qui, pour être honnête, l'inquiétait un peu. Ce n'était pas sa façon habituelle de fonctionner. Normalement, il était plutôt du genre à chercher à prendre du plaisir plutôt qu'à en donner. Jusque-là, il avait toujours privilégié les rapides aventures sans conséquence, mais il était forcé de constater que les choses étaient en train de changer car, avec Zanai, il avait envic d'une relation qui ne soit ni brève ni superficielle.

Le pire, c'était qu'au fond de lui-même il en était très content. C'était bien là le cœur du problème. À quel point était-il amoureux s'il avait déjà l'impression qu'il ne pouvait plus se passer d'elle ?

Elle l'attira à lui et pressa ses douces lèvres contre les siennes, avant de l'embrasser avec une sensualité qui faillit lui faire perdre toute maîtrise de lui-même et de la situation. À ce moment précis, il se rendit compte qu'il se moquait bien d'être tombé gravement amoureux. La seule chose qui lui importait, c'était de garder Zanai auprès de lui aussi longtemps qu'il le pouvait.

Trop accaparé par ses sens pour penser au désastre potentiel qui s'annonçait, il décida de remettre ses réflexions au lendemain. Ce soir, il se laisserait griser par la femme qu'il tenait dans ses bras.

Tant pis s'il le payait un jour prochain.

- 12 -

À peine arrivés au cottage, ils s'arrachèrent leurs vêtements avec sauvagerie. Ils s'interrompirent un instant quand Zanai sortit un préservatif de son sac, mais dès que ce dernier fut en place ils se jetèrent de nouveau l'un sur l'autre.

Au comble de l'impatience, Jayden manœuvra habilement pour qu'ils se dirigent vers le grand canapé qui se trouvait au milieu de son salon. Ils s'empressèrent d'enlever les habits qu'il leur restait. Jayden se plaça debout derrière Zanai et l'embrassa dans la nuque tout en empoignant ses hanches.

Elle était délicate, et pourtant si forte. Il avait du mal à comprendre comment cette femme pouvait exercer une telle emprise sur lui. Qu'elle le sache ou non, elle était en train de devenir une terrible addiction pour lui. Il avait encore quelques réserves, mais en vérité il était de plus en plus désireux de franchir ce fossé émotionnel au bord duquel il se tenait depuis bien longtemps.

Refusant que ses pensées ne viennent étouffer les flammes qui les dévoraient tous les deux, il encouragea Zanai à se pencher en avant, en prenant appui sur les coussins du sofa.

— Toi, tu as un truc avec les canapés, non ? lança-t-elle.

Il gémit doucement, en se penchant à son tour pour mordiller le lobe de son oreille, avant de murmurer :

— Si tu savais la vue que j'ai, tu comprendrais pourquoi j'affectionne particulièrement ce canapé.

Avant qu'elle ne puisse répondre, il se plaqua contre son dos et glissa sa main vers son sexe, dont il sentit la chaude moiteur.

— C'est pour moi, tout ça ? demanda-t-il en enfilant deux doigts en elle.

Pour son plus grand plaisir, il la sentit se contracter autour de lui. Quand elle se mit à accompagner les va-et-vient de ses doigts de petits gémissements suggestifs, il crut qu'il allait jouir sans pouvoir se retenir.

— Non, c'est pour moi, répondit-elle. Et maintenant, la suite, je te prie.

— Madame aime donner des ordres, on dirait.

— Et monsieur adore ça.

— C'est vrai, j'adore ça.

Il obéit à cette délicieuse créature qui le rendait fou, et la pénétra par-derrière, en prenant garde à ne pas lui faire mal.

Quand, en prenant appui contre le canapé, elle tendit davantage les fesses vers lui, il abandonna toute retenue. Il agrippa ses épaules d'une main et ses hanches de l'autre pour donner un coup de reins plus intense. Elle gémit de plaisir alors qu'il commençait à aller et venir en elle.

Après quelques minutes de langoureux délices, il finit par lui donner ce qu'ils voulaient tous les deux, en accélérant la cadence. Elle était déjà tout près de succomber. Il sentait son sexe se contracter et palpiter autour de lui, et à la tension qu'il percevait chez elle, il était évident qu'elle essayait de contenir son orgasme.

— Surtout ne te retiens pas, murmura-t-il en plaquant son torse contre son dos délicat. Laisse-toi aller, vas-y.

Il caressa son clitoris jusqu'à ce qu'elle se mette à crier. Son corps sublime était tendu à l'extrême et elle jouit en prononçant son nom, avant d'enfouir son visage dans les coussins comme pour étouffer le fracas d'un orgasme qui semblait ne jamais vouloir se terminer.

À la voir gémir et se tortiller devant lui, le corps agité de spasmes, il fut incapable de tenir plus longtemps.

Il l'incita à se redresser, puis lui fit tourner la tête pour déposer un baiser ardent sur ses lèvres, avant de la pénétrer de nouveau.

Alors qu'il s'était brièvement retiré, elle se positionna d'elle-même la tête contre l'accoudoir, les fesses offertes. Il ne put résister et accepta ce cadeau si délicieusement impudique. Encouragé par les « oui » qu'elle lançait d'une voix sourde dès que leurs chairs surchauffées entraient en contact et par les bruits érotiques causés par cette friction incendiaire, il alla et vint en elle avec ardeur.

Il la sentit se contracter de nouveau autour de lui, ce qui enserra de façon exquise sa chair déjà à vif. Le choc électrique ressenti réveilla chaque nerf qu'il possédait, son être tout entier paraissant intensément vivant. Il parvint à faire durer cette sensation énergisante jusqu'à ce que Zanai soit de nouveau emportée par le plaisir.

Alors il fut perdu.

Sans en avoir réellement conscience, il ralentit le rythme de ses va-et-vient et finit par s'immobiliser tout à fait, comme s'il attendait la vague qui s'apprêtait à déferler sur lui. Balayé par un orgasme d'une intensité rare, il s'effondra sous son propre poids et retomba contre le dos de Zanai. Il passa les bras autour de son buste et s'accrocha à elle comme à une bouée en pleine tempête.

Lorsqu'il se retrouva en des eaux plus calmes et qu'il put cesser de lutter pour se maintenir à flot, ses muscles le lâchèrent. Il utilisa le peu de forces qu'il lui restait pour se retirer et s'allonger sur le canapé en serrant fort Zanai dans ses bras. Il écarta une boucle de cheveux qui était retombée devant son visage, saisit délicatement son menton et la regarda dans les yeux.

— Il faudra recommencer un de ces jours.

Elle lui adressa un sourire fatigué, avant de poser la tête sur son torse et de se lover contre lui.

— Oui, bonne idée.

— Des détails, s'il te plaît.

Zanai cligna des yeux, légèrement étourdie par ce tourbillon qu'était sa meilleure amie, Morgan. La dernière fois qu'elles s'étaient vues, c'était avant l'escapade à New York en compagnie de Jayden et avant qu'il ne l'amène chez lui pour lui présenter toute sa famille. Autant dire qu'il semblait s'être écoulé beaucoup de temps.

La jolie rousse avait surgi si brusquement que Zanai regarda autour d'elle dans le café pour voir si d'autres personnes risquaient de faire leur apparition dans le sillage de son amie.

— Qu'est-ce que tu veux savoir ? Ce que j'ai commandé avec mon cappuccino ?

Morgan croisa les bras, les lèvres pincées. Sur son visage, aucun signe d'un quelconque amusement.

— Zanai, je suis fatiguée et irritable. Pendant que je me tuais au travail, accaparée par des clientes très pénibles, tu étais en train de faire la tournée des grands-ducs avec le très beau Jayden Lattimore. Je veux des détails, et je les veux maintenant.

Zanai éclata de rire, ce qui fut accueilli par un haussement de sourcils courroucé de la part de son amie.

— Aller passer le week-end à New York, ce n'est pas exactement ce que j'appelle faire la tournée des grands-ducs.

Morgan soupira d'un air agacé.

— Très bien. Est-ce que « roucouler » te paraît un terme plus approprié ?

— Tu sembles vraiment d'une humeur massacrante aujourd'hui. Est-ce que tout va bien ?

Morgan prit une grande inspiration, puis parut expulser une partie de son énervement avec l'air qu'elle rejeta.

— Ça va aller. Comme je te l'ai dit, j'ai vraiment beaucoup travaillé ce week-end, et je me sens un peu fatiguée. Mais je ne vais pas me plaindre. Je préfère être accaparée par des clientes prêtes à dépenser leur argent que rester assise les bras croisés dans une boutique vide.

Zanai retrouvait peu à peu la battante qu'elle connaissait et qu'elle aimait.

— Mais assez parlé de moi, reprit Morgan. Je n'ai pas beaucoup de temps devant moi, il faut que je retourne travailler bientôt. Je voulais juste te voir un instant pour que tu me racontes ton week-end.

— Mon week-end s'est bien passé.

Cette fois, Morgan sourit avec malice.

— Tu m'en diras tant… Qu'est-ce que vous avez fait ?

Zanai but quelques gorgées de cappuccino en prenant tout son temps, dans le but de pousser son amie à bout. Quand elle la vit froncer les sourcils, elle comprit qu'elle avait peut-être un peu abusé.

— D'accord… C'était un week-end fabuleux. Nous sommes allés au théâtre, nous avons mangé dans des restaurants chics et passé une grande partie de la nuit nus à boire du champagne dans notre suite à l'hôtel.

Le visage de Morgan s'illumina. Elle semblait avoir d'un coup oublié sa fatigue et ses clientes exigeantes.

— Bien vu, Jayden… Je suis contente qu'il sorte le grand jeu pour toi.

— Le grand jeu ? Une petite escapade à New York, ce n'est pas si incroyable que ça.

Morgan ne répondit pas. Enfin, pas de façon verbale. Elle se contenta de secouer la tête et de pincer les lèvres.

— Tu sais aussi bien que moi que Royal est une petite ville. Si Jayden avait déjà emmené une de nos concitoyennes passer une nuit à New York, tout le monde en aurait entendu parler. Si ça ne se sait pas encore pour vous, c'est que tu n'es pas bavarde et que jamais je ne trahirais ta confiance de cette façon.

Et Zanai lui en était reconnaissante. La dernière chose dont elle avait besoin, c'était que les habitants de Royal, à commencer par son père et l'épouse de celui-ci, soient au courant pour Jayden et elle. Évidemment, si leur histoire durait encore un peu comme elle l'espérait, Sanford finirait par l'apprendre. Mais pour l'instant, tant que les choses en étaient à leurs débuts, elle voulait savourer cette période d'insouciance et d'euphorie sans les complications qui ne manqueraient pas de survenir quand son père s'en mêlerait.

— Je pense qu'il est évident que Jayden tient à toi.

Si seulement c'était vrai, songea Zanai qui avait toujours peur de prendre ses rêves pour des réalités. Même si elle ne se faisait guère d'illusions sur la pérennité de leur relation, l'idée que Jayden puisse vraiment apprécier sa compagnie lui mettait du baume au cœur.

— Moi aussi, je tiens à lui.

— Et pourquoi est-ce que cela te fait peur ?

Zanai étouffa un soupir. Morgan et elle étaient si proches qu'il était impossible de lui cacher quoi que ce soit.

— Jayden est quelqu'un de fantastique et j'apprécie énormément sa compagnie.

— Mais ?

— Notre histoire finira un jour, et il trouvera une autre femme à charmer.

Morgan posa une main réconfortante sur la sienne, pour apaiser une douleur que Zanai faisait tout pour ignorer.

— Et tu acceptes cette idée ?

— Je n'ai pas le choix. Ce serait ridicule de me projeter dans quelque chose qui n'existe pas vraiment. À la place, je vais profiter de cet être merveilleux aussi longtemps que ça me sera permis. Je mérite au moins ça.

Pour la première fois de sa vie, Zanai croyait vraiment ce qu'elle venait de dire. Elle méritait d'être bien traitée. Elle le savait aussi certainement qu'elle savait comment elle s'appelait.

— Tu mérites bien mieux que ça.

Zanai acquiesça.

— Tu as raison.

Le visage de Morgan s'illumina et elle adressa à Zanai un doux sourire qui la réchauffa de l'intérieur.

— C'est bien la première fois que tu me donnes l'impression d'en être convaincue, et je trouve ça merveilleux, Zanai.

— Grâce à la photographie que vous m'avez fournie, j'ai réussi à créer une pièce que je pense très ressemblante.

Jayden sourit à son interlocuteur. Mr Danbury avait proposé de passer au ranch, mais si les membres de sa famille avaient aperçu le bijoutier de Royal à la maison, ils en auraient tiré des conclusions qu'il n'était pas encore prêt à assumer. Jayden avait donc fait lui-même le déplacement jusqu'à la boutique, en centre-ville, où il avait été reçu dans le salon privé réservé aux gros clients ou aux commandes spéciales.

Mr Danbury lui présenta un plateau en velours sur lequel reposait un délicat collier en platine orné d'un pendentif goutte en rubis et diamant. Il s'accordait parfaitement avec les boucles d'oreilles et le bracelet portés par Zanai au bal masqué.

Jayden n'aurait su dire précisément pourquoi il avait ressenti le besoin de faire réaliser ce bijou. Zanai et lui ne se fréquentaient pas depuis si longtemps, et les choses n'étaient pas non plus vraiment très sérieuses entre eux. Mais pour des raisons qui lui échappaient, il voulait que quelque chose venant de lui soit proche de sa personne. Quelque chose qui la toucherait, physiquement et émotionnellement, et qui lui rappellerait à quel point il la considérait comme quelqu'un de spécial.

— Le collier est-il à votre goût, Mr Lattimore ?

Jayden cligna légèrement des yeux, comme s'il avait oublié qu'il n'était pas seul dans cette pièce à la lumière tamisée.

— Il est parfait, Mr Danbury. Voulez-vous bien me le mettre dans une jolie boîte ?

— Avec grand plaisir, Mr Lattimore.

Jayden régla son achat et attendit patiemment que

le joaillier place l'écrin en velours dans un coffret cadeau de couleur rouge. Quand il l'eut en main, il ne put s'empêcher de ressentir un bonheur aussi intense qu'inattendu.

Il ne se posa aucune question. Il ne se reprocha même pas d'aller trop vite et trop loin avec Zanai. Il profita juste de ces bonnes ondes qui affluaient dans tout son être et, se sentant léger comme jamais, quitta la boutique pour se diriger vers sa voiture.

— Vous avez trouvé quelque chose de joli pour ma fille à la bijouterie ?

Les yeux de Jayden firent le point sur le grand homme à la peau sombre portant un costume anthracite et un Stetson noir. Celui-ci se tenait appuyé contre la voiture de Jayden et affichait un sourire faussement affable.

— Je suis désolé, Mr James, je ne suis pas certain de bien comprendre ce que vous voulez dire.

Sans se départir de son sourire, Sanford se redressa.

— Le bijou que vous venez d'acheter chez Danbury. Je suppose qu'il est pour ma fille Zanai, non ?

Jayden sentit les petits cheveux de sa nuque se hérisser.

— Avec tout le respect que je vous dois, Mr James, je ne pense pas que ce que j'achète ou n'achète pas vous regarde. Ni pour qui j'achète ou n'achète pas quelque chose, d'ailleurs.

Jayden vit le sourire disparaître lentement du visage de Sanford alors que ce dernier avançait vers lui.

— Si cela a quoi que ce soit à voir avec ma fille, alors, si, cela me regarde. D'autant plus que, depuis votre petite escapade à New York, vous avez l'air de ne plus vouloir la quitter d'une semelle.

Jayden adressa un regard méfiant et courroucé au père de Zanai.

— Nous feriez-vous suivre ?

Sanford James ricana avec mépris, mais ne répondit pas.

Jayden sentait la colère monter en lui. Néanmoins, il resta impassible et ne bougea pas d'un millimètre quand Sanford le scruta comme s'il attendait une réaction de sa part. S'il espérait que Jayden s'excuse, il allait être déçu. S'excuser de quoi ? Jayden avait adoré chaque moment passé avec Zanai, et il les assumait avec fierté.

— Que voulez-vous, Sanford ?

Jayden commençait à en avoir assez de ces absurdités. Si cette farce ne prenait pas rapidement fin, il n'était pas sûr de rester courtois bien longtemps.

— J'aime les hommes qui vont droit au but comme vous. Votre père vous a bien éduqué, mon garçon.

Le rire froid de Sanford fit souffler un vent glacé dans l'air chaud du Texas.

— Je veux que vous me disiez à quel jeu vous jouez. Nous savons tous les deux que ma fille n'est pas votre type. Elle est bizarre, asociale, et elle n'a rien pour attraper et encore moins pour garder un homme comme vous. Donc, je ne peux que me demander pourquoi vous perdez tant de temps et d'argent à lui faire la cour, alors qu'elle ne vous intéresse clairement pas. Avez-vous l'intention de vous servir d'elle pour m'atteindre, moi ?

Dans son mouvement de recul, la tête de Jayden fut projetée en arrière comme s'il avait reçu un coup en plein visage.

— Je me demande bien ce que je pourrais gagner en me servant de Zanai pour parvenir jusqu'à vous. Cela fait près de quinze ans que vous habitez dans cette ville et, depuis tout ce temps, j'ai dû échanger au maximum deux mots avec vous. Pourquoi est-ce que tout à coup vous seriez devenu la cible d'un plan aussi fumeux ?

Sanford enfila ses mains dans ses poches, sans cesser de fixer Jayden d'un air accusateur.

— Nous savons tous les deux que je suis bien plus riche maintenant qu'à mon arrivée à Royal. Peut-être que vous et votre famille me considérez comme une menace désormais. Peut-être vous ont-ils désigné pour tendre un piège à ma fille et ainsi infiltrer ma société. Si tel est le cas, cela ne fonctionnera pas, je préfère vous prévenir. Cette gamine est vraiment trop godiche et incompétente pour que je la laisse se mêler, de près ou de loin, de mes affaires. Donc vous faites tout cela pour rien.

Jayden crispa la mâchoire et serra si fort les dents qu'il en eut des crampes. Dans la famille Lattimore, c'était lui le plus calme. Mais cela voulait aussi dire que, les rares fois où il était énervé, il était plus enclin à exploser et à faire quelque chose de stupide. En ce moment précis, par exemple, il devait lutter pour ne pas se ruer sur Sanford James et le frapper.

Il sentit tous les muscles de son corps se tendre et ses poings se serrer. Il avança vers le père de Zanai, qu'il vit tressaillir.

C'est bien, Sanford. On dirait que tu as compris que tu étais allé un peu trop loin.

— Je vous remercie, Sanford, vous venez de résoudre une énigme. Cela fait des semaines que je me demande pourquoi une femme aussi belle, intelligente et empathique que Zanai semble ne pas avoir conscience de sa valeur ni de son potentiel. Mais il a suffi de deux minutes en votre compagnie pour que tout s'éclaire. Le problème, ce n'est pas elle. C'est vous.

Le visage de Sanford s'assombrit. Il avait l'air d'un animal acculé en proie à un mélange de peur et de colère. Le moment aurait sans doute été tout choisi pour que Jayden s'en aille, mais c'était impossible. La raison pour laquelle il restait en face de cet homme dont la simple vue le révulsait, c'était Zanai.

— Ce qui nous lie et que nous partageons, Zanai et moi, ne vous regarde pas. C'est une adulte, plus que capable de faire ses propres choix et de prendre ses propres décisions.

Sanford déglutit et recula. Le voir battre en retraite de la sorte procura une grande satisfaction à Jayden. Il avait fait mouche.

— Croyez-moi, mon garçon, mieux vaut ne pas faire de moi votre ennemi.

La menace, prononcée d'une voix légèrement tremblante, n'eut aucun effet sur Jayden.

— Je pense que vous finirez par vous rendre compte que Zanai et moi sommes plus assortis que vous ne l'imaginez, Sanford. Vous verrez.

Comme s'il avait compris qu'il ne parviendrait pas à faire peur à Jayden, Sanford reprit son sourire mielleux.

— J'essaye juste de vous rendre service, fiston. Un homme comme vous ne peut pas se permettre de se tromper et de choisir la mauvaise femme. Vous ne voudriez tout de même pas que votre famille perde tout son prestige à cause de ma fille, qui ne sera jamais capable de s'intégrer dans vos cercles, n'est-ce pas ? Elle est…

Jayden se posta si près de Sanford qu'il sentit son haleine chargée de nicotine.

— Un mot, Sanford, c'est tout ce à quoi vous avez droit : une remarque déplaisante supplémentaire sur Zanai et je vais m'empresser d'oublier toutes les bonnes manières que ma mère m'a enseignées.

De nouveau, Sanford recula.

C'était plus sage, en effet.

— Vous verrez bien en temps voulu, Jayden, vous verrez bien en temps voulu… Alors vous vous souviendrez que j'ai essayé de vous mettre en garde.

Jayden resta pétrifié pendant quelques minutes après le départ de Sanford. Il fallait qu'il reprenne ses esprits. Et il fallait qu'il parle à Zanai, qu'il lui raconte ce qui s'était passé. Mais avant cela, il allait devoir surmonter sa colère.

Même si Sanford était un sale type, il n'en demeurait pas moins le père de Zanai, et s'il laissait échapper une parole malheureuse, cela pourrait devenir source de conflits entre eux. Ils étaient de plus en plus proches, et l'idée de la perdre à cause de ce déplorable incident le terrifiait. Il ne pouvait pas la perdre, pas alors qu'il était sur le point d'obtenir tout ce à quoi il aspirait.

Une fois qu'il se fut suffisamment calmé, il se rendit compte que son portable était en train de vibrer dans la poche arrière de son pantalon.

Sans regarder l'écran ni faire l'effort de prendre une voix chaleureuse et caressante, comme à chaque fois qu'il décrochait son téléphone d'habitude, il répondit à l'appel par un « oui » bref et sec.

— OK, qui a craché dans tes Miel Pops ce matin ?

Entendre sa sœur Alexa mentionner les céréales

préférées de ses petits déjeuners d'enfant acheva de dissiper sa colère. Il expira doucement, et sentit une partie de son calme légendaire lui revenir.

— Alexa, tu sais très bien qu'on ne plaisante pas avec les Miel Pops.

— Pardonne-moi, Jayden, une absence... Je ne recommencerai plus, c'est promis.

— J'aime mieux ça. Mais dis-moi, pourquoi est-ce que tu m'appelles ? Je pense qu'au départ tu n'avais pas spécialement l'intention de me parler de céréales. Que se passe-t-il ?

— Est-ce que tu es sûr que ça va ? Tu avais l'air un peu ailleurs quand tu as décroché.

Il n'avait pas envie de revenir sur la conversation avec Sanford. Cela n'aurait servi qu'à l'énerver de nouveau.

— Tout va bien. Qu'est-ce que tu veux ?

Alexa poussa un lourd soupir.

— Il faut que tu rentres au ranch dès que possible. Jonas Shaw, le détective, vient de téléphoner. Il s'est penché sur la recevabilité de la requête de Heath Thurston, comme nous le lui avions demandé, et il va passer nous présenter ses conclusions. Les Grandin sont là aussi. Tout le monde t'attend.

Tout à son histoire avec Zanai, il avait oublié cette pénible affaire, qui concernait de près à la fois sa famille et leurs amis, les Grandin. Une querelle de voisinage absurde et sortie d'on ne savait où, mais qui prenait des proportions très inquiétantes. Jayden sentit la contrariété revenir au galop. Mais cette fois, ce qu'il ressentait se trouvait bien plus profondément ancré que la colère causée par les médisances de Sanford James. Tout à l'heure, il s'était énervé ; là, il était préoccupé.

Quoi que leur apprenne Jonas Shaw, sa famille allait peut-être devoir céder une partie de ses terres. Il n'était pas transporté de joie à cette idée. Malheureusement, il n'aurait sans doute pas son mot à dire.

- 13 -

Jayden entra dans le salon où se trouvaient déjà son frère, ses deux sœurs, leurs parents et leurs voisins, les Grandin, ainsi que Jonas Shaw, le détective privé qu'ils avaient engagé pour tenter de tirer au clair cette histoire.

— Très bien, qu'avez-vous découvert ?

— Jayden, pas la peine d'être impoli. Qu'as-tu fait de tes bonnes manières ? demanda sa mère d'une voix sévère, la même que celle qu'elle prenait pour le réprimander quand il était enfant.

— Désolé.

Il s'éclaircit la gorge avant de s'asseoir à côté d'Alexa.

— Bonjour à tous.

Quand tout le monde eut répondu à son salut, il se tourna vers le détective.

— Jonas, avez-vous des nouvelles pour nous ?

Ce dernier adressa à Jayden un sourire rassurant, comme pour lui signifier qu'il comprenait qu'il ait pu se montrer un peu brusque et qu'il ne lui en tenait pas rigueur.

— Oui, Jayden, j'ai des nouvelles. Mais je crains qu'elles ne fassent que soulever d'autres questions, au lieu de répondre à celles que vous vous posiez déjà.

Son père ne broncha pas. Il était assis dans son

fauteuil préféré, stoïque. Seul son visage fermé attestait que la situation le préoccupait au plus haut point.

— J'ai interrogé Henry Lawrence, l'ancien arpenteur, commença Jonas d'une voix mesurée, comme si, par la douceur de son ton, il voulait minimiser la violence de l'impact de ce qu'il avait à leur apprendre. Il a vérifié dans ses archives et il confirme qu'il n'y a pas de pétrole sur ce terrain.

Il sortit un dossier de ses affaires et le tendit au père de Jayden.

— C'est une copie des archives de Lawrence. Tout est écrit là, noir sur blanc. Il n'y a rien sur ce terrain – ni dans la partie qui appartient à la famille Lattimore, ni dans celle appartenant à la famille Grandin – qui aurait justifié qu'Augustus Lattimore et Victor Grandin senior négocient la cession de leurs droits d'exploitation du sous-sol. Précisément parce qu'il n'y a rien à exploiter.

— Certes, mais même s'il n'y a plus de pétrole sur ces terres aujourd'hui, se pourrait-il qu'il y en ait eu par le passé ? demanda Jonathan.

— Non, répondit sans hésitation Jonas. Je vous le certifie : il n'y en a jamais eu.

— Toute cette histoire m'échappe complètement, déclara Jayden en écartant les bras. Je ne comprends rien à rien.

Jonas haussa les épaules.

— Je crains que la seule personne qui puisse vous éclairer, ce soit votre grand-père, Augustus. S'il ne peut rien vous dire, alors…

— Alors personne ne saura jamais rien, conclut Vic

Grandin, car mon grand-père, Victor senior, a pour sa part emporté son secret dans la tombe.

— Qu'est-ce qui se passe ?

Zanai se précipita à l'intérieur du cottage de Jayden dès qu'il lui ouvrit la porte. Il l'avait appelée comme d'habitude au moment où elle quittait la clinique. Alors qu'elle s'attendait à ce qu'ils plaisantent, et discutent de tout et de rien, comme chaque jour, elle avait tout de suite été frappée par la gravité de la voix de Jayden. Quand il lui avait demandé de venir le rejoindre le plus vite possible, son cœur s'était mis à battre à tout rompre.

— Tout le monde va bien, je te rassure.

Aussitôt, Zanai respira un peu mieux. Néanmoins la mâchoire contractée et le regard sombre qu'affichait Jayden n'auguraient rien de bon. L'homme qui se trouvait en face d'elle n'était pas le Jayden insouciant et toujours de bonne humeur qu'elle connaissait.

— La journée a été rude, poursuivit-il. Tu te souviens que je t'ai parlé de la requête de Heath Thurston concernant le terrain que nous possédons avec les Grandin et qui marque la limite de nos deux propriétés familiales ? Une sombre histoire de pétrole et de droits d'exploitation du sous-sol… Un accord qu'auraient soi-disant passé nos grands-pères respectifs et dont personne n'avait jamais entendu parler jusqu'à ce que Thurston ne se manifeste…

Elle acquiesça. Il lui avait brièvement exposé la situation le jour du repas au ranch. Sur le moment, il ne lui avait pas paru plus préoccupé que cela. Maintenant, si.

— Il y a du nouveau ?

— Non, pas vraiment. Nous avons fait appel à un détective privé pour tirer cette histoire au clair.

Malheureusement, après ses recherches, tout paraît encore plus compliqué et insoluble.

— Je suis désolée, Jayden. Ce doit être un gros souci pour vous tous.

Elle posa la main sur sa joue et la caressa doucement du pouce. Il vint placer sa paume par-dessus et pencha la tête, comme s'il avait bien besoin du réconfort qu'elle essayait de lui prodiguer. Au bout de quelques instants, il se ressaisit et la prit par la main pour la conduire jusqu'au canapé.

— Certes, c'est un problème, et si nous n'arrivons pas à démêler toute cette histoire, les conséquences pourraient être très fâcheuses pour la famille. Néanmoins, ce n'est pas pour cette raison que je t'ai demandé de venir ici.

Zanai observa Jayden sans rien dire, attendant la suite avec appréhension.

— Zanai, est-ce que tu as parlé de nous deux à ton père ?

Elle cligna des yeux, interloquée.

— Non. Pourquoi aurais-je fait une chose pareille ?

Elle commençait à se sentir mal à l'aise et ce fut à son tour de crisper la mâchoire.

— Soyons clairs, ça ne me dérangerait pas du tout que tu lui en aies parlé. J'assume et revendique tout ce qui s'est passé entre nous, et j'espère que c'est ton cas aussi. Notre histoire n'est pas un secret honteux à cacher.

Elle secoua la tête, interdite. Elle ne comprenait toujours pas bien où il voulait en venir.

— Étant donné la facilité avec laquelle tu m'as présentée à ta famille, j'ai vite compris que tu te moquais bien de savoir qui était au courant et qui ne l'était pas pour nous deux. Je n'ai jamais eu le sentiment que notre histoire était un secret à taire, Jayden.

Elle enroula sa main autour de la sienne car elle avait besoin de ce contact pour se rassurer. Elle qui avait laissé la peur lui gâcher l'existence dans bien des circonstances ne voulait pas qu'elle vienne altérer sa relation avec Jayden.

— Jayden, que se passe-t-il ?

— Sanford m'est tombé dessus aujourd'hui, alors que je faisais une course en ville. Il voulait que je sache qu'il était au courant pour nous deux, et il m'a conseillé de ne plus t'approcher.

En entendant le nom de son père, Zanai fut parcourue d'un frisson glacé. Quand Sanford s'intéressait à quelque chose qui la concernait, cela ne présageait jamais rien de bon.

Elle lutta contre la panique qui menaçait de s'emparer d'elle. Il fallait en effet à tout prix qu'elle reste maîtresse d'elle-même si elle voulait avoir une chance de comprendre ce que tramait Sanford.

Réfléchis, Zanai. Réfléchis.

— Comment a-t-il pu l'apprendre ? Il nous est arrivé de manger ensemble en ville, mais on ne s'est jamais embrassés ni même tenu la main en public. Comment a-t-il fait ?

— Il savait même pour New York, figure-toi. Je lui ai demandé s'il nous faisait suivre, mais il n'a pas daigné répondre.

Elle réprima un nouveau frisson, tandis que les yeux de Jayden s'étaient teintés de noirceur et de colère. Zanai prit peur car elle crut un instant que cette mauvaise humeur était dirigée contre elle, avant de se raisonner.

— Je te l'ai déjà dit, et tu ne l'ignores pas : Sanford n'est pas et n'a jamais été pour moi un père aimant et protecteur. Donc si tu es à ce point en colère contre lui, c'est qu'il n'a pas dû se contenter de t'annoncer qu'il était au courant pour nous deux. Que s'est-il passé, Jayden ?

Il s'approcha. Son corps était tendu, néanmoins le sentir si près d'elle aida Zanai à garder son sang-froid.

— Il m'a recommandé de ne plus t'approcher. J'aurais compris s'il avait été un père surprotecteur, mais c'était bien plus sordide que ça. Il m'a accusé de coucher avec toi pour infiltrer sa société et saboter ses affaires. Manifestement, il a oublié que j'étais éleveur, et que les seules affaires susceptibles de m'intéresser étaient celles concernant la terre et le bétail.

Elle baissa la tête et s'enfonça lourdement dans les coussins du canapé, terrassée par la honte.

— Je suis affreusement désolée, Jayden. Il a complètement disjoncté. Il n'avait pas le droit de te dire ça. Tu sais, j'espère, que je te crois incapable d'une chose aussi vile.

Il se pencha pour l'embrasser tendrement.

— Oui, je sais que tu me fais confiance, Zanai. Et jamais je ne trahirais ta confiance en me servant de toi de quelque façon que ce soit.

Il pressa sa main pour donner plus de poids à ses propos.

— Les accusations sans fondement de Sanford me laissent de marbre.

Il baissa le regard avant de poursuivre.

— Écoute, Zanai, commença-t-il.

Puis il se tut et ferma les yeux, comme si ce qu'il avait à dire était trop lourd, remarqua-t-elle, inquiète.

— C'est ton père, mais… personne ne devrait être obligé de supporter une telle méchanceté crasse.

La peur qui nouait l'estomac de Zanai resserra son étreinte et se mua peu à peu en désespoir.

Il veut me quitter.

C'était si clair dans sa tête qu'elle pensait avoir prononcé cette phrase à voix haute. Mais comme Jayden ne réagit pas, elle comprit qu'elle n'avait fait que la penser.

Elle avait mal dans la poitrine, comme si un étau la comprimait et l'empêchait de respirer. Elle savait qu'il finirait par la quitter. Elle savait depuis le début que faire sa conquête n'avait été qu'un défi pour Jayden. C'était la seule explication pour qu'un homme beau et riche comme lui, un homme qui pouvait avoir toutes les femmes qu'il voulait, s'intéresse à une personne aussi insignifiante et inintéressante qu'elle.

Mais même si elle s'était répété à maintes reprises qu'il finirait par se lasser et passer son chemin, l'idée de le perdre et de devoir vivre sans ce rayon de soleil la bouleversait au point qu'elle dut s'agripper aux coussins du canapé pour ne pas s'effondrer.

Son esprit continuait de tourner en boucle, hors de contrôle, alors qu'elle essayait d'anticiper ce qu'il allait lui annoncer. Tout à coup, la peur qui s'était emparée d'elle se mua en colère. Une colère qui lui fit ouvrir la bouche et lancer :

— Donc c'est fini entre nous, c'est ça ?

Comme il se tournait vers elle, elle ferma ses paupières, car elle ne voulait pas voir le rejet sur son visage.

— Toute ma vie, j'ai dû faire face à la haine de Sanford, qui me détestait parce que j'étais trop inculte, trop à l'aise avec la « populace », comme il dit. Pour lui, la pauvreté est une maladie honteuse et il a peur d'être contaminé à travers moi. Il me rejette parce que je ne vénère pas l'argent et que je ne voue pas un culte à la richesse comme lui. J'ai l'habitude : il en a toujours été ainsi. Mais je ne m'attendais pas à ce que, toi, tu me repousses pour les mêmes raisons.

Elle le sentit se raidir à ses côtés. Elle trouva enfin le courage d'ouvrir les yeux, bien décidée à ne pas montrer la souffrance et la déception qui lui déchiraient le cœur.

— Qu'est-ce que tu viens de dire là ? demanda-t-il.

Elle leva un sourcil, surprise, et se redressa pour mieux observer Jayden. Ce n'était pas du rejet qu'elle voyait sur son visage, mais une rage si féroce qu'elle en trembla. Elle poursuivit néanmoins.

— J'en ai assez de ne pas être la fille qu'il aurait voulue. J'en ai assez de m'excuser de ne pas être née avec une cuillère en argent dans la bouche, de vouloir aider les plus vulnérables d'entre nous et combattre les privilèges liés à la richesse. Donc, si tu veux rompre avec moi parce que jamais je n'appartiendrai à ton monde, vas-y, fais-le. Je ne dirais pas que je m'y attendais ni que je le souhaitais, mais je ne vais pas te supplier de rester avec moi, c'est certain.

Il la regarda, bouche bée. Il sembla sur le point de dire quelque chose, mais il referma finalement la bouche et prit une longue inspiration, comme s'il avait besoin d'un peu de temps pour lui répondre.

— J'étais furieux parce que, sur les deux minutes où on a parlé, ton père en a consacré une et demie à dire du mal de toi. L'écouter déverser son fiel dans le plus grand irrespect de ta personne m'a mis hors de moi.

Les muscles de son visage se contractèrent.

— Mais maintenant, si je suis furieux, c'est pour une tout autre raison.

La colère de Zanai se mua en effroi. Aurait-elle mal compris ?

— Jayden…

— Tais-toi.

Il avait parlé sans hausser la voix, mais avec tant de fermeté qu'elle ne put qu'obéir.

— Je ne veux plus t'entendre prononcer le moindre mot avant que j'aie terminé.

Jayden se consumait de rage en regardant la femme magnifique et flamboyante à qui il tenait tant l'accuser du plus vil des comportements.

— Zanai, comment as-tu pu croire un seul instant que je partageais le point de vue de Sanford ? Après le temps que nous avons passé ensemble, comment as-tu pu penser que je regrettais que tu ne sois pas l'une de ces filles à papa pourries gâtées de Royal ?

— Jayden, ce n'est pas ce que je voulais dire…

— Ouais, c'est ça !

Il hurla ces mots au visage de la pauvre Zanai, qui avait l'air terrorisée. Il n'avait pas l'habitude de crier, surtout pas sur les femmes. Sa mère ne l'avait pas élevé comme cela. Mais il n'avait pas supporté ces accusations infamantes.

— Zanai…

Il s'interrompit dès qu'il vit le regard perdu et affolé qu'elle avait posé sur lui. C'était son père qui lui avait mis en tête de fausses idées sur les gens riches, qui lui avait fait croire qu'elle ne rentrerait jamais dans le moule et qu'elle devait avoir un problème si elle se plaisait en compagnie des personnes issues de milieux défavorisés. Et à présent, elle le jugeait lui, Jayden, à l'aune de ces idées préconçues. C'était plus qu'il ne pouvait en supporter.

— Tu sais quoi ? Au lieu de t'expliquer, je vais te montrer, ce sera plus parlant. Viens avec moi.

Il saisit sa main et la conduisit à l'étage, dans sa chambre où se trouvait un grand miroir en pied, devant lequel il s'arrêta.

— Qu'est-ce que tu vois ? demanda-t-il.

Sa voix était plus agressive qu'il ne l'aurait voulu. Mais il ne s'en excusa pas. Il était trop en colère contre Sanford qui avait rempli le crâne de sa fille de contre-vérités, et en colère contre Zanai qui n'avait pas mis en question les paroles de son père.

Il fallait que cela prenne fin.

— Dis-moi ce que tu vois, Zanai.

— Je me vois, moi.

Il secoua la tête et croisa les bras sur sa poitrine pour ne pas être tenté de la toucher.

— Non. Ce n'est pas possible parce que, si tu te voyais vraiment, tu saurais qu'il n'y a rien qui puisse ternir l'image que j'ai de toi, et rien qu'on puisse me dire pour altérer le désir que j'éprouve pour toi. Si tu te voyais vraiment comme moi je te vois, alors tu saurais que la seule chose dont Sanford m'a convaincu aujourd'hui, c'est que, pour toi, j'irais jusqu'à braver la police.

Il décroisa les bras, et s'approcha d'elle. Il se pencha à son oreille comme pour murmurer un précieux secret.

— Je suis tellement sous ton emprise, Zanai, que j'étais prêt à lever la main sur ton père qui t'avait manqué de respect en ma présence. Je suis dans tous mes états, au point que j'ai hésité entre assister à la rencontre au ranch avec le détective privé engagé par ma famille, et courir à la clinique pour m'assurer que tu allais bien et que Sanford n'avait rien tenté contre toi.

Elle était toute frémissante. Le désir qu'il éprouvait pour elle en fut attisé et se mêla à la colère, créant un mélange explosif qu'il craignait de ne pas pouvoir contenir. Quand il croisa son regard dans le miroir et qu'il y vit un besoin de consumer et d'être consumé comparable au sien, il sut qu'il était définitivement perdu.

— Je ne peux pas me passer de toi, Zanai. Tu es comme l'air, un nutriment vital dont mon corps a besoin pour fonctionner. Comment oses-tu remettre en question l'ascendant que tu exerces de façon si naturelle et évidente sur moi ? Comment oses-tu présupposer que ma richesse et ma position sociale sont plus importantes à mes yeux que toi ? Ça ne me ferait ni chaud ni froid si tu n'étais pas faite pour vivre dans le monde auquel j'appartiens – ce qui est absolument faux, soit dit en passant. Pour être avec toi, je serais prêt à renoncer à tout.

Il promena son pouce sur son cou et adora sentir son pouls cogner de plus en plus fort. Il enroula son autre main autour de sa taille et l'attira à lui avec vigueur, afin qu'elle puisse le sentir et sentir l'effet que lui faisait sa seule présence à ses côtés.

— Je ne t'appelle pas « ma reine » parce que je trouve que c'est mignon, Zanai.

Il baissa la fermeture Éclair de la robe très simple qu'elle portait et admira dans le miroir son corps dévoilé, sa poitrine aux mamelons durcis que ne masquait pas son soutien-gorge en dentelle.

Seigneur, elle était la perfection faite femme. Il ne

put résister à l'envie de caresser ses hanches, et, comme aimantée, sa main fut irrésistiblement attirée par son sexe. Il glissa ses doigts sous la fine dentelle et sentit sa chaleur avant d'entendre un sourd gémissement faisant écho à celui qu'il avait été incapable de retenir.

— Je t'appelle « ma reine » car, que je sois ou non en ta présence, la seule chose dont j'aie envie, c'est te servir, te faire plaisir, te protéger, t'adorer, me sacrifier pour toi.

Il accentua ses caresses et elle tendit instinctivement les hanches, comme pour aller à la rencontre du plaisir qu'il lui donnait.

— Ma dévotion pour toi est la preuve que, par droit divin, tu es une souveraine née. Et je veux mettre en pièces tous les mensonges auxquels Sanford James t'a fait croire à propos de toi et des gens comme moi, jusqu'à ce que tu comprennes que ce que je vois en toi, c'est une femme puissante et empathique. Une femme dont jamais je ne me lasserai et dont je ne peux plus me passer.

C'était elle qui allait et venait sur ses doigts à présent. Sa tête retomba en arrière contre le torse de Jayden, et elle se mit à pousser des petits gémissements déchirants et magnifiques. Quand elle ferma les yeux, il posa sa main libre sur sa gorge et y exerça une légère pression.

— Ouvre les yeux. Je veux que tu voies ce que tu me fais, ce que ça me fait de te donner du plaisir.

Quand elle obéit, son sexe se raidit tant qu'il crut un instant que son jean allait se déchirer.

Zanai était proche de succomber, il le sentait au tremblement de ses cuisses et au désespoir qui se lisait dans ses grands yeux.

Il retira la main de sa gorge pour la poser sur un de ses seins. Il tordit son mamelon pour la précipiter vers l'orgasme.

— C'est ça, murmura-t-il d'une voix basse et rauque. Regarde-toi jouir. Regarde ce que je vois à chaque fois que tu m'autorises à te toucher comme ça. Vois comme tu es belle et puissante quand tu me laisses m'occuper de toi.

Il mordilla son oreille pour exciter ses sens jusqu'au paroxysme. Elle cria en jouissant. Ce fut un son animal, un rugissement qui résonna dans toute la maison. Par ce hurlement, elle s'affirmait comme maîtresse en son royaume, car tel était son droit. Et quand elle leva le bras, posa la main à la base de sa nuque et enfonça ses ongles dans sa chair sans craindre d'y laisser des marques car il lui appartenait et elle pouvait faire de lui ce qu'elle voulait, il eut envie de la remercier d'avoir enfin compris qu'il était tout à elle.

- 14 -

Jayden la porta jusqu'à son lit et l'y déposa avec précaution, comme s'il craignait qu'elle ne se brise.

Cette inquiétude était compréhensible étant donné la façon dont elle s'était effondrée sur lui quand l'orgasme l'avait saisie. Il fallait dire que jamais son abandon n'avait été aussi total. Elle venait de se rendre compte que la défiance n'était pas compatible avec la joie. Après s'être tenue devant ce miroir avec lui, impudique et débarrassée du fardeau des incertitudes, elle avait décidé qu'elle ne laisserait plus les doutes instillés dans son esprit par son père depuis sa naissance gâcher un seul moment de bonheur.

Plus jamais.

Que Jayden reste avec elle ou non, en se voyant succomber sous ses caresses, elle avait fini par comprendre ce dont il avait voulu la persuader depuis le début. Il la désirait. Il n'avait aucun plan retors en tête, il n'avait fait aucun calcul, et il se moquait bien de ce que pouvaient penser les riches et les puissants de Royal. Tout ce qu'il voulait, c'était… elle.

L'assurance dont elle avait fait preuve en prenant sans vergogne tout ce qu'il avait pu lui donner avait dissipé la crainte et le doute qui la paralysaient depuis de trop longues années.

Elle n'avait plus peur de rien. Elle ne refuserait plus

le plaisir quand il s'offrait à elle. Elle le méritait, et tant que Jayden voudrait lui faire du bien, elle prendrait ce qu'il lui donnerait autant qu'elle en aurait envie.

Jayden se déshabilla rapidement et s'installa entre ses jambes tout en s'appuyant sur ses avant-bras.

— À chaque fois que je te vois douter de moi, c'est comme un coup de poing dans le ventre, dit-il. J'ai fait tout ce que je pouvais pour te montrer à quel point tu comptes pour moi et à quel point je suis sincère. C'est une insulte que tu puisses penser que je joue avec toi, et pour être honnête, ça me rend fou de rage. Tu me traites de menteur. J'en ai assez de t'entendre remettre en question mes motivations et mon intégrité. C'est pourtant simple…

Sa voix baissa d'un ton pour retrouver ce timbre caressant de baryton qui acheva de la convaincre de sa sincérité.

— Je te veux parce que tu es tout pour moi, Zanai.

Il avait prononcé son nom comme s'il s'était agi d'une prière, avec révérence et dévotion. Cela lui donna suffisamment d'audace pour passer ses bras autour de son torse puissant et pour l'attirer à elle.

Elle noua ses jambes autour de lui, et profita de sa surprise pour rouler sur elle-même et s'installer à califourchon sur lui.

Elle comprenait sa stupéfaction. Elle s'était refrénée si longtemps, de peur qu'il ne la rejette ou, pire, qu'il ne pense du mal d'elle. Mais à partir de ce soir, elle pouvait cesser de se retenir.

Le désir qui brûlait dans les yeux de Jayden était l'unique permission dont elle avait besoin pour faire ce qu'elle voulait. Et en ce moment précis, la seule chose qu'elle voulait, c'était savourer cette friandise qu'était Jayden Lattimore.

Elle commença par s'emparer de sa bouche. Il n'y eut ni hésitation ni préambule, juste du pur désir, brut. Les lèvres de Zanai étaient insistantes et réclamaient un accès qu'il lui offrit volontiers, pour son plus grand plaisir.

Elle était prête à tout pour satisfaire ce qui, au fond d'elle-même, la dévorait. Elle délaissa sa bouche pour embrasser son visage, son cou, son torse. Elle descendit vers son ventre, son pubis.

— Zanai, non, ne…

Elle ne le laissa pas finir sa phrase. Elle était bien décidée à prendre ce dont elle avait envie, et elle n'aspirait qu'à enflammer l'homme merveilleux qui se trouvait sous elle.

Elle poursuivit avec ardeur, et lécha son sexe de sa base à son extrémité, se délectant du frisson qui le parcourut tout entier et du râle guttural qui lui échappa. Heureuse de constater qu'il était aussi bouillant qu'elle, elle passa la langue autour de son gland en étouffant un gémissement de satisfaction.

Trop excitée pour se contenter de si peu, elle enroula la main à la base de son sexe et le prit lentement dans sa bouche.

Sous ses caresses implacables, prodiguées à l'aide de sa bouche et de sa main, il écarta les jambes. Au début, elle crut qu'il faisait cela pour qu'elle soit moins contrainte dans ses mouvements, mais elle comprit vite que c'était pour son seul plaisir qu'il avait agi.

En prenant appui sur ses pieds, il soulevait les hanches

pour accompagner le rythme sensuel qu'elle avait mis en place.

Elle lui permit cette initiative, mais ne l'autorisa pas à mener la danse. Elle voulait Jayden à sa merci comme elle avait toujours été à la sienne et elle refusait de lui octroyer le moindre pouvoir maintenant qu'elle s'était libérée de toute entrave.

Elle accrut l'intensité de ses caresses, une main à la base de son sexe, l'autre comprimant doucement ses testicules.

— Zanai.

C'était une mise en garde autant qu'une supplication, et tout en elle voulait répondre à son besoin, leur donner à tous les deux ce qu'ils désiraient si frénétiquement.

Elle leva les yeux vers lui, et admira ses muscles tendus, son visage contracté sous l'effet du plaisir. Elle se rendit compte que jamais elle ne s'était sentie si excitée et puissante de toute sa vie. Sans la moindre hésitation, elle savait que sa place était là, à ses côtés, quand chaque effleurement, chaque contact, chaque caresse étaient toujours bienvenus et ardemment désirés.

Après une dernière pression de la main, elle plaqua sa langue contre l'arrière de son sexe. Il enfila ses doigts forts dans ses cheveux et se poussa en avant, tout en criant son nom.

Elle avala sa semence qu'elle lécha avec délectation jusqu'à la dernière goutte. Quand elle sentit son corps se détendre, elle le lâcha, et l'embrassa partout, jusqu'à sa bouche. Elle adora le désespoir avec lequel il pressa ses lèvres contre les siennes, malgré l'orgasme qui venait de le traverser.

Quand leur baiser prit fin, elle vit quelque chose de

si intense dans la profondeur de ses yeux qu'elle faillit reculer. Il maintint sa tête de ses deux mains pour s'assurer qu'elle ne détourne pas le regard et dit :

— Je t'aime.

Elle n'eut pas le temps de répondre. Il l'embrassa de nouveau, ce qui court-circuita son cerveau et dissipa toutes les craintes qui essayaient de prendre possession de son cœur facilement inquiet. Quand il l'attira contre lui et l'étreignit avec passion, elle se rendit compte qu'elle se trouvait exactement là où elle devait être. Sa place était dans les bras de Jayden, où rien ni personne venant de l'extérieur ne pouvait l'atteindre.

La lumière du jour filtrait à travers les rideaux de sa chambre, le tirant du sommeil. Jayden s'étira, sourit en se découvrant perclus de douleurs. C'était le prix à payer pour avoir laissé Zanai se servir de son corps comme bon lui avait semblé.

Il était certain que les ecchymoses et les traces de griffures ne tarderaient pas à apparaître, mais cela ne le dérangeait pas le moins du monde.

Elle avait pris tout ce qu'elle voulait. Sans demander, elle avait pris. Et son appétit d'ogresse avait laissé en lui des souvenirs qui réveillaient son propre désir.

Le sexe dressé, il se tourna et chercha instinctivement un corps chaud. Quand il ne sentit que des draps froids, il se redressa et chercha Zanai des yeux dans la pièce.

Il régnait dans la chambre et dans le cottage un si grand silence qu'il sut tout de suite qu'il était seul. Il regarda rapidement l'horloge. Il était 7 heures du matin passées de quelques minutes.

Il ignora la déception qui s'était emparée de lui, tendit

le bras vers son téléphone et trouva une feuille de papier laissée à son attention par Zanai.

Elle était pliée en quatre mais, avant de l'ouvrir, il put lire dessus : « Merci. »

Il y avait quelque chose de définitif dans ce simple mot qui le glaça d'effroi. Il était incapable de respirer, de bouger, et l'idée de perdre Zanai le mettait à l'agonie.

Il se rallongea, frappé par l'ironie de la situation. Il avait voulu qu'elle acquière davantage de confiance en elle, qu'elle s'affirme, qu'elle prenne conscience de sa propre valeur et l'accepte. Et maintenant que c'était chose faite, elle avait trouvé la force de le quitter, l'abandonnant à son désespoir.

Il n'essaya même pas de le nier. Il était amoureux d'elle. Il le lui avait dit la nuit passée. Son cœur lui appartenait et la perspective qu'elle le repousse était insupportable. Il fixait le plafond, incapable de se résoudre à prendre connaissance de la lettre – de rupture, très probablement – qu'elle lui avait laissée. Finalement, au bout de longues minutes, il décida qu'il était mieux de savoir la vérité que de spéculer sur du vide. Alors il déplia la feuille de papier et lut.

Zanai ouvrit la porte de la maison où elle habitait avec son père et l'épouse de ce dernier, en passant lentement en revue tout ce qui se trouvait autour d'elle.

Il n'y avait aucune photographie d'elle sur les murs, aucun moment de son enfance immortalisé et affiché avec fierté. C'était comme si elle n'existait pas. Cette prise de conscience la fit frémir. Ce n'était pas chez elle. Les gens qui vivaient là n'étaient pas sa famille.

Elle pénétra plus avant dans la maison. Voyant que le

salon et la cuisine étaient déserts, elle se dirigea vers le bureau de Sanford, qui se situait tout au bout d'un long couloir. Elle frappa à la porte et l'ouvrit sans attendre d'y être invitée. Elle franchit le seuil d'un pas décidé. Peu importait si Sanford était occupé, il allait écouter ce qu'elle avait à lui dire.

— Tiens, on dirait que l'oisillon est rentré au nid. Étant donné que je n'ai pas vu ta voiture hier soir, je suppose que tu as passé la nuit avec le fils Lattimore, n'est-ce pas ?

Elle ne daigna pas répondre. Contrairement à ce que semblait penser Sanford, elle était une adulte, et elle n'était pas obligée de tout raconter à son père.

— Tu as dépassé les bornes en accusant Jayden d'essayer de se servir de moi pour t'atteindre.

Sanford émit un petit ricanement méprisant.

— Tu es vraiment venue me voir pour défendre ton petit chéri ? Si ce n'était pas ça, je ne vois pas comment tu aurais trouvé le courage de faire irruption dans mon bureau pour me faire la morale, lança-t-il d'une voix pleine de dérision.

Avant Jayden, Zanai aurait battu en retraite sous le regard mauvais que son père était en train de lui adresser. Mais aujourd'hui, elle était une nouvelle femme et elle n'allait pas le laisser dire du mal d'elle ou de Jayden.

— Ce n'est pas te faire la morale que de dire que tu as dépassé les bornes avec tes accusations irrespectueuses envers Jayden et moi. C'est essayer de te faire comprendre que tu as eu tort.

— J'ai eu tort ? répéta-t-il, les sourcils froncés. Je ne pense pas… Je veux bien accorder une chose à ce jeune homme, néanmoins. Par je ne sais quel tour de force, il a réussi à te faire croire que tu es davantage que la bonne à rien que tu as toujours été.

Les mots auraient dû la blesser. Ils avaient été prononcés pour cela. Mais malheureusement – pour Sanford, en tout cas – elle n'était plus cette petite fille qui attendait l'approbation de son père. En tant qu'adulte, elle savait désormais que jamais elle ne l'obtiendrait.

Elle soupira, regrettant toutes ces années qu'elle avait perdues avant cette prise de conscience.

— Ne t'avise plus d'approcher Jayden. Mes rapports avec lui ne te concernent en rien.

— Tu fais irruption chez moi pour me dire ce que je dois ou ne dois pas faire ? Ma pauvre enfant, tu t'égares. Tu n'es rien d'autre que ce que je t'autorise à être. Et ma bienveillance commence à être mise à rude épreuve.

La rage, brute et aveuglante, colora sa vision. Cet homme, son propre père, croyait qu'elle était à ses ordres.

— Si tu te libérais de l'emprise de ce garçon, tu comprendrais qu'en fait j'essaye de te protéger. Nous savons tous les deux que tu n'appartiens pas à son monde. Si ce n'était pas pour m'atteindre, il n'aurait absolument aucune raison d'être avec toi.

Elle baissa les yeux vers le sol, non pas parce qu'elle avait peur de regarder Sanford, et non plus parce qu'elle était blessée par ses paroles cruelles. De nouveau, le regret s'était emparé d'elle. Elle avait perdu tant de temps à se préoccuper de ce que cet homme pensait d'elle.

— Est-ce que ça te tuerait de soutenir mes décisions et de manifester un minimum de confiance à mon égard ?

— Est-ce que ça te tuerait de me donner une seule raison de le faire ?

La repartie et le sang-froid de Sanford étaient

exaspérants. Mais elle n'aurait pas dû être surprise : ce dernier n'avait jamais eu pour elle la moindre gentillesse, la moindre douceur.

— Pourquoi est-ce que tu me détestes ? Qu'est-ce que j'ai fait pour que tu ne m'aimes pas ?

Il croisa les doigts avec nonchalance comme s'ils étaient en train de mener une conversation banale et sans conséquence.

— Tu es faible, Zanai. Et je méprise la faiblesse. Je me suis employé à te débarrasser de cette tare mais rien n'a fonctionné. Je t'ai tout donné, et la seule chose que tu trouves à faire, c'est tout me renvoyer à la figure avec tellement d'ingratitude. Tu ressembles trop à ta mère, tu manques de caractère, de mordant, d'énergie. Et tout comme ça a été le cas avec elle, le monde va t'avaler, te broyer et te recracher en mille morceaux, parce que tu es incapable de résister. Crois-moi, il ne faudra pas longtemps avant que tu ne finisses comme elle, dans une ultime démonstration de faiblesse.

Qu'il ose tenir de tels propos sur sa mère la rendit folle de rage.

— Tu as poussé ma mère au suicide et ensuite tu as profité de sa mort pour t'enrichir. Ne parle plus jamais d'elle en ces termes. Tu es un être sans cœur qui n'a jamais mérité la beauté et la grâce qu'elle portait en elle. Ma seule consolation, c'est de savoir que la vie te reprendra forcément ce que tu as volé. Et quand ce grand jour arrivera, tu peux être sûr que je serai aux premières loges pour regarder se consumer tout ce que tu as construit.

Sa tirade manquait peut-être de sobriété, mais Zanai pensait sincèrement chaque mot prononcé. Elle ne savait ni quand ni comment, mais Sanford serait puni : l'équilibre de l'univers finissait toujours par être respecté. Étant donné toute la souffrance endurée par sa mère durant cette relation de couple toxique, il y avait forcément quelque part un enfer où Sanford brûlerait un jour.

— Impressionnant.

Il hocha la tête tout en se redressant.

— Mais ça suffit. J'attends davantage de toi. Et je ne transigerai pas là-dessus. Tu vas mettre fin à cette histoire ridicule avec Jayden Lattimore, et c'est tout. Soit il essaye de se mêler de mes affaires, soit il tente de me discréditer auprès de toi, ce qui est encore pire. Que ce soit l'un ou l'autre, j'ai travaillé trop dur pour laisser les Lattimore et leurs semblables me déposséder de quoi que ce soit.

— Il est éleveur, bon sang. Pourquoi est-ce qu'il s'intéresserait à tes affaires ?

Il haussa les épaules.

— Je n'en sais rien et je m'en moque. Tout ce que je sais, c'est qu'il ne s'abaisserait jamais à te fréquenter si ce n'était pas dans son intérêt.

Sa paranoïa autocentrée n'avait absolument aucun sens. Zanai comprit qu'elle n'arriverait jamais à lui faire entendre raison, donc elle se contenta de pencher la tête et de demander :

— C'est ton dernier mot ?

Elle se campa fermement sur ses jambes et se prépara mentalement à encaisser un coup. Sanford n'avait jamais levé la main sur elle de toute son existence. Cela ne signifiait pas pour autant qu'il n'avait pas laissé des traces indélébiles sur son âme.

— C'est mon dernier mot.

— Très bien, souffla-t-elle. C'est dommage. Parce qu'il n'y a aucune chance pour que je renonce à la seule bonne chose qui me soit arrivée dans la vie. Surtout à cause d'un complot imaginaire qui n'est le fruit que de ton ego surdimensionné. Contrairement à ce que tu penses, tu n'es pas un rival pour les Lattimore. Pas seulement en termes de valeur nette, mais aussi et surtout en termes de valeurs humaines. Tu n'as rien à voir avec ces gens. Tu n'as plus rien à voir avec moi. Et je refuse d'écouter une seconde de plus les horreurs que tu profères.

Un sourire mauvais passa sur ses lèvres avant qu'il n'émette le petit rire sardonique censé l'intimider.

— Zanai, j'ai essayé de me montrer le plus indulgent possible envers toi. C'est terminé. Je suis ici chez moi. Tu es ma fille et tu vas m'obéir. Sinon, tu peux laisser la clé de la maison sur mon bureau et t'en aller d'ici.

Elle le regarda dans les yeux et comprit qu'il pensait vraiment ce qu'il venait de dire. L'idée de se retrouver sans toit aurait dû l'inquiéter, la faire céder. Elle avait un travail, donc, bien sûr, elle pouvait subvenir à ses propres besoins. La seule chose qui, à la rigueur, était susceptible de l'intimider aurait été d'affronter seule le monde extérieur. Mais quand elle vit le plaisir qu'il prenait à la tyranniser, elle se rendit compte qu'il y avait pire comme perspective que d'être chassée de la maison de Sanford. Par exemple, celle de se perdre à tout jamais, ce qui lui arriverait fatalement si elle restait sous sa coupe.

Elle ne pouvait pas passer un moment de plus à douter d'elle-même et à se laisser maltraiter par la soi-disant famille qui était censée l'aimer.

Sans prononcer le moindre mot – elle n'avait plus rien

à dire –, elle retira la clé de l'anneau métallique de son porte-clés et se tourna vers la sortie.

— Ne remets plus les pieds ici. Et ne songe même pas à aller chercher tes affaires dans ta chambre. Tout ce qui est chez moi m'appartient. Tu verras ce que ça fait de devoir te débrouiller complètement seule.

Elle continua de se taire, se contenta d'ouvrir la porte et de la franchir comme si elle effectuait le grand saut vers son futur. Maintenant, tout ce qu'il lui restait à faire, c'était convaincre Jayden de faire partie de ce futur, et tout irait bien.

Alors qu'elle sortait de la maison, en souriant au chaud soleil texan qui brillait haut dans le ciel, elle se rendit compte que, même si elle perdait Jayden, elle survivrait. Elle souffrirait, elle aurait l'impression d'avoir été amputée d'une partie d'elle-même, mais elle survivrait. Elle était assez forte pour affronter tout ce qui se présenterait à elle. Et pour les choses qui la dépassaient, elle avait la chance d'avoir accès aux outils qui l'aideraient à les surmonter.

Tel était son chemin, son nouveau chemin, et Zanai était heureuse de s'y engager.

- 15 -

Jayden était assis à sa table et tenait la feuille de papier pliée entre ses doigts comme s'il s'agissait d'une bombe à retardement. À chaque fois qu'il la dépliait, la relisait encore et encore pour s'assurer qu'il avait bien compris, il avait l'impression d'avoir un détonateur à la place du cœur.

Cher Jayden,

Merci de m'avoir montré qui je suis. Désolée de partir sans t'avoir dit au revoir, mais j'ai quelque chose à faire, quelque chose que je remets à plus tard depuis trop longtemps. C'est assez lâche de ma part de m'enfuir comme une voleuse, mais si j'avais croisé ton regard intense ou vu ton sourire chaleureux, jamais je n'aurais pu vouloir y renoncer, même pour quelques instants.

Il restait assis, la lettre dans une main et son téléphone dans l'autre, tout en regardant alternativement l'une et l'autre. Il était coincé. Il avait envie d'appeler Zanai pour lui demander des explications, mais en son for intérieur il savait que, s'il entendait sa voix, il en serait réduit à la supplier de revenir.

Et il ne pouvait vraiment pas faire ça.

Bien sûr, il la voulait à ses côtés. Non, ce n'était pas exact : il avait *besoin* d'elle. Il avait besoin d'elle dans ses bras tout comme son cerveau avait besoin d'oxygène et ses poumons d'air. Mais s'il lui demandait de revenir, et si elle acceptait, il ne saurait jamais si c'était parce qu'elle avait envie d'être avec lui ou simplement pour lui faire plaisir.

Après tout ce qu'ils avaient partagé, après tous ces moments de plaisir intense, après qu'il eut mis son âme à nu, elle était tout de même partie. Il n'avait d'autre choix que de respecter sa décision et la laisser en paix. Sinon, il ne vaudrait pas mieux que son père qui essayait de la contrôler en la privant d'amour et de la manipuler en lui faisant croire qu'elle n'était pas digne de cet amour.

Jamais il ne lui ferait une chose pareille. Une fois cette décision prise, la seule option qu'il lui restait, c'était de souffrir en silence et d'attendre des jours meilleurs.

Il songea à l'état déplorable dans lequel il se trouvait déjà et émit un petit rire désabusé. Il s'était dit et il avait dit à Zanai que, eux deux, c'était juste pour s'amuser. Tomber amoureux d'elle n'était pas dans ses plans à la base. Pourtant c'était bien ce qui s'était passé et il avait l'impression de se retrouver parachuté dans un monde qui, depuis le départ de Zanai, avait cessé de tourner.

Dans le lointain, il entendit frapper à sa porte d'entrée, mais il ne parvint pas à trouver la force de se lever pour aller ouvrir. Il savait qu'il n'avait pas envie de voir la personne qui se trouvait devant chez lui, quelle qu'elle soit. Il n'était pas d'humeur à recevoir de la visite, et il ne voulait surtout pas se retrouver face à un quelconque membre de sa famille à qui il suffirait d'un seul regard pour comprendre que quelque chose n'allait pas.

Comment expliquer que lui, l'expert ès détachement, ait pu tomber à ce point amoureux ? Au point que chaque respiration lui coûte maintenant qu'il avait perdu celle qu'il aimait ?

Les coups à la porte ne cessèrent pas, ce qui tapa sur ses nerfs déjà mis à rude épreuve. Il se leva, et marcha jusqu'à l'entrée du cottage d'un pas si lourd qu'il fit trembler les meubles et les murs.

— Jonathan, si c'est toi, je prends ma journée.

Son frère ne répondit pas, donc Jayden ouvrit la porte avec emportement. Il faillit perdre l'équilibre quand il vit qui se trouvait sur le seuil.

— Jayden, est-ce que ça va ?

Zanai, là, devant lui. Était-ce un mirage ? Un songe ? Il tendit la main, pour voir s'il rêvait, mais avant de l'atteindre, se ravisa.

— Qu'est-ce que tu fais là ? demanda-t-il.

Elle se crispa en entendant sa question, puis lui adressa un regard interrogateur.

— Tu n'as pas vu le mot que je t'ai laissé ?

— Oh ! répondit-il avec un petit rire jaune. Ton mot… Si, si, je l'ai vu, et bien vu.

Il s'écarta de la porte, qu'il laissa ouverte, au cas où Zanai aurait eu envie d'entrer. C'était ainsi… Malgré les souffrances qu'il avait endurées depuis son départ, il ne pouvait se résoudrc à la chasser de chez lui.

Il alla s'installer sur le canapé. Il s'y allongea pour obliger Zanai à prendre place dans un des fauteuils. Son doux parfum était déjà un supplice, alors s'il avait dû sentir sa peau tout près de la sienne, il n'aurait jamais tenu.

— D'après ce que tu as écrit, tu me quittais. Que fais-tu donc ici ? Je pensais que tu étais partie.

Seigneur, comme il se détestait quand il employait ce

ton pincé et amer. Zanai l'avait complètement changé. Il était incapable de maîtriser ses émotions et incapable de les dissimuler.

— Oui, pour aller m'occuper d'une affaire importante, répliqua-t-elle en cherchant son regard fuyant.

Jayden marqua un temps d'arrêt. Quelque chose lui aurait-il échappé ? Tout à coup, il n'était plus certain d'avoir bien compris la signification de son message.

— Mais dans ton mot, tu disais que tu t'en allais.

— Temporairement, oui. Il fallait que je voie Sanford ce matin et que je règle deux ou trois choses avant de revenir ici. J'espérais que tu dormirais encore à mon retour et que je pourrais me glisser au lit avec toi sans que tu te sois rendu compte de mon absence. Sauf que j'avais oublié que je n'avais pas la clé de chez toi. C'est pour ça que j'ai été obligée de frapper à la porte. Pardonne-moi si j'ai cogné un peu fort, d'ailleurs, mais j'avais peur que tu ne m'entendes pas.

Il se redressa et la dévisagea.

— Tu avais l'intention de revenir ?

Il vit dans ses yeux qu'elle comprenait le malentendu qui lui avait laissé entrevoir le pire. Elle se leva et se dirigea vers le canapé.

Une fois devant lui, elle s'agenouilla entre ses jambes et plaça les mains sur ses cuisses.

— Tu pensais que je n'allais pas revenir ?

Son regard était abasourdi, et légèrement consterné.

— Jayden, poursuivit-elle, depuis que nous sommes ensemble, tu as passé un temps fou à me rassurer. À mon tour, maintenant. Rien ni personne ne pourra plus m'éloigner de toi désormais. Tu entends ?

À la seule idée d'un obstacle susceptible de les séparer, Jayden frémit et sentit la colère s'emparer de lui.

Mais il se raisonna aussitôt. La façon dont leurs corps se cherchaient et se trouvaient, la façon dont Zanai répondait à ses sollicitations, tout cela prouvait qu'elle n'avait personne d'autre dans sa vie. Il aurait pu le jurer.

Ils savaient néanmoins tous les deux que Zanai était d'un naturel inquiet, et qu'elle préférait souvent fuir plutôt que d'affronter la réalité des sentiments, surtout s'ils étaient violents. D'ailleurs, ce n'était que par hasard s'il avait découvert l'identité de la reine du bal, de la belle et mystérieuse femme en rouge.

— Après la nuit que nous venons de vivre, quelque chose a changé pour moi, Jayden. Ce n'est pas seulement la façon incroyable et folle dont nous avons fait l'amour. J'ai eu l'impression d'un déclic, de quelque chose qui se mettait en place dans ma tête.

Elle frotta doucement les cuisses de Jayden. Pour elle, c'était un geste machinal, mais il déclencha chez lui un réflexe quasi pavlovien : il eut envie de sentir sa peau nue contre la sienne.

— J'ai passé tant de temps à me concentrer sur les problèmes des autres pour éviter d'avoir à affronter les miens. Bien sûr, j'adore mon travail, mais c'est devenu un bouclier contre les blessures que j'ai toujours essayé d'enfouir.

Il ouvrit la bouche pour parler, mais elle leva la main pour l'en empêcher.

— S'il te plaît, demanda-t-elle, laisse-moi finir tant que j'en suis capable.

Il lui adressa un bref hochement de tête et elle poursuivit.

— Si j'ai douté de toi – et de moi – c'était parce que je craignais de connaître le même sort que ma mère. Et c'est parce que je vivais dans la peur que Sanford a pu me faire oublier qui je pouvais être.

Elle saisit sa main et glissa ses doigts entre les siens.

— Dès le moment où nous nous sommes rencontrés, tu as cru en moi, et cela a fini par payer car, quand tu m'as raconté que Sanford t'avait pris à part pour te parler, je n'avais plus peur. À la place, j'étais en colère. Suffisamment en colère pour ressentir le besoin de lui dire ce que je pensais de lui et de ses façons de procéder. Et si j'étais à ce point en colère, c'est parce que je savais que Sanford essayait de me prendre quelque chose, quelque chose qui m'appartenait, quelque chose que je méritais.

— Zanai, souffla-t-il, peiné qu'elle évoque encore les doutes qu'elle avait pu avoir à son sujet. Jamais je ne laisserai quiconque me dire qui tu es. Pas après avoir passé du temps avec toi, pas après t'avoir touchée. J'ai su tout ce que j'avais besoin de savoir sur toi au moment où nous nous sommes rencontrés. Je te voulais, et cela parce que tu étais digne de mon désir.

Elle esquissa un sourire qui adoucit ses traits. Il eut tout à coup très envie de l'attirer à lui et de l'embrasser.

— Je le sais à présent. Je le sais vraiment. Car, lorsque je me suis réveillée ce matin, j'ai ressenti le besoin d'aller trouver Sanford pour lui signifier qu'il ne pouvait pas nous monter l'un contre l'autre. Que jamais nous ne l'écouterions ni ne lui obéirions. Que ce n'était pas à lui de nous dire si nous devions rester ensemble ou pas.

Ces paroles déverrouillèrent la cage qui emprisonnait le cœur de Jayden. La colère et la peur qui l'enserraient disparurent, ce qui lui laissa toute la place pour battre vite et fort, au rythme de l'amour qui l'habitait.

— J'imagine qu'il n'a pas dû prendre ça très bien.

— Non, en effet. Il est monté sur ses grands chevaux et a protesté puis, vu que rien de tout ça n'a fonctionné, il m'a menacée.

Jayden se tendit. L'idée que Sanford – ou n'importe qui d'autre, d'ailleurs – puisse vouloir du mal à Zanai faisait se contracter tous ses muscles, comme en préparation d'une bataille.

Mais elle posa une main sur sa joue et le caressa doucement. Aussitôt, il s'apaisa.

— Il m'a menacée, oui. Mais quand il a vu que ses menaces ne m'impressionnaient pas du tout, il a opté pour la seule tactique qui restait dans son arsenal : il m'a jetée dehors.

Jayden ferma les yeux et prit une grande inspiration pour tenter de maîtriser sa colère.

— Est-ce que tu as pris tes affaires avec toi ? Si c'est le cas, je ne manque pas d'endroits où les ranger, ne t'inquiète pas.

— C'est gentil de me le proposer.

Elle se pencha pour l'embrasser rapidement, mais ce baiser fut si bref et léger que Jayden eut l'impression d'avoir rêvé.

— Mais il ne m'a rien laissé prendre.

— Tes affaires, Zanai…

— … ne sont que des affaires, Jayden. Des choses sans importance, matérielles.

Son sourire était si éclatant et franc qu'il comprit qu'elle ne ressentait ni peine ni inquiétude. Quelle différence avec la veille au soir, où le seul nom de Sanford semblait la plonger dans d'atroces tourments.

— J'ai toujours su que Sanford finirait par en avoir assez de moi un jour ou l'autre. J'ai réussi à mettre suffisamment d'argent de côté pour me payer un logement. Et toutes les choses importantes, comme les bijoux ayant appartenu à ma mère, mes cours, mes papiers, mes diplômes, mes dossiers, se trouvent depuis longtemps en sécurité dans un coffre. Dans mon ancienne chambre, il ne reste plus que des habits et des babioles qui peuvent facilement être remplacés. Et puisque ma meilleure amie tient une boutique de vêtements, refaire ma garde-robe ne devrait pas poser problème.

Il voulut parler, mais elle plaça un doigt sur ses lèvres.

— Tu n'as pas à t'inquiéter pour moi, Jayden. Cette femme fragile qui avait peur de vivre sa vie hors des murs de la prison où Sanford l'avait enfermée n'est plus. Je vais m'en sortir.

Il découvrit dans son regard une détermination qu'il n'y avait jamais vue, une force qui avait toujours semblé bouillonner juste en dessous de la surface mais qui, désormais, éclatait au grand jour.

— J'ai déjà contacté un agent immobilier. Il doit me présenter des annonces demain. J'ai juste besoin d'un endroit où dormir ce soir. Est-ce que tu veux bien me prêter ton canapé ?

Il la fit se relever, puis s'asseoir sur ses genoux. Il posa la main sur sa nuque et l'attira à lui. Avant qu'elle puisse dire quoi que ce soit, il l'embrassa avec fougue.

Cette femme. Cette femme intelligente, sexy et si prometteuse s'était enfin révélée à elle-même, et jamais il ne l'avait trouvée aussi désirable.

— Annule.

Elle recula et lui adressa un regard interrogateur.

— Que j'annule quoi ?

— Ton rendez-vous avec l'agent immobilier. Reste ici.

Au lieu de préciser « avec moi », il préféra l'embrasser de nouveau. De toute façon, cela allait de soi…

— Tu veux dire… indéfiniment ?

— Je veux dire : comme si tu emménageais avec moi.

— Je ne voudrais surtout pas m'impo…

Il l'embrassa encore pour l'empêcher de dire des bêtises.

— Je t'aime, Zanai. Plus que je ne m'en serais jamais cru capable. Je te veux à mes côtés en permanence. Si ce n'est pas ce que tu veux ou si tu ne ressens pas la même chose, je comprendrai sans problème. Mais il faut que tu saches que, mon intention, c'est de vivre avec toi et avec personne d'autre. J'aimerais que tu me laisses la chance de te prouver à quel point tu comptes pour moi.

Elle prit la main qu'il avait placée sur sa nuque pour y poser sa joue. Elle prononça son nom dans un gémissement qui provoqua chez lui une érection aussi spectaculaire que douloureuse.

Dieu ! Comme il avait envie de lui faire l'amour.

Et il le ferait. Mais d'abord, il fallait qu'il la convainque que sa place était ici, à ses côtés.

— Tu me l'as déjà prouvé, Jayden. Maintenant, il est temps pour moi de te montrer à quel point *tu* comptes pour moi.

Elle le regarda avec intensité, comme pour s'assurer qu'elle avait toute son attention. Il ne fallait pas qu'elle s'inquiète pour cela. Elle avait toujours toute son attention.

— Je t'aime, Jayden.

Ces trois mots prononcés si doucement ouvrirent sa poitrine en deux, laissant son cœur exposé et vulnérable. Il aurait dû avoir peur. Au lieu de cela, une confiance tranquille le gagna et le persuada que tout irait bien.

— Jayden, la chose dont j'ai le plus envie au monde, c'est passer le reste de mon existence à tes côtés.

— Ça ressemble vaguement à une demande en mariage.

Elle ricana doucement.

— Pourtant ce n'en est pas une. Pas encore. Faisons d'abord l'expérience de la vie à deux, sans brûler les étapes.

Il se sentit envahi par un irrépressible bonheur qui le fit sourire.

— Ensuite, tu m'offriras une belle alliance.

— Ensuite…

Elle s'interrompit pour l'embrasser à pleine bouche.

— Ensuite, je t'offrirai tout ce que tu voudras, aussi longtemps que tu le voudras.

— Bon, puisque tu ne veux pas m'offrir d'alliance tout de suite, tu accepteras peut-être un petit quelque chose de ma part. Un cadeau de pré-fiançailles, en quelque sorte.

Il se pencha vers la table basse et sortit du tiroir la boîte rouge venant de chez le bijoutier.

Il la lui tendit, et le visage de Zanai s'illumina. Elle l'ouvrit avec précaution et écarquilla les yeux quand elle découvrit son contenu.

— Jayden, quand as-tu… ? Pourquoi… ?

Il lui prit le coffret des mains, retira le collier de son écrin et l'attacha autour de son cou pendant qu'elle remontait ses cheveux.

— Après que tu t'es si bien entendue avec ma famille pendant le repas au ranch, j'ai compris que je te voulais à mes côtés aussi souvent que possible. Et je voulais moi aussi être à tes côtés. Donc j'ai présenté au bijoutier une photo de la boucle d'oreille que tu avais perdue au bal et je lui ai demandé de créer un bijou assorti. Je tenais à ce que ça soit un collier pour qu'il puisse prendre place tout près de ton cœur.

Zanai sourit mais ses joues étaient baignées de larmes.

— Il est magnifique, murmura-t-elle. Je l'adore. Et je t'adore.

Le cœur de Jayden se mit à galoper dans sa poitrine, si vite et fort qu'il ne pouvait plus ni respirer ni parler. Cette femme l'avait changé, et lui avait donné envie d'autre chose. Elle s'était glissée sous sa peau et s'était nichée au creux de son âme pour prendre le contrôle de tout son être.

Cela aurait dû le terrifier. Cela aurait dû lui faire prendre ses jambes à son cou. À la place, il ne voulait qu'une chose : ne jamais la laisser partir. Sa reine allait enfin régner sur son cœur pour son plus grand bonheur.

— Ceci, docteur James, dit-il en parsemant son cou de doux baisers, c'est exactement ce que je voulais entendre.

Retrouvez prochainement,
dans votre collection

PASSIONS

Un mariage pour l'héritier, de J. Margot Critch - N°1055

Willa n'a jamais pu oublier la délicieuse nuit qu'elle a passée avec Garrett dix ans plus tôt. Le revoir est un choc d'autant plus grand qu'il lui propose de l'épouser afin de toucher un héritage ! D'abord outrée, Willa finit par accéder à sa folle requête. En lui permettant d'éloigner son ex insistant, ce faux mariage pourrait lui être profitable – à la condition expresse qu'elle garde son cœur à l'abri de Garrett qui l'a autrefois brisé…

Cette aventure imprévue, de Niobia Bryant

Montgomery est dans tous ses états ! Jamais elle n'aurait dû céder au désir entre les bras de Sean Cress, un chef et play-boy notoire, qui excelle aussi bien au lit que derrière les fourneaux. Alors que son amant refuse toute forme d'engagement, comment lui révéler aujourd'hui qu'elle attend son enfant ?

Le bébé d'un rival, de Jules Bennett - N°1056

Impossible… Consternée, Morgan fixe son test de grossesse positif, résultat de la nuit torride qu'elle a passée avec Ryan Carter. Le rancher a beau l'agacer prodigieusement depuis toujours, il l'attire aussi plus que de raison. Alors qu'elle se résout, pleine d'appréhension, à lui annoncer qu'elle est enceinte, Ryan lui fait une proposition inattendue : se marier avec lui…

La passion à sa porte, de Marie Ferrarella

Daniel Stockton, sur le pas de sa porte ? Anne est émue au-delà des mots. Depuis que son amour de jeunesse a disparu douze ans plus tôt, elle a rêvé cette scène tant de fois… Tandis que les questions fusent et que ses sentiments pour Daniel resurgissent avec force, Anne se demande comment lui révéler l'impensable : sans qu'il l'ait jamais su, il est le papa d'une petite fille…

Une union de papier, de Shannon McKenna - N°1057

Série : Mariés par devoir 1/4

Un mariage sur le papier, un simple accord commercial. Voilà ce que Caleb ose proposer à Tilda ! A-t-il oublié qu'il l'a brutalement quittée neuf ans plus tôt, lui brisant le cœur au passage ? Hélas, alors qu'elle voudrait l'effacer de sa mémoire à jamais, Tilda n'est pas en position de force : pour sauver l'entreprise de son père, elle est obligée d'accepter ce pacte scandaleux…

Attirée par un *bad boy*, de Shannon McKenna

Série : Mariés par devoir 2/4

Maddie doit absolument se marier ou elle perdra le contrôle de l'entreprise familiale. Acculée, elle décide de présenter à sa grand-mère tyrannique le dernier homme que cette dernière aurait choisi pour elle : Jack Daly. L'ancien associé de son frère, considéré comme un traître par la matriarche, dissuadera à coup sûr celle-ci de se mêler de sa vie sentimentale ! Si toutefois Maddie parvient à convaincre Jack de se prêter au jeu…

Une liaison si grisante, de Jules Bennett - N°1058

Série : Idylles à Angel's Share 1/3

Propriétaire de la distillerie Angel's Share, Elise a toujours fait passer le travail en premier. Jusqu'à ce que, par une nuit d'orage, elle se retrouve coincée dans le domaine avec un client très important, le séduisant Antonio Rodriguez, et se laisse emporter par la passion entre ses bras… Dès le lendemain, Elise est tiraillée : elle, qui n'a jamais mêlé les affaires et le plaisir, a soudain très envie de poursuivre cette grisante liaison…

Nouveau départ pour Carissa, de Kerri Carpenter

Après une douloureuse rupture, Carissa vient se ressourcer à Bayside, sa ville natale. Or à peine arrivée, voilà qu'elle se retrouve nez à nez avec Jasper, son premier amour. Si autrefois elle a dû le quitter la mort dans l'âme, elle se surprend à éprouver des sentiments toujours aussi vifs pour lui… Et bientôt, l'espoir s'immisce en elle : Jasper pourrait-il lui pardonner d'être partie et leur offrir une seconde chance ?

Un père presque parfait, de Barbara Dunlop - N°1059

Lorsque Kate apprend le décès de sa sœur, elle est bouleversée. D'autant qu'à la douleur du deuil vient s'ajouter une angoisse irrépressible… Car c'est désormais Quentin, son beau-frère, qui veillera sur Annabelle, sa nièce de six mois. Quentin, un noceur invétéré dont Kate s'est toujours méfiée. Résolue à obtenir la garde d'Annabelle, Kate décide d'espionner Quentin, dans l'espoir de recueillir contre lui les preuves de son inconséquence en tant qu'homme, mais aussi en tant que père…

Sauvée par un milliardaire, de Joss Wood

Lorsque Jonas Halstead lui propose ce marché, Kat est troublée. Épouser le séduisant milliardaire avec qui elle a eu une brève aventure et incarner son épouse durant un an, le projet aurait tout pour la séduire. Tout, si le contrat ne stipulait pas qu'aucun sentiment n'était permis entre eux… alors que le regard de braise de Jonas lui fait déjà bien trop d'effet…

L'étau du secret, de Karen Booth - N°1060

Se réfugier dans les bras de Logan, son amour de jeunesse, pour se remettre d'une rupture compliquée était une très mauvaise idée, Julia le comprend à présent. Mais en revoyant Logan au mariage de sa sœur – si beau, si attentionné, à l'exact opposé de son ex-fiancé –, elle a senti son cœur chavirer. Pourtant, elle ne peut se permettre de souffrir à nouveau et doit quitter Logan au plus vite. Même si celui-ci est le père de l'enfant qui arrondit déjà son ventre…

Séduction passagère, de Katherine Garbera

Quand Will lui annonce son départ du ranch où elle le loge, Amberley ne peut calmer sa fureur. Comment ose-t-il lui faire cela après les délicieux moments qu'ils ont vécus ensemble? Ne voit-il pas combien elle tient à lui et à sa petite Faye? Bien sûr, elle sait depuis le début que Will n'est que de passage au Texas. Ce qu'elle ignorait, c'est que les dernières semaines passées avec elle signifiaient si peu pour lui…